吞噬星空
典藏版15
我吃西红柿
著
1～15册全国热销中
我吃西红柿经典科幻作品
开启震撼人心的星际传奇
我吃西红柿
著
新版
雪鹰领主
超凡现世，热血传奇！
（封面以实际出版为准）
异界大陆类高人气小说
全册内容简介
年少时的一场巨变改变了东伯雪鹰的人生轨迹，将他卷入一个巨大的阴谋之中。东伯雪鹰为了救出父母，保护弟弟，重振雪鹰领，勤学苦练。一次偶然的机会，他激发了深藏体内的太古血脉。终于，他学有所成，去异界大陆历练，结识了银月级大法师余靖秋、长风骑士池丘白等人。他与伙伴一起战恶魔、保卫夏族，屡入险境，一路披荆斩棘，最终成长为身怀滔天谋略、掌控全局的雪鹰领主。

沧元图
我吃西红柿 著
《沧元图》大结局
全书13册，全国热销中！
我孟川一生锄强扶弱，无愧于心！

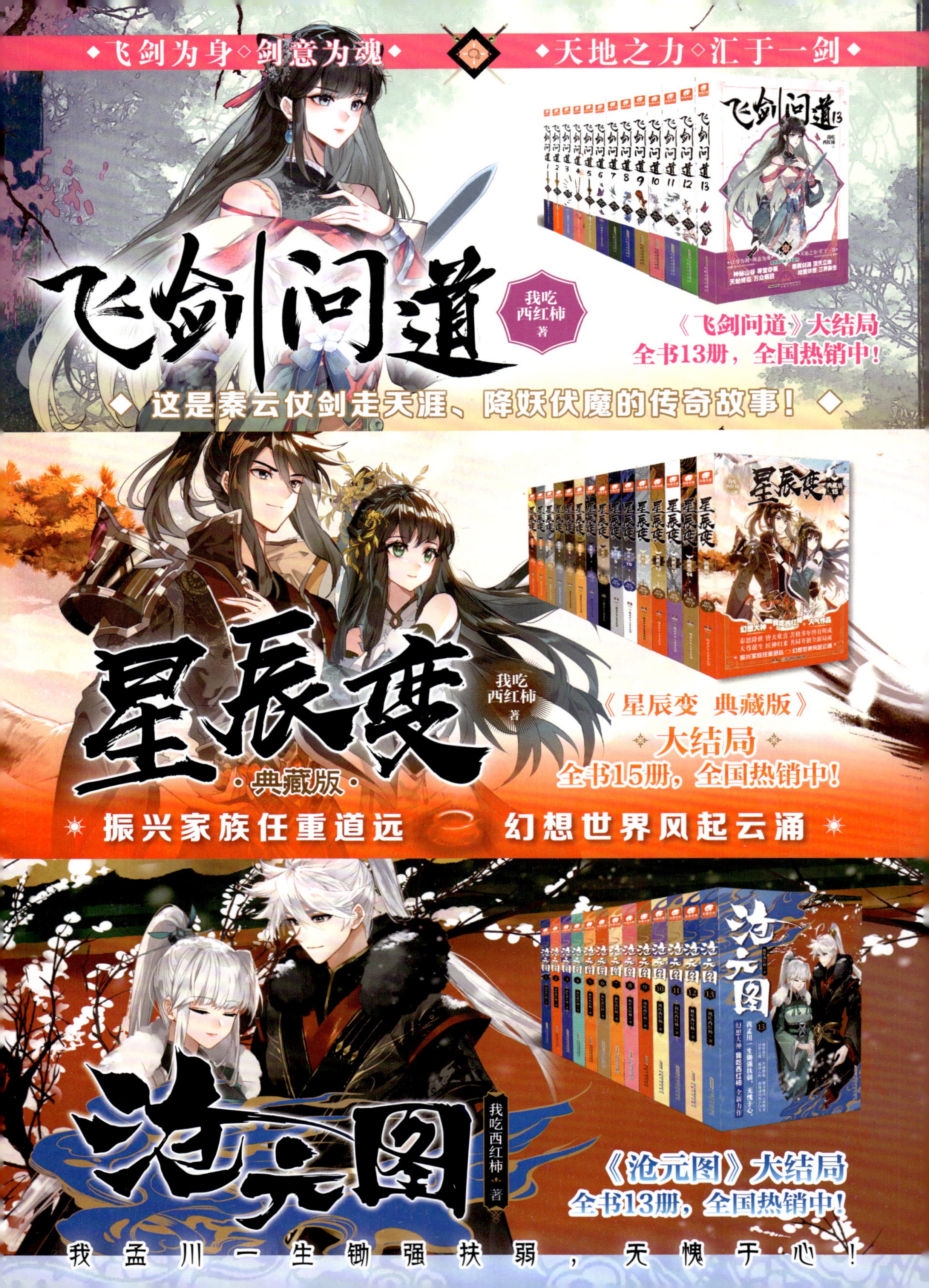

黄河出版传媒集团
阳 光 出 版 社

图书在版编目（CIP）数据

盘龙：典藏版. 6 / 我吃西红柿著. -- 银川：阳光出版社, 2022.5

ISBN 978-7-5525-6266-8

Ⅰ. ①盘… Ⅱ. ①我… Ⅲ. ①长篇小说－中国－当代 Ⅳ. ①I247.5

中国版本图书馆CIP数据核字(2022)第064083号

PAN LONG DIANCANG BAN 6

盘龙 典藏版 6

我吃西红柿 著

责任编辑　杨　皎
装帧设计　曹希予 佘彦潼 周艳芳
责任印制　岳建宁

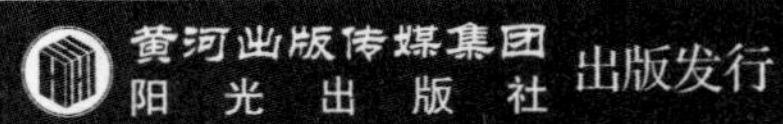

出 版 人　薛文斌
地　　址　宁夏银川市北京东路139号出版大厦（750001）
网　　址　http://www.ygchbs.com
网上书店　http://shop129132959.taobao.com
电子信箱　yangguangchubanshe@163.com
邮购电话　0951-5047283
经　　销　全国新华书店
印刷装订　北京盛通印刷股份有限公司
印刷委托书号　（宁）0023459

开　　本　710 mm × 1000 mm　1/16
印　　张　18
字　　数　262千字
版　　次　2022年5月第1版
印　　次　2022年5月第1次印刷
书　　号　ISBN 978-7-5525-6266-8
定　　价　36.80元

目录

CONTENTS

第245章 异位面强者 001
第246章 选择 007
第247章 武神门 014
第248章 大师兄 021
第249章 武神召见 028
第250章 脉动防御 035
第251章 奥利维亚对战黑德森 042
第252章 坚若磐石 049
第253章 约战林雷 056
第254章 玉兰帝国特使 062
第255章 迪莉娅 069
第256章 十年后再见面 075
第257章 晚宴 082
第258章 林雷对战黑德森 089
第259章 大地奥义与大地裂 095
第260章 图焦山，没了！ 102
第261章 声名远播 110
第262章 混乱之岭 117
第263章 危机 123
第264章 噩耗 130
第265章 质问 137
第266章 被掩盖的真相 143
第267章 玉兰大陆的秘密 150
第268章 武神的嘱咐 156

第269章 东南行省 163

第270章 追寻 169

第271章 贩卖奴隶的组织 175

第272章 生不如死 181

第273章 逃走 188

第274章 计划 194

第275章 黑土城 200

第276章 神秘山村 206

第277章 米勒 212

第278章 迪莉娅的苦恼 218

第279章 两封信 224

第280章 势力扩张 230

第281章 一座郡城 236

第282章 出发 242

第283章 重逢 249

第284章 德斯黎 255

第285章 圣域魔导师 262

第286章 切磋 270

第287章 死心吧 277

第245章

异位面强者

林雷、乔安等一批人都疑惑了，这个神秘的白发老者到底是谁？连圣域级第一强者黑德森在面对他时都如此谦逊？

“难道是武神？”林雷心底暗道。

能够让黑德森如此谦逊的，恐怕也只有神级强者了。而且，卡斯罗特和兰科也明显认识这个白发老者，估计就是武神。

“添一把椅子。”管家希里立即对旁边的仆人说道。

林雷这时候上前一步，微笑着说道：“先生，您能来参加我弟弟的订婚典礼，我们兄弟二人感到十分荣幸，只是不知道先生您是？”

“我？”白发老者笑着看了林雷一眼，“我叫霍丹！”

“霍丹？”林雷在脑海中快速搜索了一下，可是记忆中并没有一个叫“霍丹”的强者。

“林雷，不要多问了，霍丹大人今天能来，也是一件大喜事。大家都先坐下吧。”黑德森笑着说道。

林雷、乔安等人虽然心底迷糊，但也都坐了下来。

“大人，我们师兄弟二人敬大人一杯。”卡斯罗特和兰科二人举杯。

大人？

林雷心底一动。

首先，能让圣域级强者称呼“大人”的，应该是神级强者。而且，卡斯罗特和兰科二人称呼其“大人”而不是“老师”，说明对方不是武神。

玉兰大陆五大神级强者，林雷见过魔兽山脉的王者帝林和杀手之王希塞，而大圣司、武神以及黑暗之森的王者都没见过，这个白发老者应该是这三人中的一个。

林雷现在已经确定，白发老者不是武神。

那么他不是大圣司，就是黑暗之森的王者。

“可是，那两个神级强者不知道多少年没现身了，黑德森、卡斯罗特、兰科三人怎么都认识？”林雷不相信自己的判断。

神级强者可不是那么好见的。

“林雷，”这个叫霍丹的白发老者举杯笑道，“来，我们干一杯。”

林雷连忙举杯。

“看到你，我就想到当年遇到巴鲁克家族那几个龙血战士的事情。哈哈，没想到，转眼数千年过去了。”霍丹笑呵呵地说道。

这一句话，让林雷的心狠狠地抽搐了一下。

“我巴鲁克家族的几个龙血战士？数千年前？”林雷疑惑地看着霍丹。

自己家族历史上，一开始连续三代都是龙血战士，可后来都是间隔千年才出现一位的。

霍丹却说数千年前，他遇到了好几位。

“没想到霍丹先生跟家族先辈还认识。”林雷笑着说道。

“那是当然，你们家族的族长巴鲁克，的确是一位厉害人物啊！”霍丹感慨道，“不过你们巴鲁克家族如今也衰落了，当年数十位龙血战士，谁敢惹？可惜，可惜……”

林雷一瞪眼。

“数十位龙血战士？”林雷和沃顿都吃惊地看向霍丹。

“怎么，很意外吗？”霍丹看了林雷和沃顿二人一眼。

“没想到有数十位！”林雷和沃顿心中都极其震撼。

家族族谱中记载得很清楚，家族中前三代出现过三位龙血战士，而后都是间隔千年才出一位，总共才五位。数千年前，怎么可能有数十位？

黑德森赶紧说道："大人，这件事情还是到别的地方说，这里人多。"这些机密还是别让普通贵族知道为好。

"没事，就这桌上的人能听到，至于客厅中的其他人，我们说话的声音再大，他们也听不到。"霍丹笑呵呵地说道。

这桌上总共八个人，除了沃顿、乔安、门罗·道森外，其他人都拥有圣域级实力。特别是霍丹，更是深不可测。

"四大终极战士家族，唉……都衰败得不成样子了。当年，四大终极战士家族多么辉煌。"霍丹感慨道。

林雷心中一动。

他回忆起《龙血秘典》中介绍了要成为龙血战士的第二种方法，就是吞噬活龙血。可按照族谱中的记载，那三个龙血战士都是天生的。

如果第二种方法没有成功过，《龙血秘典》为何记载？

当初，林雷和德林·柯沃特都怀疑，家传的那本书籍中的内容可能被篡改过。自己家族中，应该出现过因吞噬活龙血而诞生的龙血战士。

"哦，那个叫尼娜的小姑娘来了。"霍丹笑呵呵地说道，这使得处于震惊中的林雷等人都转头看过去。

林雷等人都站了起来，沃顿更是直接朝尼娜走过去。

沃顿和尼娜二人手牵手，在一个个桌子前敬酒。可是此刻的沃顿，以及还在座位上的林雷，心底都乱得很。

家族的历史，明显不像自己了解得那么简单。

还有……

圣域级强者的寿命长得可怕，自己家族的龙血战士怎么会一个个都不见了？不单单自己家族，连不死战士家族、紫焰战士家族、虎纹战士家族都同样如此。这四大终极战士家族，都衰落了。

"秘密……"林雷明白，玉兰大陆的历史绝对不是现在公开说得那样。

杀手之王希塞曾经对林雷说过，五千多年前，许多异位面强者降临过玉兰大陆。而有关玉兰大陆历史的书籍，却没有记录这件事。

在这个订婚宴会上，林雷有点儿魂不守舍，他在不停地思考着。

他甚至想要跟这个叫霍丹的白发老者单独聊聊。

很明显，这个叫霍丹的白发老者，对当年的事情很清楚。

吃过午餐后，众多贵族还在大厅闲聊，早就等得不耐烦的林雷，却听到了一句话。

“林雷，你跟我来，我有事情跟你谈。”

霍丹竟然主动要求跟林雷单独谈谈。

沃顿看向自己的哥哥，林雷对沃顿嘱咐道：“沃顿，你先待在这里，过会儿就去陪陪尼娜。至于霍丹先生，我去接待。”说着，林雷就跟霍丹离开大厅了。

黑德森、卡斯罗特、兰科三人彼此对视一眼。

“不知道这林雷会怎么选择。”黑德森感叹一声。

霍丹和林雷离开了客厅。

霍丹边走边说道：“林雷，你的那两只圣域级魔兽呢？将它们也叫过来。”

林雷一惊。

这个霍丹怎么什么都知道？

沃顿和尼娜的名字，霍丹知道，而自己现在拥有两只魔兽，连贝贝是圣域级魔兽，霍丹也知道。

林雷也不否认什么，直接灵魂传音将贝贝和黑鲁叫了过来。因为今天有圣域级强者来，所以林雷便没有让贝贝和黑鲁去客厅。

“到这府邸后面的练功场吧，那里没人。”霍丹笑呵呵地说道。

“嗷——”

黑鲁、贝贝一下子就到了林雷身边。

“吱吱——”贝贝还在装呢。

“小家伙，我知道你是圣域级魔兽，别吱吱叫了。”霍丹笑着摸了摸贝贝的脑袋。贝贝想要躲避，却震惊地发现自己无法移动了，只因被霍丹摸了一下。

林雷心底一惊。

毫无疑问，霍丹是神级强者。

“还真的是神级强者，玉兰大陆总共才几个神级强者？”林雷想着，同时也随霍丹一同走向后院的练功场。

“老大，这个老家伙是谁？怎么这么强？”贝贝现在也不敢太活跃，显得很是乖巧。

黑鲁也老实地跟在林雷的身后。

“把这院门关起来，没我的命令，不允许任何人进来。”林雷对后院的守卫命令道。

霍丹直接走到石凳前，惬意地坐下。

“你也坐下。”霍丹指着对面的一个座位对林雷说道。

林雷老实坐下，谦逊地说道：“霍丹先生，我现在都还是一头雾水，您能为我说清楚吗？”

“今天我来这里，目标是你的两只圣域级魔兽。”霍丹微笑着说道，“当然，你跟另外三个拥有圣域级实力的不死战士，也勉强算是我的目标吧。”

“嗯？”林雷疑惑地看着霍丹。

霍丹微微一笑，说道：“林雷，无数年来，玉兰大陆上的天才何其多。就算一百年才一个，那么十万年，都有一千个了。可是如今玉兰大陆的天才才多少个？一个帝国才数十个罢了。”

“圣域级强者能活十万年？”林雷吃惊地道。

“圣域级强者只要不被人杀死，活个十万年很容易的。”霍丹淡笑着说道，“达到圣域级，几乎是长生不死。不过，被人杀死不算。”

林雷也疑惑起来。

如果这么算来，为什么圣域级强者那么少呢？毕竟每一百年，整个玉兰大陆绝对不止出现一个圣域级强者。

“那是什么原因？”林雷追问道。

“那是因为……他们都去其他位面了。”霍丹微笑着说道。

“其他位面？”林雷一怔。

林雷心中一动，突然明白了，连忙追问道：“难道巴鲁克家族的先辈们也都去了其他位面？”

“对，巴鲁克家族的数十位龙血战士都去了四大至高位面中的地狱。当年我还跟你的祖先巴鲁克在地狱中喝过酒呢。”霍丹笑呵呵地说道。

“地狱，霍丹先生，你来自地狱？”林雷感觉玉兰大陆神秘的另一面在他的眼前揭开了。

霍丹点头说道：“是的，林雷。这么跟你说，在普通物质位面中，生物只要达到圣域级，他们就可以选择进入四大至高位面，或者是七大神位面修行、生活。”

“玉兰大陆历史上，有许多圣域级强者都离开了玉兰大陆，选择进入四大至高位面，或者进入七大神位面。”霍丹微笑着说道。

林雷点头表示明白。

“准确来说，你跟另外三个不死战士，虽然拥有圣域级实力，但是人类形态还未达到圣域级。因此，我不急着来找你们。我来找的是你的两只圣域级魔兽，它们都达到了圣域级，可以选择继续留在玉兰大陆，或者进入其他位面。”

霍丹继续说道：“四大至高位面，肯定比七大神位面要好得多。比如至高位面地狱，那里高手如云，圣域级强者在那里都是普通人。在那里，你们可以拥有最好的修行环境，而且宝物也很多，空间戒指等，更是多得吓人。”

林雷明白了。

实力达到圣域级，才有进入至高位面的资格。那四大至高位面中自然是强者如云，圣域级强者不过是普通人罢了。

第246章

选择

“我不去，我跟着老大。”贝贝摇头说道。

“我也不去，我跟着主人。”黑鲁也说道。

霍丹看向林雷，笑着说道：“林雷，你真正的实力已经是圣域级巅峰了，完全可以进入至高位面。你想不想去？”

林雷没有回答，而是看着霍丹：“还不知道霍丹先生是什么身份？”

“我？哦，忘记说了。”霍丹微笑，看着林雷，“我就是玉兰大陆这个物质位面的位面监守者。”

“位面监守者？”

听到这个名字，林雷就有些明白了。监守，监督看管的含义。难怪这霍丹拥有这么可怕的实力。

“林雷，你还没有回答我，你愿不愿意去其他位面呢？”霍丹催促道。

圣域级强者是否愿意去高等位面，由自己决定。位面监守者只负责告诉对方这件事情罢了。

林雷冷静下来了。

“霍丹先生，说实话，我对其他位面一概不知，不知您能否详细地告诉我呢？”林雷谦虚地追问道。

德林·柯沃特其实也知道位面监守者的存在，只是当初林雷的实力还很弱，德林·柯沃特便没急着告诉林雷。不过关于四大至高位面的事情，德林·柯沃特倒是说过。

“像玉兰大陆这种物质位面，非常多。这些物质位面相差无几，有的是以魔兽为主，有的是以人类为主，有的是以其他族类为主。”霍丹将这些在至高位面中属于基础知识的内容说了出来。

“在这些物质位面上面，便是四大至高位面和七大神位面。”霍丹笑着说道，“七大神位面，是七大元素主神创造；而四大至高位面，是四大至高神创造。”

林雷点了点头。

“七大神位面跟四大至高位面，又有什么区别？”林雷追问道。

霍丹嗤笑一声，说道：“七大神位面，分别是地、火、水、风、雷电、光明、黑暗。你是走地系元素法则道路的，进入大地神界，修炼起来则事半功倍。”

“不过，七大神位面是不如四大至高位面的，你还是进入至高位面比较好。”霍丹继续说道，“林雷，你要知道，这至高位面可是至高神创造的。四大至高神，是超脱主神的存在。”

“至高神？有人可以修炼成至高神吗？”林雷突然询问道。

霍丹愕然地看着林雷。

“哈哈……”霍丹大笑了起来，仿佛听到了什么大笑话一样。

林雷疑惑地看着霍丹。

“林雷，看来你真的很无知啊。”霍丹笑着说道，“你不知道，这至高神，根本不是一般人修炼而成的。我告诉你吧，比如主神，各个族类都有机会修炼成主神，只是概率很低、很低……”

“多低？”林雷追问道。

“举个例子，一亿个普通的神当中，都不一定能出一个主神。”霍丹笑着说道，“比如在光明神界中，下位神、中位神、上位神都有很多。可就算过了千万年，他们中都很难出现一位主神。”

林雷沉默了。

“下位神，中位神，上位神？”林雷眉头一皱，疑惑地看着霍丹。

当初德林爷爷，只是说过神，并没说其他。

“当然，神的神格也分等级。”霍丹正色说道，“当你领悟的法则达到一定程度，得到元素法则本身的承认，自然就会降临神格，你也就成神了，不过最初是下位神。随着领悟得越来越多，达到一定标准，你会成为中位神。”

林雷这才明白。

“武神是什么级别的神？”林雷好奇地询问道。

霍丹看了林雷一眼，笑着说道：“看在你祖先的分上，我便告诉你，武神不过是下位神罢了。”

“下位神？”林雷眨巴了两下眼睛。

老天，武神可是在五千多年前就达到神级了，以其天赋，现在应该很强了，怎么还是下位神？

“哈哈，林雷，你以为从下位神到中位神很容易？”霍丹摇头说道。

“可武神五千多年前就是下位神了。”林雷立即说道。

“那时，他是下位神。可同栏是下位神，差距也很大。假设，领悟元素法则百分之一的，是下位神；领悟元素法则十分之一的，是中位神。即使他领悟了百分之九，也依旧是下位神。你说，领悟百分之一跟领悟百分之九，能一样吗？”霍丹简单解释道。

林雷恍然大悟。

“林雷，别太贪心。在达到神级以后的修炼，每前进一步都极为艰难。四大至高位面中，经过数十万年乃至百万年，无法从下位神达到中位神的修炼者，不计其数。”

霍丹感慨道：“在众神之上的主神，便是无敌了。”

“不是还有至高神吗？”林雷立即说道。

“至高神？”霍丹陡然大笑起来，“你刚才不是问我人是否可以修炼成至高神。现在我告诉你——”

“至高神……”霍丹笑吟吟地看着林雷，“林雷，至高神并不是人修炼成的且没有性别之分，甚至没有本尊身体。”

“啊？”林雷吃惊地看着霍丹。

“四大至高神，他们其实是四大至高规则幻化而成的。他们本身就是无数位面运行的规则！死亡至高神，就是死亡规则；毁灭至高神，就是毁灭规则；命运至高神，就是命运规则；生命至高神，就是生命规则！”

霍丹笑着看向林雷：“你说，至高神可以修炼而成吗？”

林雷明白了。

四大至高神，根本就是无数位面的一部分。他们就是天，他们就是地，他们凌驾于所有生灵之上。

他们本身就是规则！

“至高神本身就是规则，他们没有爱恨情仇等感情，他们淡漠。你骂至高神，至高神不会理会；你讨好至高神，至高神也不会给你奖励。不过，你如果要破坏位面运行，至高神就会惩罚你了。”

林雷笑了。

至高神，虽然他们存在，但他们是规则幻化的，根本不用在意。

“骂至高神？有人敢骂至高神吗？”林雷笑着问道。

霍丹感到愕然，而后笑着说道：“我只是这么一说，即使我在地狱生活了那么多年，也没听说过至高神现身。你现在可以这么认为，那最无敌的，便是主神。主神的意志不可违抗！”

林雷点头表示明白。

“林雷，七大神位面，只是对特定元素法则的修炼有好处，而四大至高位面就不同了。不管你是修炼哪一种法则的，在四大至高位面，修炼速度都不比七大神位面慢。”霍丹接着说道，“所以，四大至高位面，才是最佳选择。”

四大至高位面——天界、冥界、地狱、生命神界。

“林雷，你家族的先辈们可都是在地狱的。不如，你也去地狱吧。”霍丹继续说道。

去还是不去，林雷心中早有了决断。

那地狱中只有自己从来没见过的家族先辈，去了又有多大意义？而在玉兰大陆，他有自己的弟弟沃顿，有好兄弟耶鲁、雷诺、乔治，还有许多好朋友，比如詹尼、巴克五兄弟等。

更何况，他还有一个目标——将光明圣廷连根拔起。

霍丹见林雷迟疑，继续说道："林雷，地狱可是有很多族类的，各种各样强大的族类，层出不穷的攻击之法。到那旦，修炼会更有激情的。"

"不了。"林雷摇头说道，"霍丹先生，感谢您跟我说了这么多，可是我现在还年轻，甚至还没有结婚。我还是不急着去。"

霍丹听到林雷这么说，只能点头。

身为位面监守者，他是不可以强迫别人离开自己所在的位面的。如果别人不愿意，对方就是修炼到上位神，也可以继续留在物质位面。

"霍丹先生，我想问问，去了至高位面，可以再回来吗？"林雷突然问道。

霍丹摇头说道："几乎不可能，十万个修炼者进入至高位面，甚至都没有一个能再回到自己的家乡。如果要回来，代价非常大。"

林雷明白了。

难怪武神、大圣司都不愿意去至高位面。神级高手都不愿意去，可以想象回来很难。

十万个修炼者去，一个都难回来。

如此概率，太低了。

"霍丹先生，抱歉了，让您白跑一趟。"林雷谦逊地说道。

"既然如此，我就先走了。"霍丹站了起来，"林雷，如果你哪天想要离开这个物质位面，可以去北海尽头的北极冰原找我。北极冰原上最高的一座冰山，我就住在那里。"

林雷心中一惊。

"北极冰原？"林雷第一次知道，在北海尽头还有北极冰原。

"霍丹先生，那南海的尽头？"林雷好奇地问道。

"南海的范围比北海要广得多，几乎广袤无边，在其尽头便是玉兰大陆这个物质位面的尽头——空间乱流。"

林雷恍然大悟。

随后，霍丹便腾空而去，直接朝北方飞去，很快就消失在了天地尽头。林雷站在原地，许久没有动弹。

霍丹的一番话，对林雷的影响很大。

“老大，其实我对至高位面很好奇呢。各种各样的族类，圣域级在那里都只是基本等级。在那里，一定好玩。”贝贝的双眼都发亮了。

林雷拍了拍贝贝的小脑袋：“你去找死吗？”

在那里，随便冒出个强者恐怕都可以杀了它。

林雷心中对以后的修炼方向有谱了。

主神？那太好高骛远了。

现在只能一步步来，先达到下位神再说。一旦成为下位神，林雷便有自信灭掉光明圣廷。

林雷很有自知之明，以他如今的实力，在玉兰大陆这个庞大的舞台上，还没有嚣张的资格。

“就是面对奥利维亚，我能不能赢他都难说。”林雷对奥利维亚黑石剑的灵魂攻击之法，可没有一点儿把握。

林雷不由得想到盘龙戒指。当年，一道信仰之力降临在自己身上时，盘龙戒指中突然出现了一道力量将其抵挡了。

“可德林爷爷当年也是盘龙戒指的主人，为什么他死的时候，盘龙戒指没有帮他？”林雷不理解。

看样子，盘龙戒指中的神秘能量，是需要引导的。

光明主神的一道信仰之力，就引出了盘龙戒指中的能量。奥利维亚的攻击，可不一定会引出盘龙戒指中的能量。

“盘龙戒指到底蕴藏什么秘密，我不知道。无论如何，不能寄希望于盘龙戒指。战斗，必须靠自己。”

此刻，伯爵府大厅、院落等地方都是富豪等大人物，而林雷和他的两只魔兽在后院练功场中，修炼起来了。

“去了地狱，就很难回来了，我也不奢求能得到家族先辈的支持。在玉兰大陆，一切只能靠自己。”

如今，林雷忘记了之前的疑惑。为什么龙血战士家族数十位龙血战士，以及其他三大终极战士家族达到圣域级的先辈，都离开了玉兰大陆？为什么他们都不留下一个圣域级强者照顾后代？

玉兰大陆的“水”，比林雷想象得可要深得多。

第247章

武神门

傍晚时分，伯爵府中的人少了很多，大多数贵族已经离开了。订婚宴席是午宴，现在这个时候还在伯爵府的人都是一些比较重要的客人。

“沃顿，你哥呢？”耶鲁拎着两瓶酒，走到沃顿的身边，询问道，“整个下午都没有看到他。”

“我哥跟那个霍丹先生离开了，也不知道去了哪里。”沃顿摇头说道。

“我去找他，以你大哥的性格，说不定跑到练功场去修炼了。”耶鲁离开客厅，沿着走廊走了好一会儿，直接来到后院练功场的外面。

“滴答！滴答！”

练功场旁边的假山上传来滴水声，滴水声在安静的练功场上非常清晰。林雷盘膝坐在草地上一动不动。

如果靠近仔细观看，可以发现林雷的肌肉竟然在有节奏地跳动，林雷身体周围自然起风。

心灵融入广袤的大地，融入那无形的风中。

“咚！咚！”

“呼！呼！”

闭着眼睛的林雷，感觉到天地只剩下震撼心灵的脉动，以及充满天地间无形的风。不知过了多久，林雷睁开了眼睛。

“大人说了，没有他的允许，任何人都不能进去。”

“我都不行？”耶鲁显得很无奈。

“耶鲁老大，进来吧。”林雷嘴角有一丝笑意，起身站立。

耶鲁这时候才走了进来，看着林雷笑呵呵地说道：“老三，我就知道，你又在这儿修炼了。我说，你这么刻苦干什么？你都达到圣域级巅峰了，很厉害了。”

林雷看了耶鲁一眼，笑了笑。

在耶鲁心中，林雷已经是玉兰大陆上绝对的强者了，毕竟连奥布莱恩帝国的皇帝都对林雷那么客气。

可是林雷感觉自己还不够强，特别是在跟霍丹接触后，这种感觉特别强烈。

“来，陪我喝两杯，今天都没怎么跟你喝酒。”耶鲁将拎着的两瓶酒放到石桌上。

林雷坐了下来，翻手从空间戒指中取出了两个酒杯。

“可惜，老四不在。”林雷摇头感叹道。上个月，皇帝宣布选女婿的时候，雷诺就离开了帝都。

“没办法，军队下了命令，他不去也得去。”耶鲁无奈地说道，“上一次，他是碰巧休假，我们三兄弟才聚了一次。老四还好，至于老二，想见一面还要去玉兰帝国。”

玉兰帝国跟奥布莱恩帝国，相距还是有些遥远。

能跟自己好兄弟谈天说地，林雷很愉悦，自己何苦非要跑到至高位面厮杀呢？

修炼的乐趣，在于心灵的一次次感悟，而不是厮杀。

“老三，过几天我也要离开帝都了。”耶鲁慨叹一声，“没办法，现在年轻，商会中许多事情必须去做，否则以后没资历掌权。”

林雷也明白。

像道森商会这种级别的商会，权力绝不会是简简单单的父传子，不然道森商会也做不到这么大。当然，商会会长的儿子肯定会占些便宜，可前提是你必须有能耐、有资历。

“下个月，奥利维亚跟磐石剑圣黑德森的战斗，你不就看不到了？”林雷笑着说道。

“是啊。”耶鲁满不在乎地笑道，“我反正只是一个魔法师，两大圣域级战士的战斗，就是看了又能懂多少？”

林雷忽然将酒杯放下，看向门外：“有人来了。”

“谁？”耶鲁疑惑地说道，“还有别人知道你在这里？”

“武神门的两位。”林雷淡笑道。

圣域级强者已经可以用精神力搜索了。小小伯爵府用精神力很容易完全覆盖，武神门的两位自然轻易就找到林雷了。

卡斯罗特和兰科并肩朝伯爵府后院走去，他们还惊讶于老师的吩咐。

“虽然林雷的实力还算强，但是老师也没必要这样吧。”兰科摇头说道。

“我也有些不懂。”卡斯罗特也感到疑惑。

二人心中疑惑着，走到后院门口。这时候，后院的看门守卫早就打开了门。

卡斯罗特跟兰科对视一眼。

“这林雷，已经知道我们来了。”

卡斯罗特和兰科一眼就看到了跟耶鲁坐在一起的林雷，见耶鲁在这里，卡斯罗特和兰科眉头一皱。

耶鲁这时候站了起来：“老三，有人来找你，你跟他们谈吧，我先去大厅了。”

林雷点了点头。

待耶鲁离开，卡斯罗特和兰科这才坐了下来。

林雷询问道：“卡斯罗特、兰科，你们二人来这儿是？”

卡斯罗特笑着说道：“林雷，我们师兄弟二人是代老师邀请你前往武神门的。”

“武神邀请我去武神门？”林雷有些不敢相信。

武神是什么身份，邀请他干什么？

旁边的兰科点头说道：“林雷，老师的确嘱咐过我们，让你前往武神门。而且这一次，老师还吩咐大师兄亲自招待你。林雷，你可要知道，就是当年磐石剑圣黑德森到武神门的时候，我们大师兄也没有出来接待过。”

“哦？”

林雷心底一动，武神门的大师兄是什么人?

“你们的大师兄，也就是武神的第一个弟子，那他现在多大？”林雷忽然想明白这个问题了。老天，人家武神是五千多年前诞生的人物，那他的第一个弟子岂不……

卡斯罗特和兰科都笑了。

“大师兄如今已经五千多岁了，比老师小不了多少。”卡斯罗特点头说道，“老师让大师兄接待你，也令我跟师弟很吃惊。”

林雷知道，武神门两三百年才会收一个亲传弟子。

最小的一个是布鲁默，三十岁左右；而大师兄，已经五千多岁了。

“好，那我什么时候过去？”林雷笑着问道。

“你随时都可以去。这样，这是我的信物，你到了武神门，直接将这信物交给门下弟子，他们就会告诉我了。”卡斯罗特翻手取出一块赤红色的小牌子，上面雕刻着他的名字。

林雷接过令牌，笑着点头，说道：“放心，我一定会去的。”

卡斯罗特和兰科点头，然后直接离开了。

林雷却想到，武神门的大师兄已经五千多岁了，那他的实力有多强呢？他会比磐石剑圣弱吗?

林雷转念一想，觉得不大可能，磐石剑圣毕竟才数百岁。人家大师兄一直在武神门修炼，又有武神专门教导。五千多年下来，实力怎么可能弱?

武神山的主峰之上有大量建筑，这里是武神门记名弟子居住的地方。平时，由凯尼恩、卡斯罗特、兰科三人，主持武神山的大小事宜。

山风很大，许多武神门记名弟子还在修炼。

“呼！”

数万斤重的巨石被踢起，疾速砸向另外一人。那人也是随意一脚，又踢了回去……两名武神门记名弟子，竟然将这数万斤重的巨石轻松地踢来踢去。

最重要的是，这块巨石丝毫没破损。

他们对于力量、斗气的运用，的确很巧妙。

这个时候，一道身影宛如青烟，飘浮在武神山山道上，眨眼的工夫就到了武神门的广场上。

“嗯？”武神门的一位记名弟子，惊讶地看着来人。刚才，他还没看到人，突然，眼前就冒出人来了。

“你是……林雷大师？”这记名弟子认出来了。斗武场那次，他去为布鲁默助过威。

林雷微笑着点头：“卡斯罗特邀请我来的，这是他的令牌，麻烦你去通报一下。”林雷随手将令牌扔给这记名弟子。

这记名弟子连忙说道：“我这就去通报。林雷大师，请在这里休息一会儿。”

林雷点了点头。沃顿的订婚宴已经过去了两天，于是林雷今天应邀来武神门好好见识一下。

“那就是林雷大师，听说他才二十八岁。”

“连凯尼恩师兄都轻易被他击败了呢。”

“那天我在场，凯尼恩师兄跟林雷大师比，太弱了。”

“凯尼恩师兄是老师的第二十五位亲传弟子，实力弱些也能理解。我想，卡斯罗特师兄跟林雷大师比，估计就差不了多少。如果是那些排名十几，甚至前十的师兄出面，估计赢林雷会很轻松。”

武神门不少记名弟子都低声谈论着，时而看看林雷。这些记名弟子无一不是天才人物，人人都很自豪骄傲。可跟林雷一比，他们的实力就弱多了。

“林雷。”一道响亮的声音响起。

卡斯罗特从里面跑了出来，脸上满是笑容：“你果然来了。走，跟我到青雷峰去。”

“不是这里？”林雷疑惑道。

显然，主峰上的建筑最多，另外四座山峰几乎看不到什么建筑。

卡斯罗特笑着说道：“林雷，我武神门记名弟子多，主峰都是让记名弟子住的。我跟兰科师弟，还有凯尼恩师弟，平常是管理这些记名弟子的。其他师兄，都住在其他的山峰上。”

林雷微微点头。

随即，卡斯罗特带着林雷直接朝另外一座山峰走去。斜坡上，林雷和卡斯罗特如履平地，轻如飞鸟。

“卡斯罗特，你是武神的第多少位亲传弟子啊？”林雷询问道。

“我？第二十二位。”卡斯罗特笑着说道。

“你如今达到圣域级巅峰了吧？”林雷追问道。

刚才他在广场上，听到那些弟子说卡斯罗特能够跟自己一比，所以才会这么问。

卡斯罗特点头说道：“是的，不过我应该不是你的对手。你的速度能赶上奥利维亚，真的很惊人。”

林雷点头，脑子里却在想另外的事。

武神第二十二位亲传弟子，都是圣域级巅峰了，那更早的弟子呢？

“卡斯罗特，磐石剑圣黑德森号称圣域级第一强者，他比得过你的大师兄吗？”林雷询问道。

“怎么可能？”卡斯罗特嗤笑一声，“虽然黑德森对地系元素法则的领悟已经很高了，但是我武神门中比他强的绝对不止一个。黑德森之所以这么有名，那是因为我大师兄、二师兄等人都五千多岁了，早就隐世数千年了。他们怎么可能跟一个数百岁的后辈争名？”

林雷突然有些明白了。

“不谈我们武神门，就谈我知道的，比如杀手之王希塞。一千多年前，希塞就跟我大师兄切磋过，两者不分胜负。我想，如果希塞出手对付黑德森，绝对能轻松获胜。”卡斯罗特肯定地说道。

林雷一怔。

希塞？

看来希塞达到神级的事，卡斯罗特还不知道呢。不过，这个大师兄一千多年前就能跟希塞不分上下，的确是一个可怕的人物。

“青雷峰到了，走，我也很久没见大师兄了。老师说过，大师兄可是我们众多师兄弟中很有可能第一个达到神级的。”卡斯罗特脸上满是笑容。

第248章
大师兄

山风呼啸，林雷和卡斯罗特走在山道上，两三步便是百米距离。

“青雷峰上住着八位师兄，大师兄的住所在青雷峰的峰顶上。”卡斯罗特感慨道。

林雷心中却在想象一千多年前希塞跟那位大师兄战斗的场景。

“卡斯罗特，你知道希塞跟你大师兄当年的战斗是什么情况吗？”林雷询问道。

卡斯罗特羡慕地说道：“当年那场大战发生时，我还没有入武神门呢。不过，我听其他师兄谈论过。希塞的实力很可怕，而且速度非常快。大师兄的速度，是我们众师兄弟中最快的一个，不过也跟希塞不相上下。”

“速度有多快？”林雷的速度也快。

卡斯罗特淡笑道：“我不知道，毕竟我没亲眼看到。不过我估计，应该比你和奥利维亚要快得多。”

林雷明白，如今自己的正常人类形态还没进入圣域级，实力还有很大的提升空间，比不上人家很正常。

青雷峰峰顶。

这峰顶大概方圆数十米，峰顶上长着一些低矮的树，还有一些杂草，在一棵老树的旁边有两间石屋。

此时，正有一人站在不远处俯视着地面。

林雷仔细看着这人。他穿着很朴素的青色长袍，身板如标杆一般笔直。他留着一头三寸短发，头发颜色是青色的。只是单看背影，他就给人一种极为剽悍、刚毅的感觉。

"大师兄。"卡斯罗特恭敬地说道。

青色短发男子转头看了过来。当他的目光落在林雷身上，林雷和他对视的时候，林雷感觉自己的灵魂一颤。

这是什么攻击？

林雷心底惊异起来。林雷确定，如果是一般的战士，估计这大师兄的目光就可以令对方魂飞魄散。幸亏他拥有九级大魔导师的精神力。

"不错。"这大师兄微笑着点头，"你叫林雷？"

"是的。"林雷也点头。

"我叫法恩。"大师兄微笑着说道，"老师让我先接待你。你是喝了龙血后才能够变身的吧，不是纯粹的龙血战士吧？"

"嗯？"林雷眉头一皱。

"我听说过你变身的模样，便这么猜测了。你们巴鲁克家族的龙血战士，我见过。"法恩淡笑道。

"是的，那又怎么样？"林雷接着说道。

法恩感叹道："据我所知，巴鲁克家族纯粹的龙血战士潜力比较大，而喝龙血变成的变异龙血战士，潜力是小一点儿的。如果你是纯粹的龙血战士，等你实力达到圣域级巅峰，应该可以和我一战。"

"即使是变异龙血战士，其潜力应该也比你的大吧？"林雷不满意这个大师兄说话的口吻。

法恩眉头一皱。

他是何等身份？

在法恩眼中，即使是号称圣域级第一强者的磐石剑圣黑德森，也只是小辈，他根本懒得理会。林雷现在顶撞他，的确令他不满。

可想到武神的吩咐，法恩便微微一笑，不再生气。

“的确，终极战士，即使不是纯粹的，也比正常人类更有潜力。”法恩微笑道，随即看了旁边的卡斯罗特一眼，“师弟，你先回去吧，林雷暂时让我来接待。”

“是，大师兄。”卡斯罗特恭敬地说道，旋即对林雷使了一个眼色，让林雷不要太狂傲，而后便下山了。

林雷深吸一口气，他明白，在武神门还是谦逊一点儿好。

“林雷，我们坐下聊聊。”法恩一挥手，远处的两把木凳便直接飞了过来，落在了林雷和他面前。

林雷看到这一幕，很疑惑。

法恩这到底施展的是什么手段？林雷刚才可没感觉到斗气的存在。

“我听说你拒绝了霍丹大人？”法恩笑着说道。即使是法恩，对霍丹也是很恭敬的，毕竟霍丹是神级高手。

“是的。”林雷点头说道。

“聪明。”法恩笑呵呵地说道，“林雷，我们应该为自己出生在玉兰大陆而感到庆幸啊。”

“哦？”林雷有些疑惑。

法恩继续说道：“不少圣域级强者已经成名数百年了，该享受的都享受了，亲人大多衰老死去。在了无牵挂后，这些圣域级强者大多去了至高位面。”

林雷点头，这点他理解。

物质生活，享受时间长了也会厌倦。数百年过去，没有达到圣域级的亲人自然会老去，自然会死亡。此时，圣域级强者无牵无挂，去至高位面很正常。

“可是那些人不知道，至高位面中的很多强者，都想到玉兰大陆位面来。”法恩嘴角有一丝笑容，“林雷，五千多年前，异位面强者降临的事情，你知道吗？”

“听说过。”林雷点头说道。

“没想到你连这个都知道。”法恩点头说道，“那么多高手为什么来玉兰大陆，自然是玉兰大陆位面有吸引他们的地方。”

法恩摇头叹息道：“不少圣域级强者，跑去高手如云的至高位面，其实是舍近求远。”

“林雷，我只是要告诉你，不要急着去至高位面。待在这里，以后你就知道好处了。至于玉兰大陆到底有什么秘密，我暂时不能告诉你。”法恩笑着说道。

林雷疑惑地看着法恩：“为什么告诉我这个？”

这种事情，许多圣域级强者都不知道，法恩为什么告诉他？

“这是老师嘱咐的。”法恩说道。

“武神？”林雷很是不解。

这已经是武神第二次帮他了，第一次是直接让皇帝选择沃顿，而这次更是告诉了他这些事。

法恩忽然说道：“林雷，听说你实力很强，你我切磋一下，如何？”

林雷眼睛一亮，当即点头。

跟法恩这个级别的高手切磋，的确对他有利。他翻手就取出了那柄紫血神剑，脚下一点，往后飞去，同时黑色的鳞甲覆盖全身，背上的尖刺也冒了出来。

看着林雷那暗金色的瞳孔，法恩赞叹道：“你这变异龙血战士变身，好像很特殊。来吧，准备好了吗？”

林雷在心中默念着风影术。

“好了。”林雷点了点头。

法恩看着眼前的林雷，想起自己老师的吩咐，不由得无奈叹息。他主动跟林雷切磋，实际上也是武神的要求。

按照武神的话说，应该要让林雷知道玉兰大陆真正高手的实力。

“林雷，我的速度很快，你可要小心点儿。”法恩微笑着说道。林雷正是知道法恩速度快，才拿出紫血神剑的。

紫血神剑使用起来，速度是非常惊人的。

“开始了。”法恩眼睛一亮。

“哧哧——”青色的闪电在法恩的身体表面流转起来，以至于发梢上发出“噼里啪啦”的声音。

法恩一动。

林雷只看到一道青色的闪电直接朝自己袭来，和奥利维亚比起来，这速度起码提升了一倍。这种可怕的速度，林雷根本来不及闪躲。

“好可怕！”

林雷脚下一点，同时手中的紫血神剑一下子化为旋风，无数紫色剑尖朝前方的青色闪电刺了过去。

风之奥义——风波动！

林雷根本不敢施展其他招数，估计施展风的律动，连对方的身体都碰不到，唯有这一招，才能勉强防御。

“砰！”一股可怕的冲击力撞击在紫血神剑的剑尖上。

而后，林雷清晰地看到青色闪电沿着紫血神剑冲到了他的面前，直接轰击在了他的黑色鳞甲上。

“轰！”

仿佛一记重拳砸在林雷的灵魂上，林雷直接飞了起来，旋即落到地上，整个人都震颤起来，青色闪电还在林雷的身体上流转。

麻痹感席卷全身，林雷感觉自己已经完全无力了，连意识都变得模糊。

过了许久，林雷才完全清醒过来，四肢也渐渐有了力量。林雷缓缓站了起来，震惊地看着法恩。

当初跟奥利维亚一战，林雷认为自己已经达到圣域级巅峰，在玉兰大陆能击败他的人已经不多了。

可是，在跟法恩简单切磋后，他发现自己跟法恩之间的差距太大了。

法恩的速度，是他的两倍。虽然两倍听起来不多，但是在战斗中，稍微快点儿就占据优势了。两倍是难以逾越的差距。

他根本无法反抗。

而且那雷电攻击，竟然威胁到了他的灵魂。

法恩手下留情了，并没有真正地伤林雷。

“怎么了，不敢相信？”法恩坐在木凳上，笑着说道。

林雷心中还是有些乱：“虽然知道法恩先生的实力很强，但是没想到……我竟然毫无还手之力。法恩先生，难道你达到神级了？”

“没有，我依旧是圣域级巅峰。”法恩摇头说道。

“我也是圣域级巅峰啊，这……”林雷无法理解。

法恩笑着看向林雷，感叹道：“林雷，你千万别被‘圣域级巅峰’这几个字给蒙蔽了。在我们这种高手的比较中，根本不用提什么圣域级巅峰，而是看对法则的领悟。”

“领悟到法则的皮毛，按照普通人的看法，就是圣域级巅峰了。”法恩不在乎地说道。

林雷一怔。

对，的确如此。

林雷剑法的第三个层次“势”，不过是借助天地之势，连法则的皮毛都不算。

而风之奥义——风波动、风的律动，以及大地奥义，都是林雷对两大法则的一点儿领悟而已。

他的确只是领悟了皮毛而已。

“按照老师说的，元素法则浩瀚如海，你领悟了一滴水，是圣域级巅峰，你领悟了一百滴水，依旧是圣域级巅峰。可这其中的差距很大很大！”

法恩脸上有一丝落寞：“元素法则真的很深奥，据说领悟百分之一，才能达到下位神境界。”

“而你和奥利维亚，领悟的法则连万分之一都没达到。”法恩笑着看了林雷一眼，“你说，虽然你们也领悟了一点点，但是怎么能跟我这种领悟了数千年的人相比呢？”

林雷心中明白。

他再厉害，不过才领悟了不到十年时间。

而人家领悟了数千年，即使天赋不如他，可是领悟的东西，怎么可能会比他少？

“林雷，在如今玉兰大陆出名的一些圣域级强者中，像磐石剑圣黑德森，都是在一千年以内出名的。而真正潜修了数千年的高手，早就不在乎俗世的名利了，他们还在潜修着。”

林雷愣住了。

磐石剑圣，毕竟号称圣域级第一强者啊。

“玉兰大陆的一些强者，不过是人们知道的一些强者，他们不知道的强者，你知道那些人多强吗？五千多年前的那一战，幸存的强者，可都潜藏着呢。我可不相信那些老家伙，会舍得离开玉兰大陆位面。”法恩嘴角有着一丝笑意。

第249章
武神召见

法恩说完，便起身走到山峰边缘，任凭山风吹得他的长袍猎猎作响。而林雷则是在消化刚刚知道的这一切。

从位面监守者霍丹那里，林雷知道了达到圣域级就可以离开玉兰大陆位面的消息。

而从法恩这里，林雷知道，这玉兰大陆位面有很大的秘密，五千多年前众多异位面强者降临这里也是因为这个秘密。

其实，年仅二十八岁的林雷，能达到如今的成就已经非常了不得了。毕竟玉兰大陆那些隐居在各地的超级强者，都经过了漫长岁月的修炼。

“呼。”林雷长呼一口气。

“管那么多干什么？我只要我弟弟他们都过得快乐，能够灭掉光明圣廷为我父母报仇，那就足够了。”

林雷心中的目标，需要足够的实力支持。

而林雷本人，对于修炼，也同样极为热爱。

修炼的道路，本来就充满坎坷，许多强者在这一条路上失去了生命，真正达到巅峰的又有几人?

整个玉兰大陆，神级强者也就五个。

自从踏上修炼这条路，林雷的目标就是站在玉兰大陆的巅峰。当踏上这一条路时，林雷就做好了失败甚至殒身的准备。

“当年我因为无法修炼龙血斗气，便梦想成为七级战士、八级战士……最后，我不但成了龙血战士，还成了神圣同盟的魔法天才。

“少年时代的我，梦想有一天达到圣域级，如今也达到了圣域级巅峰。”

林雷脸上有着一丝笑容。

自信。

“法恩，过不了多久，我也会击败他。”林雷感觉自己充满了激情，超越的高手越多，达到巅峰的时候才会越有成就感。

真正让人感动的不是最后的成功，而是一次次遇到挫折、一次次突破的过程。

法恩转过头，看向林雷。

“你先在这里休息一会儿，等傍晚的时候，我带你去见老师。”法恩微笑着说道。

“武神？”林雷眉毛一挑。

武神要见自己？

“老师见你，自然有事情。我就在旁边静修，如果有什么事情你可以问我。”法恩不想在林雷身上浪费时间，直接走到了一块已经坐平的石头上，闭眼盘膝坐下。

林雷看着静修的法恩。

“也不知武神到底想要干什么。”林雷不再多想，也到一旁静静盘膝坐下，开始修炼起来。

时间流逝，转眼太阳落山了。

原本盘膝坐在石头上的法恩，身体突然变得模糊起来，旋即消失在石头上。在林雷旁边，法恩出现了。

法恩见林雷在静心修炼，不由得暗自点头。

真正的高手，都是要耐得住寂寞的。

如奥利维亚，在荒山上独自静修整整三年，而林雷在魔兽山脉中也同样苦修过三年。修炼时耐不住寂寞，天赋再高也没用。

“林雷，差不多了，你随我去见老师。”法恩微笑着说道。

林雷睁开眼睛，当即起身跟着法恩往前走。

法恩走到山道边缘，而后直接朝下方飞去。人类形态的林雷虽然不会飞行，但是脚一点地面，也朝下方坠去。

林雷控制风，能让自己下降的速度变慢。

仅仅一会儿，法恩就落到了半山腰，林雷也落了下来。

“跟我进去。”法恩直接朝前方的一个天然洞穴走去。林雷感到疑惑，武神竟然居住在洞穴中？

洞穴内七弯八拐，他们走了好一会儿，前方出现了一个通向下方的洞窟。这洞窟深不可测，一眼看下去，黑漆漆的。

“下去吧。”法恩直接朝里面一跳，林雷跟着跳下去。

二人疾速下坠。

林雷感到惊讶，暗自想：“这深度绝对超过两千米了，现在已经在地底了。”

坠了好一会儿，法恩、林雷二人才如飘叶一般轻轻落地。

而后，林雷继续跟着法恩沿洞穴前进。不过，洞穴内部的温度越来越高。

“好高的温度。”

以林雷本身的防御，他不敢硬扛这高温，不得不用斗气保护脚底，就连皮肤、头发上都有青黑色斗气流转。

如果没有斗气的保护，恐怕林雷的头发会直接燃烧起来。

周围石壁皆赤红，走了一会儿，林雷发现前方是一扇黝黑的石门。如此高温下，这扇石门却一点儿变红的迹象都没有，想来也不是一般的材质。

“呼呼——”

炽热的气流从石门内部传出来，同时还有一股淡淡的威压传了出来。面对这股威压，林雷竟然有种想要膜拜的冲动。

“老师，林雷带到。”法恩恭敬地说道。

武神？

武神就在石门里面！

原本内心还算平静的林雷，此刻却忍不住心跳加速，毕竟纵横玉兰大陆的绝世强者，此时跟他只隔着一扇石门。

“好了，法恩，你先退下吧。”淡漠的声音响起。

“是，老师。”法恩恭敬地退去。

林雷则站在原地，静候武神发话。

“林雷，二十八岁，九级大魔导师，已然踏上领悟元素法则的道路……”武神的声音依旧淡漠，“林雷，你很不错。”

林雷的眉头却皱起来了。

他感觉到，武神的声音在一次次地震动他的灵魂，武神的声音再高亢一点儿，就足以震散他的灵魂。

“谢谢武神夸赞。”林雷谦逊地说道。

“你该知道的，我已经让法恩告诉你了。门口有一块赤红色的令牌……你接下它，从今天起，你就算是我这一方的人了。”武神淡漠地说道。

林雷心底一震。

算是武神这一方的人？

他瞥向石门旁边，那里有一块平放的石头，石头上放着一块赤红色的令牌。这块令牌正缓缓飞过来，飞到了他的面前。

上面只有一个字——武！

“这武神到底什么意思？我算他这一方？”林雷有些不满，让自己投靠，而且一点儿商量的余地都没有。

武神淡漠的声音再度响起：“按照你现在的实力，其实还没资格得到这块令牌。不过……我看你迟早也会达到要求，便提前给你。拥有了这一块令牌，你就拥有了去探索玉兰大陆秘密的资格。”

“玉兰大陆的秘密？”林雷出声道。

“等你的人类形态达到圣域级，或者击败磐石剑圣黑德森后，你再来找我。那时候，你就有资格知道玉兰大陆的秘密了，也才真正配得上这块令牌。”武神淡漠地说道。

林雷却从武神的话语中，感受到一种孤傲。

在武神看来，现在的林雷还没拥有这块令牌的资格，林雷的实力还很弱。

林雷有自知之明。

“武神，”林雷谦逊地说道，“你说我要人类形态达到圣域级，或者击败磐石剑圣黑德森后才有资格拥有这块令牌？”

武神沉默片刻，而后开口了。

“黑德森号称圣域级第一。虽然在隐居于玉兰大陆各地的圣域级巅峰强者眼中，圣域级第一名不副实，可是黑德森的实力，即使放在那些修炼了数千年的人中，也是排得上中等位置的。”

林雷心中明白了。

“若是你人类形态达到圣域级，在这种情况下都击败不了黑德森，那我都为你的祖先感到可悲。”武神淡漠地说道。

林雷却笑了。

显然，在武神眼中，他人类形态达到圣域级肯定能胜过黑德森，不过如今的他，好像还敌不过黑德森。

“我就不信，武神知道我大地奥义的真正攻击力。”林雷心中暗道。

武神虽然算是神灵了，但是也不可能什么都知道。

“林雷，我给你一个忠告！”武神突然说道。

“武神请说。”林雷眼睛一亮。武神踏入下位神已然五千多年，他的忠告应该可以令自己少走很多弯路。

淡漠的声音从石门中传出来：“研究元素法则的路径很多，你最好选择一条路，一直走下去，不要同时研究几条路。”

林雷一怔。

元素法则的确深奥，如风系元素法则。林雷如今在风系元素法则方面，主要研究两条路，一个是速度，极限的速度。

另一个是威力，如风的律动。

“武神，为什么只选择一条路？”林雷追问道。

“你当然可以同时研究元素法则的诸多方面，没人会强求你。我刚才的忠告，听不听由你，没别的事，你就可以回去了。”武神淡漠地说道。

林雷却连忙说道：“武神，我想问一下，你给我这块令牌后，我会有什么权利以及需要做些什么？”

“拥有这块令牌，只代表你有探索玉兰大陆秘密的资格。至于其他，你死了，我也不管你，一切靠你自己。”

“那武神，我想问问，玉兰大陆如今有几位神级强者？”

自从跟法恩谈过后，林雷从心底怀疑玉兰大陆的神级强者，是不是不止五个？

“一共五个。”武神淡漠地说道，“那希塞也才突破几年罢了。”

林雷心中一松。

玉兰大陆巅峰的神级强者，也就那么几个。

“武神，你为什么给我这块令牌？当初又为什么帮助我的弟弟？”林雷追问道。林雷一直疑惑，武神到底跟他有什么关系？

在林雷看来，武神应该不会有求于他。

毕竟武神比他强太多了。

“你问得够多了。”武神声音一沉，“你可以回去了，如今的你还是别想太多，好好修炼，等击败了黑德森，或者人类形态下达到圣域级，再来找我吧。”

听到武神的不满语气，林雷便不再追问。

他非常知趣地回道：“武神，那我告退了。”

林雷当即施展风影术，从洞穴底部飞了出去，最终走出了洞穴。走出洞穴后，山风一吹，林雷长吁了一口气。

即使隔着石门跟武神说话，林雷也感到了巨大的压力。

“他这一方的人？”林雷看了看手中赤红色的令牌。这块令牌偶尔会闪烁金光，这种材质林雷从来没见过。

林雷翻手便将赤红色令牌收入空间戒指，然后直接下了武神山。

在下山的途中，林雷一直想着武神的那句忠告。

“研究元素法则的路径很多，你最好选择一条路，一直走下去，不要同时研究几条路。”

其实在地系元素法则方面，林雷只走了一条路。

他研究的是大地脉动。

林雷摇了摇头，不再多想，直接离开武神山回到了帝都。

等下一次再来武神山见武神，那个时候的林雷，不是击败了黑德森，就是人类形态达到了圣域级。

第250章

脉动防御

伯爵府中宁静得很，赛斯勒在自己的房间中修炼，而巴克五兄弟、沃顿都在后院宽阔的练功场上修炼，丽贝卡姐妹、詹尼跟七公主尼娜在一起，几个女孩闲聊着。

“呼。”

修炼完毕，沃顿冲洗过后换了一套干爽的衣服，心满意足地走在伯爵府中。沃顿从来没有觉得自己这么幸福过。

哥哥跟他生活在一起，他还娶到了尼娜，希里爷爷、希尔曼等人也过上了安静舒服的生活。

“父亲、母亲，你们如果还活着，一定会很开心吧。”沃顿很满足，同样也很感激给他带来这一切的大哥林雷。

林雷就是他们家族的支柱。

如果不是林雷，皇帝会将尼娜嫁给他吗？如果不是林雷，他在帝都只能算是一般人物，最多博个“天才”的称呼。

沃顿看到远处的希里爷爷正躺在躺椅上，悠闲地喝着果酒。

“希里爷爷，我哥呢？”沃顿走过去询问道。

管家希里抬头一看，笑着说道：“是沃顿少爷啊，林雷少爷一早就出去了。”

“还没回来？”沃顿点头问道。

“你哥他在外面，你担心什么？你哥可是圣域级强者。沃顿少爷，你也要好好努力啊。”管家希里笑呵呵地说道。

“嗯。”沃顿点头。

“希里爷爷，下个月就是奥利维亚跟黑德森的大战了，到时候你去看吗？”沃顿笑着问道。

“那是当然，圣域级强者之间的战斗，怎么能不看？”管家希里的眼睛都亮了起来，“黑德森可是圣域级第一强者，两者对战一定很精彩。”

沃顿眼中也有憧憬。

“总有一天，我也会像大哥、奥利维亚、黑德森他们一样。”沃顿暗自下了决心。

这时候，远处响起了脚步声。

林雷出现在院门口，沃顿看到他时感到心中一暖，连忙迎上去说道：“哥，你怎么到现在才回来？巴克他们还有我都修炼结束了，等会儿就要吃晚餐了。”

“出去见了一些人。”林雷笑着说道。

去武神山的事情，林雷没告诉弟弟。在林雷看来，这玉兰大陆上有一些事情还是暂时别让弟弟知道，等弟弟达到了圣域级，他再说也不迟。

伯爵府内的一个独立庭院，林雷住在这里。虽然伯爵府的练功场大，但是巴克五兄弟、沃顿等一群人在这里修炼，需要很大的空间，所以林雷就在自己的庭院中修炼。

“呼！呼！”四周风起，连庭院中繁茂的枝叶都舞动了起来，林雷的头发也时而随之飘舞。

林雷手持黑钰重剑，黑钰重剑的剑尖碰到地面。

“大地奥义的振动波，如今我最多能够转化出一百二十八重。”当初，在云峰镇修炼五年，林雷在第四年就达到了百重浪境界。

从当初的三重浪到十重浪，再到百重浪，林雷的进步速度很快。

可是达到百重浪后，林雷的进步速度就开始变慢了。即使到了现在，林雷也只是达到一百二十八重。

每次有所领悟后，他才能稍微增加一两重。

“也不知道极限到底是多少重？”林雷当即盘膝坐下。

“咚！咚！”

林雷的脑海中回响着大地的脉动，那奇特的节奏仿佛有神奇的功效，能够让人情不自禁地沉浸其中。

在这种节奏下，林雷的肌肉时而膨胀，时而收缩，他的身体周围竟然产生了一阵旋风。他曾经盘坐修炼的时候，发现身体肌肉随大地脉动有规律地运动，吸收地系元素的速度就会加快，身体素质也会提高。

“啊！”

林雷陡然站了起来，眼睛亮得吓人。

“大地脉动，大地脉动……”林雷在脑海中回忆起当初黑德森阻挡自己跟奥利维亚的一幕。

黑德森身体周围的土黄色气浪，一重重地轰在他的身上，竟然令他不得不后退。

“当时我就觉得黑德森的防御有些熟悉，可是一时间没想明白，也没来得及想，现在看来……”

林雷此刻有种拨开云雾见月明的感觉。

“大地脉动，可不仅仅是振动波。它可以转化为无形，也可以用斗气来传递。”这就像一层纱，揭开这一层纱，也就明白了。

“脉动防御，哈哈……地系禁咒魔法当中有脉动守护，看来是一个道理。不过，我这个是对自己的保护。”

林雷身体周围有青黑色的斗气流转。

“不对。”

林雷闭上眼睛，心灵跟大地脉动契合，同时不断调整龙血斗气的变化。道理明白了，可是要实践起来，并不是那么简单的事情。

林雷站在庭院中，周围的青黑色气浪仿佛云雾一样翻滚着。

其实，道理很简单。比如一张纸，很容易拉断。可如果将这张纸切割成六份，像辫子一样扎起来，这根纸绳子可以拉起数十斤甚至上百斤的物体。

同样的材料，只是经过不同的处理方式，承受力就明显不同了。

斗气防御也一样。

同样的斗气，只是控制方式不同，防御力就可以增加数十倍乃至上百倍。而大地脉动就是这样一个奇特法门。

地系元素法则中，大地脉动只是其中一条路。

林雷对大地脉动这一方面的领悟，早就达到了一个比较高的程度。现在转化一下，便可领悟脉动防御。理论都懂了，实践起来，需要花些时间。

“哥，吃饭了。”沃顿大步走了过来，身后是巴克五兄弟。他们六人都是刚刚修炼过，已经冲洗完毕。

可当他们推开院门的时候，发现——

青黑色的斗气在林雷身体周围如同云雾一样翻滚着，林雷在青黑色气浪围绕下若隐若现，模糊得很。

“哥？”

“大人？”

沃顿、巴克五兄弟彼此对视。修炼归修炼，可每天也该正常休息啊。

“别打扰老大。”趴在庭院旮旯的贝贝说道。

“要吃晚餐了，大哥也该休息了。”沃顿如此说道，同时朝林雷走过去。

贝贝和旁边的黑鲁对视一眼，根本不阻拦。

林雷早就嘱咐过贝贝它们，不要靠近，否则会被波及。

“这个小子，就该让他吃些苦。”贝贝心底暗道。

沃顿没有太在意。林雷身体周围的斗气很浓厚，可是离他身体比较远的斗气还是很稀薄的。这点儿斗气，沃顿怎么可能在乎？

当他碰到青黑色气浪边缘时，一股股诡异的冲击力传递过来。

“砰！”沃顿被斗气弹飞了。

他感觉好像一瞬间被连续轰击了数十次，每一次都仿佛被陨石轰击过一样。

“沃顿！”盖茨第一个接住沃顿。

“沃顿，你没事吧？”盖茨询问道。

“没事。”沃顿捂住胸口，喉间有血腥味，惊讶地看向林雷，“大哥的斗气外放，我只是碰到最外围的，就受到了这么强的攻击！”

沃顿不敢想象，如果是在里面，斗气最浓厚处，攻击力会多强。

“沃顿，我看大人现在都没停止修炼，肯定是处于修炼的重要关头，我们还是别打扰了。”巴克严肃地说道。

沃顿点头，说道：“我会命人在院门外守卫，不允许任何人打扰。”

“不用，我跟黑鲁会看好的。”贝贝满不在乎地说道，“你们走吧，老大不停下，你们就别来打扰。”

沃顿、巴克五兄弟彼此看了看，然后离开了。

同时，沃顿、巴克五兄弟也吩咐其他人，不要来打扰林雷修炼。

晚餐桌上，詹尼、尼娜等人都惊讶林雷如此勤奋。

“连晚餐都不吃了，大个子，大哥他好刻苦。”尼娜嘀咕道。

没承想，林雷第二天照旧在那里修炼，第三天还是如此……就这样，时间一天天过去。

转眼，已经过去十几天，进入了五月份。

“再过几天，就是奥利维亚跟黑德森的大战了，我哥不会连这场大战都错过吧。”沃顿对旁边的巴克五兄弟说道。

沃顿、巴克五兄弟都站在院门外。

每天修炼结束，他们都会来看看林雷。林雷几乎没什么变化，身体周围依旧弥漫着青黑色斗气，只是和十几天前相比，青黑色斗气覆盖的范围小了很多。

“也不知道大哥在修炼什么。”沃顿根本看不明白。

巴克五兄弟摇头。他们在境界上的领悟比沃顿强不了多少，如今只明白有元素法则的存在。

“呼！”呼气的声音响起。

原本已经准备离开的沃顿、巴克五兄弟立即转头。青黑色斗气已经被林雷收入体内，林雷正微笑着伸懒腰。

“沃顿，你也在这里啊。”林雷笑着说道。

“大哥，你终于修炼完了。”沃顿惊喜地说道。

“哦。对了，沃顿，我花了多长时间？”林雷笑着问道。

“都快十五天了！今天都5月1日了，还有三天就是5月4日了，那天夜里就是奥利维亚跟黑德森的大战。”沃顿重重地说道。

“十五天？”

林雷有些吃惊，他沉浸在大地脉动中，然后不断地调整脉动防御，根本感觉不到时间流逝。

没想到，他一闭眼一睁眼，就过去十五天了。

“虽然对大地脉动领悟了部分，也明白了脉动防御的原理，可是灵活运用，却整整花费了十五天时间。”

林雷还是很满意的。

过去的斗气护罩，是对斗气最简单的运用。如今的脉动防御，使用同样的斗气，威力却比斗气护罩大得多。

“我跟黑德森的防御，好像不同。”

在创造脉动防御前，林雷以为他们的防御是一样的。可是林雷创造出来后发现，黑德森的防御只能算是对大地脉动的简单运用。黑德森对大地脉动的理解，绝对没有他深。

可是，黑德森的防御很可怕。

脉动防御只是黑德森防御力附带的一个技能而已。他真正看重的是黑德森从地系元素法则中领悟出的另外一种奥义。

“不知道我纯粹的脉动防御，跟黑德森的防御，谁厉害一点儿。”林雷心中暗道。

“哥，想什么呢？去吃晚餐了。”沃顿喊道。

“好。”林雷看向旁边的贝贝和黑鲁，说道，“贝贝，黑鲁，走吧。”

林雷猜得到，贝贝跟黑鲁这十五天肯定一直待在这里陪着自己。

“我还以为老大忘记我们了呢。”贝贝跳到林雷的肩上，直立起来撇嘴说道，“不过老大，这十几天，虽然我们在庭院中没出去，但是那些仆人还是送食物给我们了。唉，今天晚上没得送了，还要我贝贝亲自跑过去吃。”

林雷、沃顿、巴克五兄弟都不由得笑了起来。

第251章

奥利维亚对战黑德森

玉兰历10009年5月4日，这一夜注定是不平凡的。帝都的许多居民都不睡觉，而是来到了郊外。这一晚，夜空中没有星辰也没有月亮，只有厚重的乌云笼罩夜空。

帝都的不少居民在郊外点燃了篝火，三五成群地等待着大战来临。

“嘿，三哥，你说奥利维亚大人跟黑德森大人会在哪里战斗啊。当初，奥利维亚大人挑战的时候也没说清楚，只说是城外。到底是东城门外，还是西城门外，抑或是南城门外、北城门外……”

“谁知道呢？只能在这里慢慢等了。”

这个难题困扰了很多人。不少人是从其他城池赶过来的。除了少数对战斗比较淡漠的人和一些魔法师外，帝都中过半的人都出来观战了。加上其他城市的人，来观此战的人已数不胜数。

如今，帝都的四个城门外，都有人聚集。

没人知道，战斗到底会在哪里开始。

伯爵府的一大群人自然也出来了。不过，林雷他们很容易就知道了即将战斗的地点，因为黑德森正散发出战斗气息。

黑德森、奥利维亚都并没有明确说出战斗的地点。

所以，黑德森就选定在帝都城北的赤炎河河道上空。赤炎河算是一条大河，宽的地方有数百米宽，只是长度远不如玉兰河，赤炎河算是玉兰河的支流。

圣域级强者对于气息特别敏感。

如果什么地方有一场圣域级强者之间的大战，数百里外的圣域级强者都能感觉得到。林雷虽然没有变身，但是和黑鲁、贝贝一样，都清晰地感觉到了那股气息。

“在城北赤炎河上，快过去，战斗地点就在那里。黑德森大人已经在那里了。”这个消息仿佛一阵风一样，快速传到城南、城东、城西。

另外三处观战的人仿佛洪流一样朝城北赶去。

绝大部分人都是从野外沿着荒漠的路赶过去的，毕竟这么多人，如果都从帝都走，实在太拥挤了。

“人还真多啊。”林雷、沃顿、巴克五兄弟等一群人看到眼前的场景，都震撼了。

赤炎河两岸聚集了数十万人，当初斗武场的八万名观众就让人觉得人山人海，更何况，现在这么多人。太可怕了。

赤炎河两岸都是密密麻麻的人。

最要命的是——

城南、城西、城东的人也正不断地涌过来，宛如三道洪流一样不断涌入这片人海中，人越来越多。

“这么多的人，这个奥利维亚也是的，当初非要将决战之日定在三月后。如果是半个月，其他行省的人根本赶不过来。三个月，西北行省消息灵通的人也能赶过来。”希尔曼摇头说道。

赛斯勒却哈哈大笑道：“人多好，多么壮观啊！”

赛斯勒想到了自己的亡灵大军，上百万的亡灵大军一样震撼人心。

“最重要的是，我们现在怎么到前面去。难道在远处看？”管家希里看着前方密密麻麻的人，都没勇气挤进去了。

盖茨得意地说道：“这简单，我们五兄弟开路，直接冲进去。”

以巴克五兄弟的身材，绝对有把握冲到最前面去。

“别急，你们没看到乔安陛下的军队来了吗？”林雷笑着说道。的确，这个时候一列整齐的队伍过来了。

普通居民的人数比军队人数多得多。

可是排列整齐，身穿铠甲的军队，在气势上就压倒了那些普通居民。

“嗷——”

“嗷——”

人群中还有大量魔兽。这些魔兽都是一些强者收的魔兽，魔兽的叫声时而响起，人们的议论声也不断响起。

场面十分混乱。

“安静！”一道大喝声在天地间回荡，“那些在赤炎河上乘船的人，全部上岸！快点！如果你们在赤炎河上，很容易被黑德森大人和奥利维亚大人的战斗波及。赤炎河两岸的人，全部后退，每人后退十米。不允许任何人靠近河岸，城卫军负责秩序。”

帝国军队开始快速有序地维持秩序。

帝国高层不敢大意，这么多人在这里，如果发生骚乱，那可是大事。两大圣域级强者战斗是大喜事，到最后可别弄成坏事了。

“沃顿大人、林雷大人，请随我们到里面去。”两名士兵走过来。

林雷和沃顿对视一笑。

乔安早就安排好了，让普通居民后退十米，帝国的贵族就可以到前面去。只要不到河上，以赤炎河数百米的宽度，足够两大圣域级强者战斗了。

更何况，两大强者是在高空战斗。

贵族们依照安排，依次到了赤炎河河岸的两旁，站在最佳的位置准备观看这一场旷世大战。而普通居民看到这一幕，并不生气。

贵族和平民之间还是有界限的。

能够成为贵族，都是为帝国立下过大功，再或者是本身十分优秀的人物。只要你有实力，你就有可能成为贵族。

因此，帝都的居民都很敬仰贵族，也梦想自己能成为贵族。

夜间的风很凉，特别是靠着河岸，不少贵族都披上了袍子。

河岸两旁，插满了火把，火光倒映在赤炎河河面上，亮堂得很。赤炎河上空，只有磐石剑圣黑德森一人凌空而立，奥利维亚却一直没出现。

“林雷大师，奥利维亚怎么还不出现？”乔安对旁边的林雷说道。

林雷坐在乔安的旁边，是乔安安排的。乔安一是为了拉拢林雷，二是有一个圣域级强者在旁边，觉得自己更安全点儿。

“陛下不用着急。”林雷微笑着说道，“黑德森先生都不急，陛下只需静静等待就是。”

“也对。”乔安微笑着点头。

赤炎河上空，穿着灰色朴素长袍的黑德森背着一柄土黄色重剑凌空而立，他的眼睛是闭着的。

突然——

黑德森眼眸睁开，看向东方。东方一道光影一闪而逝，只是一会儿，在赤炎河河岸的上空出现了另外一个人影。

是背着冰梦长剑、黑石剑两柄剑的奥利维亚。今天的奥利维亚穿着黑色的长袍，整个人显得那么神秘，花白的头发也随风飘荡着。

“奥利维亚大人来了！”

等得焦急的数百万人陡然发出欢呼的声音。那声音仿佛浪潮一样席卷了天地，以至于赤炎河河水都被震得泛起了涟漪。数百万人的欢呼声之大，可想而知。

“人多到这个地步，还真是够可怕的。”沃顿惊叹道。

林雷笑了笑。

上方的奥利维亚、黑德森二人却丝毫不受影响。他们二人凌空对峙，奥利维亚的战意前所未有地高昂。

“黑德森，今日一战，我不可能手下留情。一不小心杀了你，可不能怪我。”奥利维亚冷漠地说道。

磐石剑圣黑德森淡笑着看了奥利维亚一眼：“你能杀我，便杀好了，我绝不怪你。”

两大圣域级强者今夜的第一次对话，就让下方的观众兴奋起来。老天，两大圣域级强者要进行生死对战？

今天的两大圣域级强者，可不是一般的圣域级强者。一个是号称圣域级第一的磐石剑圣，一个是天才剑圣。天才剑圣是携着六年前的耻辱，为复仇而来。这一战，更加让人期待。

一段时间的惊呼后，便是一片寂静！

数百万人，只能听到野草丛中动物的声音，以及那不停刮过的风声。

“今天，可要好好看看这二人。”林雷双目炯炯有神，周围的风宛如他的眼睛。黑夜中，数百米高空中那二人的动作，他都“看”得一清二楚。

按照武神的话，林雷如果击败黑德森，便有资格知道玉兰大陆位面的秘密。黑德森又是领悟地系元素法则的，林雷自然要好好观看。

而奥利维亚，林雷感觉，他也将会是一个难缠的对手。

不单单林雷，布鲁默、凯尼恩、卡斯罗特、兰科等几个武神门亲传弟子，也过来看这一战了。毕竟以黑德森的实力，他就是放在武神门中，能赢他的也只能是武神门年纪有数千年的那几位弟子。

“六年前，我根本不是你的对手，而今天……”奥利维亚冷笑，从背后取出了那柄黑石剑。

“一来就是黑石剑？”黑德森微微一笑，而后渐渐肃穆起来，可是他一动不动，根本不拔剑。

奥利维亚的脸色更冷了。

“怎么，六年前不拔剑，现在还想不拔剑就击败我？”奥利维亚沉声道。

“有本事，就逼我拔剑。”黑德森淡然地说道。同时，黑德森身体周围的土黄色气浪散开，整个人笼罩在土黄色的气浪中。

二人可是相隔数百米说话，声音自然大。

下方的数百万人大半都听得清楚。他们都震惊了，磐石剑圣黑德森竟然高傲得不拔剑。

“黑德森恐怕不知道奥利维亚的黑石剑剑法，除了正常的攻击，还有灵魂攻击吧。”林雷也不出声。

黑德森敢这么做，应该有所依仗。林雷不希望黑德森被奥利维亚一剑杀死，那样未免太可笑了。

梦幻刺眼的白色光线闪烁着，每一次闪烁，天空中就多了一个奥利维亚的幻影，转眼工夫，天空中就出现了一百零八道奥利维亚的幻影。

“用这种手段？奥利维亚，难道你不知道这种手段对我没用吗？”黑德森淡漠地站在空中，被土黄色气浪包围，宛如神灵。

“真的吗？”

奥利维亚的声音响起，同时，一百零八道幻影动了，每一道幻影都持着黑石剑杀了过来。

黑德森站在原地，偶尔跨上一步。

前一步、后一步、左一步、右一步……只是简单的跨步，可是每一步都宛如瞬移一般跨出数十米距离，轻易地避开了奥利维亚的所有攻击。

论速度，黑德森丝毫不比奥利维亚慢。

“你只会躲吗？”奥利维亚怒喝道。

“我就是跟你硬拼，你又能奈我何？”黑德森淡漠的声音响起，而后站在原地，身上的土黄色气浪竟然收缩贴近身体。

“呼！”

一百零八道幻影在半空中快速地融为一体，奥利维亚身体周围有一层黑光，仿佛在吞噬周围的光线一样，根本看不清奥利维亚的脸。

“嗯？”林雷感到惊讶。

风系元素根本无法靠近奥利维亚。

“哧！”

一道吞噬一切的黑色光线划破长空，直接冲向黑德森。黑德森却站在原地，只是把右拳简单地朝前方一击——

“砰！”气爆声响起。

这一拳宛如一座山砸过来一样，整个空间被压迫。

“噗！”

奥利维亚的身影终于显现了，他的黑石剑劈在了黑德森的拳头上。黑德森一出拳，黑石剑无法闪躲，只能劈在拳头上。可怕的冲击力通过黑石剑传递到奥利维亚的右臂，只听到“咔嚓”一声，奥利维亚的右臂就诡异地扭曲了，整个人被那一头蕴含的力量击打得飞了出去。

而黑德森呢，站在原地一动不动。

“黑德森，好像很不妙。”林雷仔细地注意着黑德森。

第252章 坚若磐石

“咚！”

奥利维亚直接从高空中抛落下来，划着一条弧线，砸入了赤炎河冰冷的河水中，溅起了无数水花。

“大哥！”在河岸上观战的布鲁默焦急地大声吼道，同时直接冲到了靠近落水点的河岸处。

许多站得太远的人根本看不到奥利维亚和黑德森战斗的场景，他们只能通过议论声来判断情况。顿时，一片喧哗。

差距，好像太大了！

毕竟，黑德森悬在高空中似乎一点儿伤都没有。

“林雷大师，奥利维亚输了？”乔安疑惑地询问旁边的林雷。

“现在下结论还太早。”林雷仰头看着高空中一动不动的黑德森，心道：“这黑德森，扎扎实实接下了这一剑，也不知道是什么结果。”

黑德森现在很不好受。

他对自己的防御非常自信。纵横玉兰大陆数百年来，他就没发现有人的防御比自己的还强。的确，刚才黑石剑上蕴含的斗气攻击，根本没有破掉他的防御。

可是——

黑石剑劈在他拳头上的时候，一道诡异的能量竟然轻易地穿透他引以为豪的防御，直接冲入他的灵魂，在他措手不及时，狠狠地刺在他的灵魂上。

眩晕，头痛欲裂。

“好一个天才剑圣，连灵魂攻击都领悟出来了。”只是片刻，黑德森便清醒过来，“连半百都没到的小家伙，竟然领悟出了如此特殊的攻击方法。”

灵魂攻击，并不特殊。

如武神门的大师兄法恩，他的雷电劈在林雷身上，以致林雷被震得眩晕过去，好一会儿才完全清醒过来。这也是一种灵魂攻击。

如武神，他说话的声音，就让人灵魂震颤。

灵魂攻击的原理其实很简单，就是将自己的精神力蕴含到攻击中，使对方的灵魂受到攻击。

简单说，就是精神攻击。

说起来简单，可是做起来非常难。因为精神力平常都是非常柔和坚韧的，就如同棉布一样。而现在要做的是让棉布变成尖刀，刺伤乃至刺破对方的灵魂。

就算是圣域级强者，一般也只能做到将精神力发散开去，搜索别人。

施展精神攻击？棉布变尖刀？

难！

虽然难，但是领悟元素法则时间长的顶级强者，还是能做到的。

黑德森曾有过被灵魂攻击的经验。

“奥利维亚本身的精神力不强，估计也就八级魔导师的层次，如果他有九级大魔导师的精神力，我恐怕要重伤了。如果是圣域魔导师……”黑德森淡然一笑。

随即，黑德森看向下方的赤炎河。

赤炎河河水已然恢复平静，而奥利维亚一直没有冒出来。

“奥利维亚，看来你不治好自己的手臂，是不会出来了。”黑德森朗声大笑道，声音响彻天地，回荡在空旷的郊外。

“治疗断臂？”林雷眉毛一挑，心中有些惊讶。

“轰！”

一道水浪冲天而起，黑色的幻影瞬间就冲到了高空中，再次跟黑德森凌空对峙。此刻，奥利维亚原本扭曲折断的右臂已经恢复如初。

奥利维亚看着黑德森，冷笑道："我治疗手臂？你想治疗也没那个能力吧。"

"光明系元素法则果然玄妙啊，一些顶级的光明系魔法师受重伤都能瞬间修复。不过光明系元素法则，论防御、攻击，却不如地系元素法则。"黑德森自信地说道。

地系元素法则。

林雷也修炼了地系元素法则。

"光明系元素法则的玄妙，你怎么能明白？"奥利维亚淡漠地说道，"黑德森，别故作自信，我刚才一剑，滋味不好受吧。"

黑德森眉头一皱。

灵魂攻击，即使凭借强横的灵魂接下了，灵魂也是要受些损伤的。

"灵魂受创，你的实力又怎么能发挥出十成？"奥利维亚这个时候竟然用左手从背后拔出了冰梦长剑。

右手持着黑石剑，左手持着冰梦长剑。

"可是我不同，断臂治疗好了，一点儿影响都没有。"奥利维亚双手持双剑，冰梦长剑表面流淌着耀眼的白色光芒，而黑石剑表面流淌着吞噬光芒的黑光。

截然相反的能量。

"完全相反的能量，我看你如何接！"奥利维亚双眸闪过一道冷光，整个人一瞬间如同太阳一样闪耀出道道白光，同时还有不起眼的道道黑光。

速度，瞬间飙升到极限！

瞬间，夜空中再次出现了一百零八道奥利维亚的模糊身影。

"锵！"面色肃穆的黑德森，拔出了背后的土黄色重剑。

"哈哈……你终于拔剑了！"奥利维亚的大笑声响彻天地，周围观战的人却一片沉寂。

今天深夜乌云密布，令战场上的气氛愈加压抑。下方观战的人甚至感觉，密集的乌云就在奥利维亚和黑德森头顶伸手可触摸的地方。

"砰！砰！"

夜空中接连响起可怕的气爆声。在极速中的奥利维亚，每一次划破长空都引起震耳欲聋的气爆声。数百米高空传递下来的强烈气流，令河岸那些火把的火焰都被压下去了。

狂风，令众多观战的人的头发都飘了起来。

无数人拼命地瞪大眼睛，企图看清高空中到底发生了什么。

“锵！锵！”

奥利维亚手持双剑，每一次都是同时劈在黑德森的土黄色重剑上。光明、黑暗两种迥异的元素法则一次次进攻，试图冲破黑德森的防御。

“没想到，奥利维亚还有这种攻击！”仰头观战的林雷心中一叹。

他不得不承认奥利维亚是天才。光明、黑暗这两种截然相反的元素法则，奥利维亚竟然可以同时领悟，而且运用得如此完美。

“哈哈——”

随着一次次进攻，奥利维亚大声笑起来：“黑德森，你怎么总是防御？难道你的灵魂已经连攻击的能力都没了？”

“轰隆！”

这个时候，天空中陡然响起了可怕的雷鸣声。一道宛如巨蛇的雷电在天际处闪过，大概数秒钟后，暴雨“噼里啪啦”地降下来了。

一瞬间，雨水冲刷着天地。

“这时候下什么雨？！”观战人群中响起了咒骂声。许多人都没带雨具，一下子被雨水淋成了落汤鸡。不过，这些观战的人还是努力地仰头看着天空中的大战。

可是暴雨倾盆，人们仰头就睁不开眼睛了。

痛苦！

于是，许多人用衣服努力地挡着雨，好让自己能够仰头观看百年难得一见的两大绝世高手的战斗。即使如此，在暴雨中，他们仍看不清高空中的战斗。

这个时候，能够看清战斗的人不多。

林雷自然是其中之一。

“林雷大师，现在上面的战斗怎么样了？”乔安焦急地询问旁边的林雷。皇族倒是舒服，一下雨，就迅速架起了大遮雨棚。

林雷等人安然地坐在遮雨棚下。

“陛下，黑德森现在一直处于防御状态，而奥利维亚则是疯狂地攻击。不过，奥利维亚好像伤不到黑德森。”林雷微笑着说道。

林雷虽然嘴上这么说，但是心底没这么想：“奥利维亚每次攻击都带有精神攻击，黑德森现在的情况到底怎么样呢？”

倾盆大雨。

原本大量的火把早就熄灭了，现在一些光明系魔法师施展了照明术，才让天地间有了一丝光芒。

“奥利维亚，你攻击够了吗？”黑德森淡漠的声音响起。

“什么？”奥利维亚突然愣住了。

难道他这么长时间的攻击，都没有伤到黑德森？他的灵魂攻击，可是撒手锏啊。

奥利维亚手持双剑，凌空而立，跟黑德森对峙。

黑德森淡漠地看着奥利维亚：“我承认，你的第一次灵魂攻击让我受了些损伤，可是那之后我有准备了，现在你的攻击根本伤不到我。”

“有准备？”奥利维亚感到震惊。

灵魂攻击如何防？奥利维亚也不知道。

“奥利维亚，你要明白，灵魂攻击虽然特殊，但也不是你独有的。玉兰大陆历史上，领悟灵魂攻击的人有不少，我也尝过被攻击的滋味。你毕竟只是战士，精神力太弱，估计也就赶上八级魔导师的层次。如果你达到九级，我即使有准备也要受创，今天就不可能赢得如此轻松了。”

黑德森淡漠地看着奥利维亚。

“什么？”奥利维亚感到无法接受。

对他而言，这是前所未有的沉重打击！

“奥利维亚，你已经很不错了，不足半百就达到如此境界。”黑德森抚摸着手中的土黄色重剑，“现在你就接下我最强的一击吧，也算是我对你的尊敬。至于你是生是死，就看老天了。”

奥利维亚感到很可笑。

是生是死？

“黑德森，你别在这儿自大，有本事便杀了我，别在这儿废话。”奥利维亚身体表面亮起了白色光芒，同时亮起了黑色光芒。

半边身体呈白色，半边身体呈黑色。

“来吧！”奥利维亚散乱的长发飘动起来，光芒在发梢上流转，双手中两柄剑的气势也是前所未有的强盛。

黑德森单手持着那柄土黄色重剑，面带微笑。

“这是我的最强一击，名为——大地裂。即使你死了，也让你死得明白！”黑德森已经忘记，有多少个所谓的天才死在他的剑下了。

第六个，第七个？

他忘记了。

不过黑德森明白，天才如果死了，就不再是天才了。

“大哥！”下方的布鲁默猛然大喊，“小心！”

布鲁默双眼早已一片湿润，在暴雨下，也不知道是泪水还是雨水。

两大高手的对话虽然发生在倾盆大雨中，但是实力强的人都听得清楚。

听到自己弟弟的喊声，被黑白光芒包围的奥利维亚的嘴角反而微微上翘，呈现出一个完美的弧度。笼罩在黑白光芒中的奥利维亚非常夺目，从下方观看，就如同雨夜中的一颗璀璨星辰。

“轰！”

奥利维亚突然动了，可怕的气爆声响起，他化作一道耀眼的光线冲向磐石剑圣黑德森。

“呼——”黑德森大喝一声。

冰梦长剑、黑石剑双剑合一，黑色光芒和白色光芒接触，发出“哧哧”的响声，可是奥利维亚依旧用双剑施展出了最后一击——

而黑德森的那柄土黄色巨剑一剑劈下来，仿佛整个天地都砸下来一样。

“砰！”

可怕的撞击声，仿佛天雷在天地间轰鸣，同时引起了可怕的气流，狂风更是吹得暴雨都斜着飘起来，那些遮雨棚都被狂风吹得飘了起来。

“咚！”一道被黑白光芒包围的人影被砸入了赤炎河中，赤炎河表面立即浮现出一大片刺眼的鲜红色！

第253章
约战林雷

黑德森因为这一次可怕的撞击被反弹到了极远处，飞了近百米距离，才稳住身体。一丝鲜血从黑德森的嘴角溢了出来。

黑德森擦拭了一下嘴角，看向下方的赤炎河。

“好一个天才剑圣，这最后一击，还真是厉害。”黑德森自言自语地说道。在面临死亡时，奥利维亚的最后一次攻击，威力巨大，竟然冲破了黑德森的防御，攻击到了他的本体，使他受伤。

“哗哗！”暴雨不断，赤炎河水流湍急，水面原本一大片刺眼的鲜红色，一会儿便被稀释了，看不见了。

安静！

所有人都沉默了，在河岸两旁的人都看向赤炎河。大家都想知道，那位风华绝代的天才剑圣难道就这么死了吗？

“大哥！”布鲁默痛哭着，直接跳进了湍急的赤炎河中。

“林雷大师，奥利维亚死了吗？”乔安担忧地问道。

林雷摇头说道：“我也不清楚。”

林雷说着还低头看了旁边的贝贝一眼，贝贝无奈地仰头看了林雷一眼：“老大，奥利维亚的气息好微弱，好像随时可能会死。”

人群中议论纷纷，大家都在议论奥利维亚是不是真的死了。不过，所有人都还记得奥利维亚那耀眼的最后一击。

“扑通！”水花飞溅。

布鲁默抱着一个人从河中冲了出来。

林雷目光如电，清晰地看到远处的奥利维亚脸色灰白无一丝血色，嘴唇也泛灰白，整个人似乎没了呼吸。

如果不用精神力探察，根本感觉不到奥利维亚还有一丝气息。

“让开，让开！”布鲁默拿着冰梦长剑、黑石剑，还抱着自己的哥哥奥利维亚，脚下一点，快速冲向乔安。

布鲁默眼中尽是泪水。

“陛下，陛下，救治的人呢？快，快！”布鲁默焦急地大喊道。

这一场大战，乔安早就将皇宫中地位尊崇的那位九级光明大魔导师给请了过来。

“安特先生，快，快救救奥利维亚！”乔安也立即说道。

一位一头银发的老者立即从乔安的身后走了出来，快步来到奥利维亚的身边。他双手发出乳白色光芒，直接进入了奥利维亚的身体。奥利维亚的脸以可见的速度迅速恢复血色。

“怎么样，我大哥怎么样？”布鲁默紧张地问道。

虽然布鲁默很要强，对别人也冷漠，但是在布鲁默心中，他的大哥就跟父亲一样。他小时候就是他大哥一手拉扯大的，没有人比他大哥还重要。

“别着急，我刚才只是先修复了奥利维亚大人身上的皮外伤。他的内伤，我还需要施展治愈魔法。”这位银发老者点头说道，旋即默念起了魔法咒语。布鲁默在旁边十分焦急、紧张，却不敢打扰这位光明大魔导师。

只是一会儿——

仿佛星辰一般的点点光芒，进入了奥利维亚的身体。

“嗯？”这位银发老者疑惑地摇了摇头。

“怎么了？”布鲁默紧张地问道。

银发老者皱眉，摇头说道：“奥利维亚大人现在的身体，无论是外表，还是内脏、骨骼都恢复了最佳状态。可是奥利维亚大人醒不来，这……”

林雷仔细地看着奥利维亚。

“奥利维亚的灵魂受到重创了。”贝贝对林雷灵魂传音道，“我发现他的灵魂气息非常弱。”

这个时候，穿着灰色长袍的黑德森从空中缓慢飞下，姿势飘逸，直接飞到了乔安的面前。

“黑德森！”布鲁默仿佛要吃人一样，死死地盯着黑德森。

奥利维亚是他唯一的大哥，唯一的亲人。

此刻，布鲁默对黑德森有着深深的怨恨，如果不是实力相差太大，布鲁默恐怕会直接冲上去。

“别瞪着我，你大哥现在灵魂受重创，生死不知，可不是我的缘故。你大哥刚才的最后一招，好像施展了什么禁招，他带着两败俱伤的念头攻击我。”黑德森的脸色也有些苍白。

“禁招？”布鲁默眉头一皱。

他忽然想起——

前一段日子，他要跟大哥学习黑石剑剑法，奥利维亚却嘱咐他，修习了冰梦长剑就专门练冰梦长剑的剑术——光影剑，不要修炼截然相反的黑石剑剑法。

“难道截然相反的两大元素法则，真的有什么忌讳？”布鲁默低头看向自己的大哥。

奥利维亚面色红润，身体机能明显达到了完美的状态。可他就是不醒，而且灵魂气息又是那般微弱，仿佛随时会消失。

“奥利维亚大人输了？”

“他弟弟都抱着他的尸体了。唉，天才剑圣就这么死了。”

“谁说死了？说不定是重伤昏迷而已。”

“不管怎么样，黑德森大人还是好好的，还从半空飞下来了呢，明显比奥利维亚大人要强得多了。”

众人议论纷纷，虽然天空下着暴雨，但是浇灭不了大家的激情。无论奥利维亚是死了，还是重伤昏迷，这都代表了一个结果——

这一场大战，黑德森胜！

这个结果，绝大多数人早有预料，毕竟黑德森成名太久了，而且号称圣域级第一强者，至今没有失败过。他今天赢下这一战，也是理所当然的。

如果黑德森输了，恐怕才会让大家感到震惊。

人群开始散开，许多人朝帝都赶去，也有很多人朝郊外的一些小镇赶去……

人们逐渐离开，不过城卫军还坚守在岗位上。

“我大哥不会死的！”布鲁默愤愤地说道，同时命他的仆人拿着冰梦长剑、黑石剑，就这么抱着自己的大哥离开了。

“希望奥利维亚能够渡过此次劫难。”乔安感叹道。此刻，乔安周围围着一大群人，足有千人。

这些人都是贵族，大家都想要看看奥利维亚是生是死。

“黑德森大人果然厉害，这一次又是如此轻松地赢了。”远处，一些贵族恭维的声音响起，黑德森听了淡然一笑。

旋即，黑德森看向林雷，笑着大声说道：“其实相比于奥利维亚，我更想跟林雷大师比试一次。”

周围再次安静下来。

所有人都蒙了。黑德森刚刚跟奥利维亚经历了一场大战，现在竟然又意图跟林雷战斗。

林雷沉默片刻，然后出声说道：“黑德森，你这话是什么意思？”

黑德森微笑着说道：“上一次在斗武场，你跟奥利维亚最后没有打下去。不过当时，奥利维亚拔出了黑石剑，你也拔出了你的黑钰重剑。我记得当时你说过，你的黑钰重剑剑法是领悟地系元素法则后所创？”

“是的。”林雷点头说道。

“我也是研究地系元素法则的，我想，我跟你比试一下，对我们二人的修炼及突破都有好处。”黑德森看着林雷，“林雷，我向你发出挑战，你可接受？”

周围的一群贵族，包括乔安都不敢出声了。

一个是号称圣域级第一的强者，一个是绝代的天才圣域级强者。

“哥——”沃顿这时候忍不住出声喊道。

林雷回头看了自己弟弟一眼，却笑了。

沃顿这时候心底既不满又焦急：“这个黑德森真是卑鄙，刚刚将奥利维亚伤个半死，现在又要挑战我哥？难道是看我哥跟奥利维亚都是天才，害怕我哥和奥利维亚威胁到他以后的地位？”

不单单沃顿这么想，场上不少人也这么想。

毕竟，林雷和奥利维亚是耀眼的两大天才。如今，一个被击败了，生死未知。而现在黑德森又挑战林雷，其居心自然让人怀疑。

“怎么，不接受？”黑德森笑着问道。

林雷回头看向黑德森，微微一笑：“时间，地点？”

黑德森一怔。

旋即，他明白林雷已然接受了他的挑战，说道：“我今天跟奥利维亚一战，状态已经不是最佳。这样，三个月后，也就是8月4日下午，在帝都城西的图焦山上空吧，我们在那儿比试一场。”

“可以。”林雷微笑点头。

林雷也很想跟黑德森交战一场。他不久前领悟了脉动防御，再加上他的大地奥义，他不认为自己那么容易就会失败。毕竟如今他外有脉动防御，内有龙鳞。如此防御力，与黑德森相比，谁强谁弱还难说。

“既然如此，陛下、林雷，我就先离开了。”黑德森对着二人一点头，旋即直接化为一道灰色幻影，快速破空而去。

“哥——”沃顿这时候着急地跑过来。

“没事，谁胜谁负，还难说。”林雷自信一笑，便带着自己的人离开了。

至于这一大群贵族以及皇族，还在议论纷纷。不过一会儿，贵族们就冒着大雨快速回到了帝都。

赤炎河周围再次恢复寂静，赤炎河水流湍急，似乎没有受刚才战斗的影响。

在赤炎河跟玉兰河的交汇处，一艘六层楼阁的巨型楼船从玉兰河进入了赤炎河。这艘巨型楼船的甲板上整齐地站着一排排士兵。

在楼船上，不少强大的战士还带着自己的魔兽。能拥有自己的魔兽，可不是一般人能做到的。这艘楼船上的魔兽如此之多，可以想象这艘楼船上的人的地位应该不同凡响。

“进入赤炎河了，距离奥布莱恩帝国的帝都只剩下三天的路程。可惜，我们看不到天才剑圣奥利维亚跟黑德森大人的战斗了。”

在甲板上，巡逻的战士彼此交谈着。

这个时候，从楼船楼阁上走下来一个头发花白，看起来四五十岁模样的中年人。这个中年人背后还跟着一只有着黄色毛皮的大熊。这只大熊的高度跟人相当，可爱得很。

“主人，这水上真不舒服啊，我们干脆飞过去吧。”那只大熊对这中年人说道。

“知道你不喜欢水。”中年人笑道，旋即走到甲板尽头看着滔滔河水。

“大师。”在甲板上守卫的士兵看到中年人立即恭敬地说道。

这时候，从楼阁上又走下来一位身材高挑的金发美女。她笑着走向中年人：“老师，我们现在都到赤炎河了，距离奥布莱恩帝国帝都也近了。”

这个中年人回头笑着看了金发女子一眼：“哈哈，是近了。迪莉娅，你恐怕比我这个老家伙还要急吧。”

第254章
玉兰帝国特使

旁边可爱的大熊笑呵呵地说道："是哦，是哦，迪莉娅知道那个叫林雷的在，便立即想办法来了呢。"

"阿黄，你找死啊！"迪莉娅一捏大熊的小耳朵。

"不疼，嘿嘿，不疼。"大熊得意地说道。

"哼！"迪莉娅鼻子一皱，哼了一声，"阿黄，你厉害行了吧。你是大地之熊，你皮毛厚，不怕我捏耳朵。"说着，她走到中年人的旁边，不理睬这只大熊了。

大熊摸了摸自己的脑袋，憨厚地说道："迪莉娅，别生气了，是我不对，行了吧？"

迪莉娅却看向它，笑了起来。

"哈顿，迪莉娅跟你闹着玩的，她会那么容易生气吗？"中年人笑着说道，忽然看向天空，"帕雷回来了。"

只见天空中，一只双翼展开足有五六米大的雄鹰疾速朝这楼船飞过来。

这雄鹰速度极快，宛如闪电，其额头上有着碧青色的羽毛，眼睛则是金色的，很是威武。

正是九级魔兽——狂雷疾风鹰。

楼船上的士兵不阻拦，明显是认识这只狂雷疾风鹰的。这只鹰收拢了双翼，落到了迪莉娅的旁边。

“小风，捕食回来了？”迪莉娅宠溺地摸了摸狂雷疾风鹰的脑袋。

这只狂雷疾风鹰本叫帕雷，但是迪莉娅喜欢称它为小风。

狂雷疾风鹰双翼收拢站立的时候，也就两米高。此刻，狂雷疾风鹰很享受迪莉娅的抚摸，以至于都闭上了眼睛。

“帕雷，到旁边去。”大熊不满地说道。

狂雷疾风鹰看了大熊一眼，就乖乖地挪到旁边了。大地之熊可是圣域级魔兽，而且在圣域级魔兽中也算极为厉害的。

无论是大地之熊，还是狂雷疾风鹰，都是那位中年人——玉兰帝国的圣域魔导师隆尔斯的魔兽。

隆尔斯是风系圣域魔导师。

风系圣域魔导师很可怕。当初，隆尔斯带着狂雷疾风鹰进入落日山脉，使用次元之刃直接重伤了大地之熊。

次元之刃的攻击，太可怕了，能直接切割开空间。

这种攻击力，恐怕就是圣域级巅峰强者黑德森遇到，也会被直接切割成两半。特别是风系圣域魔导师，对风的控制达到了非常可怕的地步。

可以这么说，只要给圣域魔导师时间，圣域魔导师绝对可以击败圣域级战士。一般来说，圣域级战士的攻击力更强，因此圣域魔导师会努力得到一头圣域级魔兽，来加强自己的攻击力。

可惜，抓住圣域级魔兽的难度太大。

迪莉娅站在甲板上，手抓锁链遥看东方。微风吹来，吹动她的发梢，那样的她宛如女神一般动人，让旁边一些看守的战士都看得心动了。

迪莉娅在玉兰帝国帝都非常出名，一个二十几岁就成了七级大魔法师的天才，背后有着强大的家族，又被圣域魔导师隆尔斯收为弟子。论容貌，她在帝都中排名前十，如此风华绝代的女子，追求她的人自然很多。

可是，迪莉娅拒绝了那些人。

因为家族，迪莉娅在帝国中身居要位。迪莉娅的口才非常好，极为擅长外交谈判。自从林雷跟奥利维亚那一战的消息传到了玉兰帝国，迪莉娅就想方设法说动了帝国皇帝，派出特使去奥布莱恩帝国。

当然在出发前，他们已经通知了奥布莱恩帝国，奥布莱恩帝国自然同意了。

"赤炎城……"迪莉娅喃喃道。

在那个地方，有她一直魂牵梦绕的人。

河水湍急，前甲板上，大地之熊、狂雷疾风鹰就站在迪莉娅的身后。巨型楼船直接朝帝都方向行驶而去。

很快，楼船就消失在远方。

玉兰帝国特使即将抵达帝都的消息，在帝都的皇族、贵族中早就传开了。

只是对于帝都民众而言，他们关心的是两场大战。

一场是刚刚过去的天才剑圣奥利维亚与磐石剑圣黑德森的大战，另外一场是三个月后的龙血战士林雷与磐石剑圣黑德森的战斗。

有了奥利维亚的前车之鉴，林雷还会重蹈覆辙吗？

没人知道。

不过在帝国民众心中，大多都认为圣域级第一强者黑德森会再次取得胜利。

皋石路，伯爵府中。

"最近三个月，任何人凡没有要事，绝对不能去打扰林雷大人！"这条命令，自从那雨夜后就传遍了伯爵府。

伯爵府的气氛也紧张了起来。

后院练功场上，沃顿练习了一会儿就没心情了，将战刀屠戮放到一边，愤愤不平地坐下了。

"黑德森真是过分！"沃顿咒骂道，想到林雷，就很焦急，"有本事，再过个十年，等我大哥人类形态达到圣域，再跟我大哥比啊！现在比，算什么？

"哼，实在是过分、阴险！"

盖茨走了过来，也不平地说道："帝国的圣域级强者不少呢，武神门的强者就有很多。黑德森怎么不去挑战他们，非要挑战大人？大人现在才二十九岁，那个黑德森都好几百岁了。”

“骂也没用。”

巴克走过来，将那柄巨斧放在假山旁：“大人已经答应了跟黑德森战斗，我们现在只能期待大人获胜。”

“大人一定胜！”

盖茨挥着拳头，不忿地说道：“我还就不信了，那个黑德森体表防御厉害，体内防御也厉害？大人前段时间领悟的那玩意儿，好像也挺神秘的，肯定也很了不得。”

脉动防御的厉害之处，盖茨等人并不清楚。

林雷的独院中，林雷正盘膝坐在大树下，正不断修炼着《龙血秘典》。林雷如今境界很高，差的就是斗气。

林雷现在一有时间就修炼斗气，尽量地吸收龙血战士的血脉能量，使人类形态能尽早修炼到圣域境界。修炼斗气，是不需要花费多少心力的，只需要按照固定的方法不断修炼就是了。

“我上一次见到武神门的大师兄法恩，还有那武神，他们都能够施展灵魂攻击。奥利维亚也领悟了这攻击招数，想必会这招的人不少。我是不是也能做到灵魂攻击……即使做不到，我该如何防御呢？”

林雷的身体在修炼斗气，脑子却在思考着这个问题。

灵魂攻击，到底是什么原理？

又该如何防御？

林雷在思考、修炼的时候，黑鲁正趴在地上，贝贝也蜷缩在黑鲁的背上，舒服地眯着眼睛。

“贝贝，你说主人跟那个黑德森战斗，会赢吗？”黑鲁低声说道。

“那是当然。”贝贝眼睛睁开，骄傲万分地说道。

可是转眼，贝贝又低声说道：“不过，那个黑德森好像也很厉害。不管了，如果老大跟那个黑德森战斗时遇到生命危险，我贝贝就直接上。哼，前天夜里，奥利维亚被打个半死，到现在还没醒过来。我可不会让老大落到这般田地。”

“这是不是违反规则了？”黑鲁疑惑地问道。

两个人决战，未分输赢，外人是不能插手的。

“违反什么规则啊？天大地大我老大最大，什么比得上我老大的命重要？”贝贝傲然地说道，“再说了，我贝贝就是插手又怎么了？我老大也是魔法师，魔法师跟战士战斗，一般都是会带自己的魔兽的，我也没违反规则啊。”贝贝说到这里，觉得很有道理，又笑了。

帝都东城门大开，从皇宫到东城门护城河这一条路上，完全被帝国的军人们给保护起来了，街道两旁各站着两排整齐的军人。

皇宫内的骑士们排成一列列整齐的队伍，跟在帝国皇帝车驾的后面，许多贵族也在一旁随同。

武神门的圣域级强者凯尼恩跟兰科二人也随驾。

因为他们知道，今天玉兰帝国一方的队伍中有一名圣域魔导师。自己这方如果没有圣域级强者，如何显出气势来?

“怎么还没来？”乔安不满地对身旁的宫廷侍者说道。

“陛下，玉兰帝国特使的楼船快进入护城河河道了，估计再过一会儿就到了吧。”宫廷侍者恭敬地回道。

乔安点了点头。

放眼整个玉兰大陆，最强大的两个国家无疑是奥布莱恩帝国跟玉兰帝国。乔安很想让自己的奥布莱恩帝国压对方一头。

可是，玉兰帝国有其骄傲的地方。

玉兰帝国立国已然过了万年，是最为古老的帝国，而且魔法师非常多。如果说奥布莱恩帝国是圣域级战士多，那玉兰帝国就是圣域魔导师比较多了。

要知道，圣域魔导师的威慑力可比圣域级战士强多了。比如那风系圣域魔导师隆尔斯，就是黑德森也不敢说能稳赢对方。毕竟只要给对方一点儿时间，人家的次元之刃，就可以将他劈成两半。

“来了！”

奥布莱恩帝国这方的人都看到那艘巨型楼船过来了。当看到甲板上的大熊以及和雄鹰时，有见识的人都大吃一惊。

“大地之熊，狂雷疾风鹰？”

凯尼恩跟兰科对视一眼，不由得骇然。圣域级魔兽大地之熊，他们二人联手恐怕都没把握赢。

迪莉娅穿着华美的长袍，跟风系圣域魔导师隆尔斯并肩下了船。身后的两只魔兽，以及楼船上的战士和他们的魔兽也紧接着下了船。

“锵！”

帝国骑士们排成两排，同时都举起骑士长枪。这些骑士都是从皇宫骑士中选出来的最优秀的一批，为首的人是八级战士，其余的全是七级战士。

“老师，这奥布莱恩帝国的战士果然比我们帝国的要强，气势都不同。我们帝国的战士太没气势了。”迪莉娅跟自己的老师低声交谈。

隆尔斯微微点头。

玉兰帝国帝都作为最古老的城池，那些古老家族相互攀比，心思都放到享受上面去了，谁会去管战士？而奥布莱恩帝国是战士的国度，一个比一个好强。怪不得奥布莱恩帝国能成为军事第一强国。

乔安带着兰科、凯尼恩以及宫廷侍者迎了上来。

“迪莉娅·莱恩，对吗？哈哈……”乔安大笑道。

迪莉娅恭敬地行礼，说道：“玉兰帝国特使迪莉娅拜见伟大的奥布莱恩帝国乔安陛下，也代我玉兰帝国皇帝向陛下示以最诚挚的问候。”

“乔安陛下，这位是我的老师，隆尔斯圣域魔导师。”迪莉娅微笑着介绍。

乔安看向隆尔斯大师：“很高兴见到你，隆尔斯大师。”

“也很荣幸见到你，乔安陛下。”隆尔斯微笑说道。

迪莉娅不着痕迹地朝周围贵族扫了一眼，眼眸中闪过一丝失望之色，她没看到她想见的人。不过，她还是对乔安说道：“乔安陛下，这两位大人应该是伟大的圣域级强者吧，能为我介绍一下吗？”

其实，迪莉娅在来之前，就收集过很多资料，早就知道凯尼恩跟兰科了。

玉兰帝国的特使迪莉娅以及风系圣域魔导师隆尔斯一行人，在奥布莱恩帝国隆重的接待下，进入了帝都赤炎城。

第255章 迪莉娅

迪莉娅跟乔安在队伍前面谈笑风生。她说话幽默风趣，令乔安不时发出爽朗的大笑声。

隆尔斯、凯尼恩、兰科等人紧随其后，之后便是宫廷侍者、宫女以及大量强大的骑士。

而大多数贵族，则是在后方遥遥跟着。

这群贵族中，有一群年轻的贵族聚集在一起。这群贵族年轻男子在帝都中的地位极高，其中有皇子，也有一些大家族的子弟。他们从小衣食无忧，特别是抱团后，在帝都更是无人敢惹。

“好漂亮的女人啊。”

此刻，说话的是玉林亲王的儿子基弗。

“她好像叫迪莉娅。”旁边一名贵族青年说道。这贵族青年是帝国八皇子斯科特，“这么漂亮，这么有气质，在帝都中也难找呢。”

基弗、斯科特等一大群帝都纨绔在远处肆意评价着。

的确，迪莉娅有吸引他们的魅力。

她举手投足间，有古老贵族的优雅，走路时有身为七级大魔法师的飘逸。不仅如此，她本身有姣好的面庞，还有那如太阳一般耀眼且柔顺的金色长发。

斯科特感叹道：“迪莉娅出身莱恩家族，当年是恩斯特魔法学院的学员，如今更是风系圣域魔导师隆尔斯大师的弟子。在玉兰帝国帝都中，她也是数一数二的贵族名媛，追她的贵族青年不计其数。”

基弗眼睛发亮，看着远处迪莉娅的倩影：“如果我能追到她，让我不碰其他女人，我也愿意啊。”

“基弗表哥，这么大决心？”斯科特笑着看了基弗一眼。

“那是当然！”基弗肯定地说道。

之前说过，乔安非常护短。他唯一的亲弟弟玉林亲王，乔安更是关心得不得了，甚至让玉林亲王坐拥七大行省之一的东南行省。

爱屋及乌，基弗自然也受乔安的恩宠。在帝都中，他的地位非常高。那一群贵族纨绔，也是以他跟斯科特为首。

“既然表哥都下这么大决心了，我也不会自甘落后。”斯科特自信一笑，“基弗表哥，我们比比看，我们兄弟二人谁能追到迪莉娅小姐。”

“行。”基弗点头，笑着说道，“如果成功了，也算是为我们奥布莱恩帝国男人长脸面啊。毕竟这迪莉娅，玉兰帝国那群贵族青年都追不到呢。”

“旅途劳顿，想来迪莉娅小姐和隆尔斯大师也累了。这样，本皇命人安排迪莉娅小姐、隆尔斯大师先去休息。等到了晚上，你们再来参加本皇为你们举行的接待晚宴，怎么样？”乔安走到阜石路的时候停了下来，对迪莉娅说道。

阜石路的府邸，全部是皇家建造。

皇家赏赐一些贵族，或者接待一些客人，一般都在阜石路的府邸。这里的府邸，不是有钱就可以购买的。

“那就依陛下的安排。”迪莉娅微笑说道。

这时候，斯科特和基弗快步从后面走过来。他们二人知道，现在乔安要跟迪莉娅小姐分开了，自然要抓紧机会。

以他们二人的身份，那些护卫自然不会阻拦。

“迪莉娅小姐、隆尔斯大师，想必你们对帝都不怎么熟悉，本皇安排一位向导给你们吧。”乔安笑着说道。

“谢谢陛下。”迪莉娅感谢道。

“父皇。”

“陛下。”这个时候，斯科特和基弗眼睛一亮，立即出声。

乔安回头一看，原来是自己的儿子以及侄子。

“斯科特，基弗，怎么了？”乔安问道。

基弗当先恭敬地说道：“陛下准备安排向导，我跟斯科特对帝都熟悉得跟自己家一样。我们想，我们二人来做向导，一定会让迪莉娅小姐满意的。”

乔安一听，看了基弗、斯科特一眼，他能看不出基弗和斯科特的意思？

不过，乔安也认为迪莉娅很不错，如果自己的侄子或者儿子能够追到她，自然不错。

“本皇还是要问问迪莉娅小姐的意思。”乔安转头看向迪莉娅，“迪莉娅小姐，你认为呢？”

迪莉娅看了斯科特和基弗一眼，斯科特和基弗立即微微挺直腰杆，做出一副绅士的模样。迪莉娅眼中闪过一丝笑意。

“那迪莉娅就麻烦二位了。”迪莉娅微微行礼道。

“不麻烦，不麻烦。”斯科特、基弗二人赶紧说道。

在迪莉娅旁边的隆尔斯嘴角却有了一丝笑意，自己这个弟子他如何不知？在玉兰帝国帝都中的时候，不知道有多少人追迪莉娅。以迪莉娅的手段，她自然可以轻易将那些人玩弄在掌心中。

“特使大人，这里就是你们在帝都这段日子居住的地方。”一名宫廷侍者指着前方一座府邸说道。

旁边的基弗立即说道：“迪莉娅小姐，这阜石路可是我奥布莱恩帝国帝都中非常出名的一条路。这条路上，居住的圣域级强者就有数位。我们帝国的天才剑圣奥利维亚跟他的弟弟，就居住在阜石路。还有那更加厉害的林雷大师跟他的弟弟，也是居住在阜石路。”

基弗一边跟着步入这座府邸，一边说着。

“对，这两大天才，恐怕放眼整个玉兰大陆，都是非常了不起的。”旁边的斯科特也不甘落后。

迪莉娅听到二人这么说，脸上闪过一丝复杂神色，但很快又恢复了那亲切的笑容。

“这可不一定哦。”一道浑厚的声音从旁边的大熊口中响起。

斯科特和基弗一看这大熊，努力挤出一丝笑容。在迎接的时候，他们就听别人说过，这只熊可是圣域级魔兽大地之熊。圣域级魔兽可以变化大小，大地之熊的正常形态可有十几米高。

一巴掌，绝对能轻易拍死他们。

“迪莉娅的哥哥就很厉害，二十几岁就已经是八级魔导师了，而且也成了大圣司的亲传弟子。”大熊看向迪莉娅，“迪莉娅，你说是吧？”

迪莉娅微笑着点头。

二十几岁，八级魔导师，这绝对是一个很可怕的成绩。按照这个速度，不到四十岁，他就很有可能成为九级大魔导师。

要知道，在四十岁之前达到九级的人，绝对可以称为绝世天才。

“迪克西的确是我见过的最有天赋的魔法天才。”隆尔斯大师也笑着说道。

说着，他们一群人就来到了客厅中。

“魔法天才吗？”斯科特昂首说道，“隆尔斯大师，说到魔法天才，我可知道，我们帝国的林雷大师，今年也才二十九岁，已然是九级大魔导师，并且战士能力更是达到了圣域级巅峰。”

“二十九岁的九级大魔导师？不可能！”隆尔斯绝对不相信，“玉兰大陆历史上，没有三十岁之前就达到九级的。”

“斯科特，这件事情是真的？”基弗疑惑地问道。

斯科特万分肯定地说道：“是真的，这是我父皇告诉我的。林雷大师跟奥利维亚一战，大家都知道了他的战士能力，却没注意到他的魔法能力。可他的确已经是九级大魔导师了。”

隆尔斯听斯科特这么说，虽然心底不敢相信，但理智告诉他，事情应该是真的。

“林雷大师，九级大魔导师……”迪莉娅却不是太惊讶。

在迪莉娅心中，林雷就是一个让人惊喜的人。十九岁的石雕宗师，当年号称历史第二魔法天才。如今成为第一魔法天才，又有什么不可能？

“你们在这里聊，迪莉娅，我先去休息了，如果你要找我，跟帕雷说一声。”隆尔斯嘱咐道。

“是，老师。”迪莉娅谦逊地说道，斯科特和基弗也在一旁行礼。

“两位，我也累了，先休息了，抱歉。”迪莉娅也起身说道。

斯科特和基弗知道不能胡搅蛮缠，立即点头。

随后，迪莉娅就带着她身后的狂雷疾风鹰离开了。

自从隆尔斯收服了大地之熊后，狂雷疾风鹰就负责保护迪莉娅了，足见隆尔斯大师对她的关心。

“他也在阜石路上，可能这时候离我还很近。”

迪莉娅站在窗户前，沉默着。

当年在乌山镇，那一夜，她跟林雷告别，离开神圣同盟回到自己的家乡。当过了玉兰节准备再回神圣同盟的时候，她却得知了毁灭之日的事。

整个芬莱王国已然成了一片废墟，成了魔兽的乐园。

根据家族得知的消息，在毁灭之日到来的前几天，魔法天才林雷的府邸中出现了一个恶魔，欲刺杀芬莱王国国王，估计林雷也死了。

这个消息，令迪莉娅大病了一场。

整整一年，她才完全康复。

今后八九年的时间，她根本没有林雷的任何消息。她甚至决心放弃爱情，认真地处理起家族的事情，以及修炼魔法。可是她没想到，就在前一段日子，玉兰帝国中竟然流传起了关于林雷和奥利维亚大战的消息。

这个消息，让已经心死的迪莉娅一下子兴奋了起来。她甚至感觉整个人充满了活力，充满了希望。

经过一系列操作，就有了这一次来访。

原本，迪莉娅准备明天去看林雷，可是待在房间里仅仅半个小时，就感觉好像过了半年。

特别是想到林雷也在阜石路上的时候，她更是待不住了。终于，她决定行动起来。

“小风，告诉老师，我准备去拜访林雷。”迪莉娅对着旁边的狂雷疾风鹰说道。过了一会儿，隆尔斯就来到了门外。

隆尔斯脸上有着宠溺的笑容：“迪莉娅，我就知道过不了多久，你就要去找他的。”隆尔斯对自己弟子迪莉娅的事情是一清二楚的。

迪莉娅脸上不由得升起一抹红晕。

“老师！”迪莉娅鼻子一皱，“别取笑我了，我们走吧。”

“好，好。”隆尔斯笑道。

迪莉娅和隆尔斯，身后跟着大地之熊、狂雷疾风鹰。当他们走到前院的时候，却发现基弗和斯科特坐在那里。

“迪莉娅小姐？”基弗、斯科特二人眼睛一亮，立即站了起来，“你这是要去哪儿？”

迪莉娅眉头微蹙，可是笑着说道：“我准备去见见你们口中所谓的天才林雷大师。”

“啊，见林雷大师啊。”基弗说道，“那是应该的啊。不过现在要见，恐怕有难度。因为再过两个多月，林雷大师就要跟黑德森大人在图焦山决战。”

“什么？”迪莉娅很是震惊，难得地失态了。

“哦，你才来还不知道。前两天，奥利维亚跟黑德森大人决战，奥利维亚大人受重伤生死未知。黑德森大人当时向林雷大师发出挑战，林雷大师答应了。”旁边的斯科特解释道。

第256章

十年后再见面

“林雷跟黑德森？”旁边的隆尔斯也惊异地问道。

基弗点头说道：“是的，就在前两天那个深夜，奥利维亚被黑德森大人重伤，至今昏迷不醒。紧接着，黑德森大人就向林雷大师发出挑战了。”

从基弗和斯科特的话语中可以听出，他们都认为黑德森太过分了。

“黑德森，号称圣域级第一强者，能将奥利维亚重伤得昏迷不醒，这实力绝对不是虚的。林雷再厉害，也才二十九岁……”隆尔斯也有些不满。

他知道他的弟子迪莉娅喜欢林雷，自然对林雷爱屋及乌了。

“奥利维亚重伤昏迷？”迪莉娅目光灼灼，“有光明治疗魔法，怎么会昏迷？”

肉体受再重的伤，光明治疗魔法都可以轻松治愈。可要论治疗能力，其实还有一种魔法——生命魔法，比光明治疗魔法还厉害！

三大上等魔法——亡灵魔法、大预言术、生命魔法。

只要不死，即使是灵魂受重伤，生命魔法也可以修复。

“好像是灵魂的原因。”斯科特作为皇子，是知道许多信息的。

“灵魂？”旁边的隆尔斯眉头一皱，“难道黑德森拥有灵魂攻击的能力？”

其实，圣域魔导师才是最擅长灵魂攻击的人。

一般他们领悟了法则后，以他们可怕的精神力，领悟灵魂攻击并不难。

“你们认为，林雷跟黑德森一战，有希望赢吗？”迪莉娅突然问道。

“当然没希望。”斯科特直接说道，“黑德森大人成名数百年，还没发现谁能击败他呢！而且林雷大师前段日子跟奥利维亚大人比过，两人应该差不多。黑德森大人能将奥利维亚打成那样，那么也能将林雷打成重伤甚至杀死。”

迪莉娅再冷静，现在也为林雷担心了。

林雷被杀死？

迪莉娅真的不敢想象。

“黑德森会下重手？这么不留情？”迪莉娅表面上还算冷静。

“迪莉娅小姐，前两天，黑德森大人跟奥利维亚大战，都对奥利维亚下那么重的手了。对林雷大师，怎么会留一手呢？”基弗说道。

隆尔斯摇头说道：“圣域级强者对战，除非实力差距太大，否则不会留一手的。你留一手，别人下狠手，你就可能死掉。”

迪莉娅沉默片刻。

“迪莉娅小姐？”基弗和斯科特低声喊道。

“没什么，我们走吧。”迪莉娅脸上又恢复了笑容，只是这笑容有一丝僵硬。

基弗侯爵、斯科特二人点头。

伯爵府门前。

“迪莉娅小姐，我可说过了，能不能见到林雷大师可不一定啊。”基弗笑着说道，随即对那守卫随意地说道，“你去通报一下，就说八皇子、基弗侯爵，还有玉兰帝国特使，来拜访沃顿伯爵。”

“是，请各位稍等。”

伯爵府中的一名守卫立即跑进去通报了。

迪莉娅等人也知道，以如今林雷的身份，要见他很难。现在只能先见到沃顿，然后再要求见林雷。

“各位大人请。”

迪莉娅、隆尔斯、基弗、斯科特等人都步入了伯爵府。

伯爵府客厅中。

“沃顿，”斯科特大步地走入客厅，非常熟稔地笑着说道，“我来给你介绍一下，这位美丽的小姐正是玉兰帝国的特使迪莉娅小姐。”

斯科特是帝国八皇子，而尼娜是七公主，斯科特跟沃顿自然熟悉得很。

“玉兰帝国特使？怎么到我这里来了？”沃顿虽然心中惊讶，但是脸上依旧露出笑容，微笑着行礼道，“迪莉娅小姐，很荣幸见到你。”

“沃顿伯爵，”迪莉娅微笑着说道，“这位是我的老师，风系圣域魔导师隆尔斯大师。”

沃顿一怔，就连他身后的管家希里也震惊了。

在奥布莱恩帝国，圣域级战士容易见到，可是圣域魔导师，他们从来没有见过。毕竟帝国中魔法师的数量非常少。

“沃顿，帝国特使来了？”一道大大咧咧的声音响起，正是巴克五兄弟中的盖茨。

刚才沃顿是跟巴克五兄弟一起修炼的，听到手下禀报，才停下修炼来这里接待几人。盖茨也好奇地跟了过来。

“啧，好美丽的姑娘！”盖茨眼睛一亮，说道。

“盖茨，这位就是帝国特使迪莉娅小姐，这位是风系圣域魔导师隆尔斯大师。”沃顿立即介绍，担心盖茨惹什么祸。

盖茨的注意力立即转移到隆尔斯身上。

“啊，圣域魔导师！”盖茨眼睛瞪得如牛眼一样。

隆尔斯大师心底暗叹：“老天，这都什么人！”沃顿那高大的身材就足以让隆尔斯惊叹了。沃顿还好，毕竟算得上俊美。可是盖茨就不同了，那腰部粗得惊人，整个人就好像一头大熊。

“离我主人远点儿。”一道浑厚的声音响起。

隆尔斯身后的大熊身高猛然增长，原本只有两米高，一下子变成了三米高。大地之熊低头看着盖茨，眼中有着一丝得意之色。

“圣域级魔兽？”盖茨仰头看着大地之熊。

迪莉娅干脆开门见山说道：“沃顿伯爵，这次我跟我的老师一同前来，是要见林雷大师的。”

“见我哥——”沃顿眉头一皱。

对方身份不低，而且还带着圣域魔导师。在沃顿心中，他大哥修炼最重要，毕竟两个多月后，是一场大战。

“抱歉，我哥在专心准备跟黑德森的战斗，不能被分心。”沃顿说道。提到黑德森，沃顿没有丝毫敬意。

迪莉娅一听，也认为林雷为那一场大战做准备很重要，沉默了一会儿，说道：“那……我不打扰了。”

旁边的隆尔斯心中暗叹，当即朗声说道：“沃顿伯爵，我的弟子迪莉娅当年也是恩斯特魔法学院的学员，跟你的大哥是非常要好的同学，他们也是十年没见面了。”

“恩斯特魔法学院的学员？”沃顿心中一动。

其实，林雷每天都是要吃饭、休息，并不是像领悟脉动防御那般不停歇的。休息一会儿接待客人，也没什么。

如果是不认识的人，沃顿就拒绝了，可对方是自己大哥的老同学。

“那你们跟我来吧。”沃顿点头说道。

迪莉娅拳头微微握紧，旋即呼出一口气让自己放松下来。旁边的隆尔斯笑着拍拍迪莉娅的肩膀：“放松点儿。”

“老同学？”斯科特和基弗都感到惊讶。

这时候，迪莉娅走在前面，根本不看他们二人，斯科特二人也识趣地跟在后面保持沉默。

走了一会儿——

“迪莉娅小姐，我哥就在前面的庭院中修炼。”沃顿笑着说道。

旁边的盖茨赶紧说道：“我去通知大人。”

迪莉娅感觉自己的呼吸有些急促。

十年了！

林雷父亲殒身那一年，迪莉娅跟林雷分别。一转眼，已然过去整整十年。

迪莉娅微微闭上眼睛，再睁开，冷静了很多。

“贝贝让开，我有重要的事情。”盖茨的大嗓门在庭院中响起。

“大人，外面有一个叫迪莉娅的，说是你的老同学，要见你。”

“迪莉娅？”蕴含一丝惊讶的声音在庭院中响起。

这声音并不大，可是对于迪莉娅而言，这道声音却仿佛劈中她的闪电一般。

迪莉娅即使心理素质再好，但即将与牵挂了十年的人见面，她也忍不住颤抖了起来。

“呼！”一阵风吹来，吹动了周围矮壮大树的枝条，也吹动了迪莉娅的金色长发，显得越发飘逸。

被风吹着，迪莉娅不由得眯起了眼睛。

这时候，一道在她梦境中出现过千百次的身影出现在了庭院门前。他穿着朴素的淡蓝色长袍，原本的短发已经变成了长发。

迪莉娅仔细地看着他。

“比过去更高了些，也比过去成熟了很多。”迪莉娅看着魂牵梦绕的人儿，却一时间一句话都说不出。

“迪莉娅，竟然真的是你！”林雷略显惊喜的声音响起。

“是我。”迪莉娅这时候跟着开口了。

林雷一下子就注意到了迪莉娅旁边的隆尔斯跟大地之熊：“圣域级魔兽大地之熊？”

“林雷，这位是我的老师，风系圣域魔导师隆尔斯。大地之熊是他的魔兽。”迪莉娅这个时候完全清醒了。

“进来吧。”林雷微笑着说道。

迪莉娅看到林雷的笑容，不知道怎么回事，心中涌现出一股热流。

“这种感觉，是叫幸福吗？”迪莉娅感到眼睛都发热了。

“沃顿，他们二人你就去接待一下吧。”林雷看了斯科特和基弗一眼，便不再多说了。

斯科特和基弗也丝毫不生气，当即恭敬地离开。毕竟人家是圣域级强者，连皇帝对他都要礼待，岂会在乎这些贵族纨绔？

在庭院石桌周围。

林雷、迪莉娅、隆尔斯三人围坐下来。

“看什么看？”大地之熊对着黑纹云豹黑鲁瞪了一眼。身为圣域级魔兽，大地之熊可是非常骄傲的。

“你这只笨熊。”黑鲁却冷哼一声。

“圣域级魔兽？”隆尔斯和迪莉娅听到黑鲁说话，都惊异地看向林雷。

“黑鲁，不要吵了。”林雷看了黑鲁一眼。

黑鲁旋即趴下，不再理会大地之熊。黑鲁其实知道，它不是大地之熊的对手，可是它不怕，因为大地之熊的速度是不如它的。

贝贝却对着大地之熊故意挥爪子示威。

“贝贝，”迪莉娅兴奋地说道，“过来。”

贝贝非常乖巧地一跃，直接跳到了迪莉娅的怀里。

“贝贝，好久不见了。”迪莉娅宠溺地摸着贝贝光滑的毛发，贝贝也享受得眯起了小眼睛。

迪莉娅虽然抚摸着贝贝，但是在想着林雷。

当年的林雷是那般坚毅、冷酷；而如今的林雷多了一分温和，举手投足间都那般自然。

“林雷大师，听说你要跟黑德森决战？”隆尔斯率先挑起话题。

“是的。”林雷微笑点头。

迪莉娅这个时候抬头看向林雷，说道：“林雷，你难道有赢黑德森的把握？”

“没有。”林雷老实回答。

迪莉娅是林雷在恩斯特魔法学院为数极少的朋友之一，除了耶鲁、雷诺、乔治三人外，他恐怕就是跟迪莉娅最熟悉了。

看到迪莉娅，林雷不由得回忆起十年前分别的场景。

那一次……

迪莉娅深夜来见林雷，说要离开神圣同盟了，说在离别之前想拥抱一下。可是谁想原本的拥抱分别，变成了吻别。

当时那一吻，的确让林雷惊呆了。

即使现在，林雷再见到迪莉娅，也忍不住想到那一夜。

“没有把握？”迪莉娅摇了一下头，询问道，“那，林雷，能不能推了那场战斗，不跟他比了？”

隆尔斯摇头说道：“迪莉娅，你怎么说出这么蠢的话？圣域级强者的对战，既然答应了，怎能失约？”

第257章 晚宴

隆尔斯何尝看不出，自己的弟子因为关心林雷而失去了方寸。

“迪莉娅，没事的，别担心！”林雷笑着说道。迪莉娅的关心，让林雷心中涌出一阵感动。

“嗯。”迪莉娅点点头。

即使如此，迪莉娅依旧无法放心，毕竟与林雷对战的可是号称圣域级第一强者的磐石剑圣黑德森。

隆尔斯看了看林雷，又看了看迪莉娅，笑道：“你们这对老同学十年没见面了，想必你们都有很多话对对方说吧。我就不在这儿打扰你们了，我先出去逛逛，你们两个好好聊聊。”

迪莉娅感激地看了自己的老师一眼。

隆尔斯很明显在给她制造与林雷单独在一起的机会。

说着，隆尔斯便带着那只大地之熊离开了这座庭院。

庭院中只剩下林雷、迪莉娅，以及贝贝、黑鲁两只魔兽。

迪莉娅低头缓慢地抚摸着怀中的贝贝，在等林雷开口。

绝世美女抱着魔兽的场景是如此动人，可是林雷心中发苦。对战圣域级强者他丝毫不惧，可是面对迪莉娅，他的心情还是有些复杂的。

在同龄人中，他最熟悉的女孩子就是迪莉娅了，因为两人少年时期都在一起。

林雷不是木头人，迪莉娅的感情他感觉得到。正因为这样，与迪莉娅再次见面，他才有些尴尬。特别是现在单独跟迪莉娅在一起，他感觉更尴尬了。

“这些年，还好吗？”林雷沉默许久，挤出了这么一句土得掉渣的话。

迪莉娅抬头看了林雷一眼，“扑哧”一声笑了起来：“林雷，你都已经是圣域级强者了，怎么变得这么不好意思了？我这些年还好，我背后有家族、有老师，谁敢欺负我？”

迪莉娅这一连串的话，令林雷放松了一点儿。

“这些年，你怎么过来的？”迪莉娅低声问道。

“也没什么。”林雷回忆起这些年。

几年前，他得知了父亲死去的消息后，便不顾一切，决心宁死也要复仇。

在复仇路上，他走得越来越坚定，最后的确是杀了克莱德，可因此被光明圣廷的六大特级执事围攻，使得德林·柯沃特为救他魂飞魄散了。之后是在魔兽山脉苦修，接着在奥布莱恩帝国潜修，然后与施特勒对战、与六大天使对战、与麦克肯希比试……这一幕幕场景在他脑海中快速掠过，他毫无防备地对迪莉娅叙说着。

迪莉娅抚摸贝贝的手停了下来，仔细聆听着林雷的每一句话。

虽然林雷此刻说得轻描淡写，好像很轻松，但是迪莉娅完全想象得出林雷这些年生活的艰辛。

林雷说完后，迪莉娅感慨不已。

“林雷！”迪莉娅忽然伸手握住林雷的手，紧紧地握住！

林雷惊异地抬头看向迪莉娅，迪莉娅凝视着林雷：“林雷，不要让自己活得太累，你已经做得足够好了！”

迪莉娅的手有些凉。

可是林雷感觉到从迪莉娅手心传来的波动，是心跳。感受着对方的心跳，林雷心中感到了一阵温暖，心中的坚冰也融化了些。

“谢谢！”林雷低声说道。

“不要跟我说谢谢。”迪莉娅摇头说道，目光灼灼地看着林雷。

两人间的气氛一下子暧昧了起来。不知道怎么回事，林雷感觉自己的脑子一下子乱了起来。一会儿浮现出当年他跟艾丽斯的事情，一会儿又浮现出那一夜迪莉娅的那一吻。他的心跳乱了起来，竟然让他有种心慌的感觉。

“贝贝！”林雷看向贝贝，旋即又看向迪莉娅说道，“迪莉娅，你知道贝贝的厉害之处吗？”在这种气氛下，心慌的林雷立即转移话题。

这种气氛再继续下去，林雷不知道他会怎么样，所以本能地转移了话题。

迪莉娅心中暗叹一口气。她擅长外交谈判等事情，对于人的心理自然是有研究的。当初在恩斯特魔法学院，她就开始研究心理学。

说来，研究人的心理的最初原因，就是为了弄懂林雷。

迪莉娅自然很懂林雷。

她知道，林雷经历过艾丽斯的事情后，不敢再谈感情。虽然他好像已经将艾丽斯给忘记了，但是迪莉娅知道一段感情的影响，绝对不是说忘记就能忘记的。

初恋其实很脆弱。

特别是林雷这种个性坚毅的人，一旦真正恋爱了，那么他对恋人将比对普通人要看重得多。

所以，初恋的失败，意味着林雷潜意识中已经对恋爱有了阴影。

即使其他的女孩接触他，林雷也会本能地戒备。

迪莉娅明白林雷心中已经凝结了一层坚冰，想要融化这层坚冰，不能操之过急，只能一步步来。

迪莉娅很爱林雷，自然也很疼惜林雷。

林雷受了那么多罪，亲人一个个离去……

虽然他如今成就高，年仅二十九岁就能够达到圣域级巅峰，但是这背后到底付出了多少艰辛？

迪莉娅真的不想林雷再这么累了！

为了林雷，迪莉娅已经有了准备。时间长，她不怕。只要能让林雷能轻松点儿、快乐点儿，她就满足了。

“迪莉娅，想什么呢？”林雷看到迪莉娅竟然走神了。

迪莉娅一下子就清醒过来了，笑道：“想什么？想你呢。”

林雷不由得惊愕住了。看到林雷这副表情，迪莉娅笑了起来："开玩笑的啊。"

林雷也笑了起来。

"你刚才说贝贝怎么了？"迪莉娅笑道。

"贝贝，给迪莉娅说两句话？"林雷笑着看向贝贝。

"说话？"迪莉娅吃惊地看向贝贝。当初在恩斯特魔法学院里不起眼的小影鼠，会说话了？会说话的魔兽，那可是圣域级魔兽啊！

贝贝直接跳到了石桌上，直立起来，昂起头大声地说道："迪莉娅小姐，告诉你一个秘密。我老大在魔兽山脉的时候，经常跟我谈起你呢！还说你当初强吻了他呢！"

"啪！"

林雷一巴掌就拍了过去，但林雷的巴掌只是从贝贝身体内穿了过去，这是贝贝的残影！

贝贝凌空而立，得意地对林雷一笑。

"贝贝，你这小子。"林雷哭笑不得。

他可从来没这么说过，贝贝竟然这么说。

"贝贝，乖，到我这儿来。"迪莉娅伸手说道。贝贝一跃就到了迪莉娅的怀里，而后躺在迪莉娅温暖的怀抱中，享受得很，还故意对林雷眨眼。

林雷、迪莉娅、贝贝在一起，贝贝经常故意调笑林雷和迪莉娅，使得欢声笑语不断，也使得时间过得飞快。一不注意，天都渐渐黑了下来。

迪莉娅看了一下天色，想起来今天晚上乔安还为她准备了一个盛大的晚宴。

"林雷，不早了，我要走了。今天晚上乔安陛下为我准备了一场晚宴，我必须参加。"迪莉娅抱歉地说道。

林雷微微点头："那我就不挽留了。"

"你今晚去吗？"迪莉娅忽然问道。

"我？"林雷笑道，"乔安陛下没邀请我，而且我对宴会不怎么喜欢，就算了吧。"

迪莉娅微微点头。

乔安怎么会不邀请林雷呢？只是沃顿为他哥哥拒绝了，沃顿知道哥哥林雷不喜欢参加宴会，也不喜欢应付那些贵族。

“再见！”迪莉娅低声说道。

“再见。”林雷也看着迪莉娅。

迪莉娅徘徊了一会儿，才迈步离开庭院，走到外面还回头看了林雷一眼。天色昏暗，晚风徐徐，迪莉娅这一转头，头发、裙角随风飘了起来。

的确是回眸一笑百媚生！

看着佳人远去，消失在路道转角处，林雷站在原地不知道在想什么。

“哥，在看什么呢？”沃顿这时候走过来了，笑道，“该吃晚餐了。”

“你大哥在学少女思春呢！”贝贝的小脑袋从林雷的身后冒了出来。

黑夜降临，帝都中各处闪烁着点点光亮。此刻，在皇宫内，一场盛大的宴会正在举行。宫廷乐师们演奏着美妙的歌曲，男男女女们正在大厅中央展示着他们优美的舞步。

迪莉娅坐在大厅边上靠墙的座位，旁边就是狂雷疾风鹰。今天的主角是迪莉娅，这场宴会是为了欢迎她的到来而举办的。

可迪莉娅，除了刚开始同乔安说了一些场面话，再献唱了一首优美的歌曲，随后就以身体不适为由，到一边休息了。

一位帅气的贵族青年走到迪莉娅的面前，脸上露出自认为最亲切的笑容，微微躬身施礼，说道：“请问美丽的迪莉娅小姐，我有荣幸，请你跳一支舞吗？”

“抱歉，我身体不舒服。”迪莉娅摇头。

贵族青年只能遗憾退去。

身体不舒服？虽然许多女孩子不想接受别人跳舞的邀请时多半会这么说，但迪莉娅是七级大魔法师，身体哪里这么容易不舒服，这理由听起来多少有些牵强。

远处，有几个贵族青年正看着迪莉娅。

“这是第几个了？”斯科特笑着对旁边的贵族青年问道。

“第八个了。”那贵族青年笑呵呵地说道。

“什么第八个了？”刚刚从舞池中走下来的基弗笑着走过来。此刻，基弗很是春风得意。

的确，基弗是玉林亲王的儿子，是亲王的第一继承人，将来是整个东南行省的掌控者！这地位的确是了不得！他的身份比一个当不了皇帝的皇子还要尊贵，自然有许多贵族小姐想成为基弗的妻子。

可惜，不少贵族小姐虽然与基弗有关系，却什么都捞不着。

“我在跟殿下谈论迪莉娅小姐，已经连续八个人去邀请迪莉娅小姐跳舞了，可惜都失败了。看得其他人都没信心了，不敢去邀请了。”那贵族青年笑道。

斯科特笑着看向基弗：“怎么，基弗表哥，你想试试？”

基弗自信地点头：“不就一支舞吗？看我的。”

基弗微笑着朝迪莉娅走了过去，笑容是那般灿烂。

“迪莉娅小姐，”基弗侯爵走到迪莉娅面前，“我有荣幸，请你跳一支舞吗？”

“抱歉，我身体不舒服。”迪莉娅依旧是同样的回答。

基弗很自觉地坐了下来，经验老到的基弗跟迪莉娅保持着一小段距离。这距离不长不短，也不会让对方感到不适。

“身体不舒服，确实应该好好休息。”基弗情场经验非常丰富，自然知道该如何下手。跟女孩子在一起，如果肢体有接触，至少会容易亲近点儿。

至于肢体该如何接触……

“啊，迪莉娅小姐，你的肩上有……”嘴里说着，基弗直接伸手准备去抚摸迪莉娅的肩部。

可是“灰尘”二字还没来得及说出来——

“啊——”基弗发出一道刺耳的痛叫声。这痛叫声响彻整个大厅，所有人都看了过来，连远处与左相聊天的乔安都被吸引了。

“怎么回事？”乔安立即走过来。

“我的手，我的手！”基弗痛得快哭了。他手背上的一大块肉没了，出现了一个大窟窿，鲜血在不停地流着。

迪莉娅连忙站起来说道：“乔安陛下，抱歉。老师让狂雷疾风鹰保护我，凡是要碰我身体的，对我有威胁的人或魔兽，狂雷疾风鹰都会攻击。我刚刚还没反应过来，狂雷疾风鹰一下子啄了过去。”

所有人看向迪莉娅旁边的狂雷疾风鹰。

第258章
林雷对战黑德森

“凡是碰触我身体的，对我有威胁的人或魔兽，狂雷疾风鹰都会攻击。”这一句话很简单，但在场的贵族们个个是人精，听了这句话心中都有些明白了。

众多贵族都看向基弗，基弗此刻还捂着手背上的伤口，脸色苍白，难看得很。

“基弗侯爵肯定对人家动手动脚了，真是……”不少贵族都腹诽起来，心中这么想，看向基弗的眼神自然就不同了。这让基弗一时间难堪得很。

乔安也不满地看了自己这侄子一眼。

他知道迪莉娅背后的这只九级魔兽狂雷疾风鹰是风系圣域魔导师隆尔斯的。狂雷疾风鹰攻击基弗，恐怕也来不及跟迪莉娅交谈。

这件事情在他看来，恐怕算不上迪莉娅有意针对基弗。

的确，迪莉娅不是针对基弗。在参加晚宴前，迪莉娅就对狂雷疾风鹰说过，谁妄图对她动手动脚，就啄他一口以作惩罚。

其他贵族青年没那个胆子，可基弗敢，于是自然撞到枪口上了。

“来人，快带基弗下去治疗一下。”乔安大声说道。

基弗不辩解什么，只低着头捂着手背上骇人的伤口，快速离开了大厅。而乔安对迪莉娅安慰道：“迪莉娅小姐，真的抱歉，竟然让你遇到这种事情，这是我们的不对，还请你不要介意。”

“不，不，乔安陛下，这是小风的不对，我回去一定会让老师教训它的。”

迪莉娅说着，还故意瞪了旁边的狂雷疾风鹰一眼。

旋即，迪莉娅继续说道："乔安陛下，今天我身体不适，就先回去了，还请见谅。"

"也好，迪莉娅小姐，回去可一定要好好休息。"乔安很有气度地说道。

今天晚宴的主角迪莉娅就这么离开了，剩下的贵族们都不由得议论了起来，那可怜的基弗再次成为被议论的焦点。

经过这件事情，没想到那被狂雷疾风鹰啄伤，但已经被光明治疗魔法治疗好的基弗还无所畏惧，竟还厚颜无耻地要充当迪莉娅的向导，每天还是同八皇子斯科特前往迪莉娅居住的府邸。

迪莉娅小姐是非常友好的，只可惜，那两只魔兽却是可怕的。

一次，迪莉娅因为斯科特差点被绊倒，在快要跌下去的时候，斯科特假装好心地伸手去抱迪莉娅，迎接他的就是狂雷疾风鹰的一啄。这一次比基弗侯爵那次还严重，斯科特左手直接被啄穿了。

经过了这一次事件，斯科特和基弗吃一堑长一智，不敢再对迪莉娅动手动脚了，但依旧每天都来纠缠迪莉娅。

当他们认为自己很规矩的时候，他们的厄运来了。

那只大地之熊，竟然连续扇了斯科特和基弗两巴掌，将斯科特和基弗侯爵给扇飞了。

大地之熊的熊掌是何等可怕？即使只是大地之熊的随意一拍，斯科特和基弗也是受重伤到吐血。

他们被大地之熊折磨个半死，最后还是被光明魔法师治疗好了。

按照大地之熊哈顿的话说："你们两个，天天在我面前晃，真烦人！以后，我看到你们一次就打一次！"

圣域级魔兽大地之熊谁敢惹？就是磐石剑圣黑德森，要击败大地之熊也不是简单的事。因为大地之熊不仅是圣域级魔兽，而且在圣域级魔兽中绝对算得上顶级。

如果不是隆尔斯的次元之刃实在太可怕，又怎么能收服大地之熊呢？

这一次后，斯科特和基弗终于不再纠缠迪莉娅了。

帝都中那些对迪莉娅抱有心思的纨绔，见到基弗和斯科特这般遭遇，一个个都吓得不敢打迪莉娅的主意了。

没办法，要是被一只圣域级魔兽一巴掌拍死，他们哭都没地方哭。

乔安在与迪莉娅的一次交谈中，才知道迪莉娅竟然跟林雷同是从恩斯特魔法学院出来的，并且是同一班级的学员。

迪莉娅这一次也不急着回玉兰帝国，还准备在奥布莱恩帝国观看林雷与黑德森的对战。

虽然外国特使要在本国待上好几个月的时间，时间确实比较长，但乔安很有气度，表示欢迎，说迪莉娅待的时间越久越好。

时间流逝，转眼三个月就过去了，明天就是8月4日了。

因为观看这一战的人太多，帝都中的旅馆都住满人了，甚至帝都郊外的一些乡镇旅馆也都住满了。

此刻，所有人都在议论着明天即将开始的两大圣域级强者的对战。

阜石路，伯爵府。

希尔曼、希里二人正在一起喝酒闲聊着。

“希里大叔，你有没有发现这一段日子，林雷他每天吃饭的时候，笑容都多了很多，还经常开玩笑。”希尔曼脸上满是笑容。

管家希里那红红的酒渣鼻一如既往，他嘿嘿一笑：“希尔曼，这原因你是知道的啊。迪莉娅小姐每天都来看林雷少爷，林雷少爷能不高兴吗？我看啊，这迪莉娅小姐就很不错，而且我觉得迪莉娅小姐对林雷少爷有意思。”

“对，迪莉娅小姐跟我们一起吃饭的时候，从她看林雷少爷的眼神，我也看得出来。”希尔曼一副过来人的语气。

希尔曼和希里都很满意迪莉娅。

“我跟他提过一次，可林雷少爷对这个总是避而不谈。”希尔曼无奈，摇头说道。

“别急，他们二人只要都有意，等时候到了，肯定能成。”管家希里反而很有信心。

就在这个时候，沃顿、巴克五兄弟从后院练功场回来了。这六个大个子走在一起，的确是很震撼。

“希里爷爷，希尔曼叔叔。”沃顿老远就跟他们打招呼了。

沃顿一瞥客厅：“咦？我哥跟迪莉娅小姐还没来啊。”

如今，迪莉娅每天中午都是在林雷这儿吃饭的。

“马上就到了，别急。”希尔曼说道。

“来了。”走在最后的盖茨回头一看，看到林雷跟迪莉娅正并肩走来。

林雷和迪莉娅都穿着淡蓝色长袍，黑鲁跟在他们身后，贝贝则是站在黑鲁的背上。

潇洒自如的林雷和漂亮动人的迪莉娅站在一起，的确是一对金童玉女。

“哥，吃饭了，还在谈呢，时间还嫌不够？”沃顿调笑的声音响起。

林雷和迪莉娅都看向沃顿，沃顿笑着摇头。

玉兰历10009年8月4日下午，今天是一个好天气，湛蓝的天空上飘着几朵洁白的云，风不算大，柔和的风吹在脸上就如被爱人的小手抚摸般让人感到舒服。

城西图焦山，这一座小山的海拔近千米，在方圆数里并不算什么大山，它比武神山等山要小得多。可是今天，这座山周围早就被有序地分成了一块块区域，这一块块区域用染料划分开，还有近十万的城卫军有序地主持秩序。

今天的观众非常多，和上一次奥利维亚与黑德森对战相比，还要更多点儿。虽然人更多，但是数百万人排成一个个方阵，整齐得很。每一个方阵四周都有城卫军守卫。

图焦山上没有一个人，图焦山的上空，林雷凌空而立。

奥布莱恩帝国的贵族们，距离图焦山的山脚有数百米远。

沃顿、巴克五兄弟等人跟乔安等皇族距离图焦山比较近，自然在最前面，迪莉娅、隆尔斯则紧靠着沃顿等人。

沃顿、迪莉娅等人都仰头，担忧地看着林雷。

“我哥他一定会赢！”沃顿在心中说道。

隆尔斯轻轻拍了拍迪莉娅的肩膀，迪莉娅回头看了自己的老师一眼，眼睛一下子就红了。

迪莉娅的心理压力真的很大。

“没事，林雷不会有事的。”隆尔斯安慰道。

“不会有事的！”迪莉娅低声对自己说道，旋即仰头看着图焦山。

“那个黑德森怎么还不来？”盖茨的怒骂声响起，他可一点儿不在乎什么磐石剑圣，想骂就骂。

此刻，沃顿、希里、希尔曼、迪莉娅、巴克五兄弟、詹尼、丽贝卡姐妹……这些人都默默地期待着，期待着林雷能赢。

“林雷要赢，很难。”一道灰色长袍的身影出现在了旁边。

“奥利维亚？”沃顿、盖茨等人吃惊地看着这人。

奥利维亚竟然真的活过来了！

奥利维亚脸色苍白、气势收敛，布鲁默此刻站在他的身旁。奥利维亚看了沃顿等人一眼，淡漠地说道：“黑德森虽然攻击力量惊人，但是防御最为可怕。你们应该还记得，上一次我只是跟他对了一剑，我的手臂就断了。他的力量远超于我。除此以外，他的精神力量也很强、速度也快……几乎没什么缺点，要赢他很难！”

“奥利维亚，我家大人可不是你。”盖茨不忿地说道。

奥利维亚淡然一笑，不再多说，而是跟自己弟弟走到了另外一处，安静地准备观战。

“黑德森大人来了！”一道惊呼声不知道从哪处人群中响起。

众人都看到东方天际疾速飞来一道身影，只一会儿，黑德森就来到了图焦山的上空，与林雷对峙。

此刻，林雷和黑德森离地面都有千米高。

玉兰大陆的人视力都极好，在白天，千米高度的身影都看得清。

迪莉娅这时候双手紧紧握住，手心满是冷汗。

这一刻，整个图焦山周围数百万人没有发出一丝声音，宛如空间静止了一样，所有人感到了一种前所未有的紧张。

所有人的目光都聚焦在高空中的那两个身影上。

“林雷，来得挺早的啊。”黑德森凌空而立，随意地说道。

林雷淡漠地看着他，身体周围微风旋绕。林雷现在只是正常人类形态，之所以能够飞行，是因为施展了九级风系魔法风影术。

飞翔术是七级魔法，而它的进阶版是八级魔法风之翔翼，至于九级魔法风影术，是由风之翔翼以及极速这两大辅助魔法合成而来。施展风影术，不但可以令人飞行，而且速度极为惊人。

林雷随意地脱掉了外套，将其收入了空间戒指中，然后冷漠地看着黑德森说道：“黑德森，废话就无需多说了，准备接招吧。”说着，林雷身上疾速浮现出黑色鳞甲，狰狞的尖刺也从背部、额头、肘部等处冒了出来，一条如钢铁长鞭的龙尾甩动起来，暗金色瞳孔冷漠地盯着黑德森。

“哦，挺干脆的。来吧，看你有没有资格迫我拔剑？”黑德森自信地看着林雷，笑着朗声说道。

第259章

大地奥义与大地裂

林雷和黑德森，凌空对峙，彼此距离足有数百米，所以他们对话自然都运用了斗气，声音非常大，下方观战的人都听得清楚。

“好猖狂！”沃顿眉头一皱。

“等大人打得他还不了手，这个黑德森就知道天有多高了。”盖茨愤愤不平地骂着。

下方大多数观众虽然也认为黑德森猖狂，但是知道黑德森有猖狂的实力。他的称号是磐石剑圣，被称为圣域级第一强者，其防御能力最强！

高空中。

黑德森说完，身体周围出现了浓厚的土黄色气浪，气浪翻腾，给人一种可怕的压迫感、沉重感。

“迫你拔剑？”林雷嘴角微微上翘。

“轰！”浓厚的青黑色斗气从林雷体表蔓延开来，如同黑色云雾一样在林雷周围翻腾着。与黑德森的土黄色气浪相比，林雷周围的护体气浪，竟然可以让人的心跳受到影响。

林雷的护体气浪似乎蕴含着波动。

“嗯？”黑德森看到林雷的脉动防御，眼睛一亮，立即仔细地凝视起林雷来，之后笑了起来，“林雷，没想到，你与那奥利维亚比斗时还藏了这一手。我承认，你确实有资格让我拔剑。”

黑德森何等眼力？虽然林雷的脉动防御跟他的防御不同，但是威力绝对不会比他的防御低多少。

林雷单单凭借这惊人的防御，就足以让黑德森拔剑。

“锵！”黑德森拔出背后的土黄色重剑，同时郑重地看着林雷。

林雷一翻手，那柄表面反射出青光的黑钰重剑便在手中了。林雷开始蓄势，准备最凶狠的一击。

“拔剑了，黑德森大人拔剑了！”

下方数百万人都感到心跳加速，奥利维亚眉头一皱：“林雷的防御，好像……有点儿特殊。没想到他还藏着这一手。”

迪莉娅紧张得额头都冒出了汗珠，自己却丝毫没有察觉到。

一个身体周围笼罩着土黄色气浪，一个身体周围笼罩着青黑色气浪，黑德森如大地战神一般，而林雷如异位面的恶魔一般，让人心悸。

“小心了！”林雷一声大喝，人动了。

“呼！”原本微风徐徐的天空中陡然出现了一阵狂风，呼啸的狂风疯狂地席卷天地，林雷的身影竟然融入狂风中。

呼啸的狂风吹在图焦山上，“喀嚓”一声，一棵大树竟然直接被吹得断裂开来，其他的大树被吹弯了腰，树叶也被吹掉了，漫天乱飞。无数的落叶、碎石就从图焦山上乱飞了下来。

下方的数百万人都眯起眼睛，欲看清上面的战斗。

“对风系元素法则的领悟竟然如此高。”风系圣域魔导师隆尔斯眼睛一亮，低声赞叹道。

其他观众都屏息观战。

手持土黄色重剑的黑德森傲然站立在半空中，即使狂风呼啸，也稳如泰山。林雷的模糊身影出现在狂风中的各处。

“呼——”

陡然，一道诡异的兽吼声响起，一道模糊的黑色身影冲向了黑德森。黑德森脸色一变，林雷的速度太快了，正因为快到了极限，才引起了狂风怒吼。

原来，是狂风怒吼，不是兽吼声。

黑德森注意到林雷那双暗金色瞳孔，二人彼此对视着。

“哼！”黑德森丝毫不畏惧。

“啊！”

“啊！”

怒喝声几乎同时响起。

林雷手持黑钰重剑，携着怒吼的狂风和大地的无尽力量，直接朝黑德森劈了过去。黑德森的土黄色重剑宛如一座山直接砸向了林雷。

两柄重剑正面撞击！

“砰！”

仿佛两座大山在高空相撞，可怕的撞击力形成肉眼可见的可怕气流。这气流如利刀一样，直接将图焦山的大树给吹得断裂开来，甚至把有的巨石直接吹得粉碎，无数粉尘、乱石从图焦山上朝四面八方落下。

“陛下，小心！”

一块巨石竟然朝乔安这个方向砸了过来，立即有战士直接飞过来，一脚就将近万斤的巨石给踢飞了。一个个强大的战士保护在贵族们的身旁。

那些观战的人中也有很多是厉害的战士，或是魔法师。

“大家小心点儿。”那些观战的人都被那场面震撼到了。

这力量实在是太可怕了！

“林雷！”迪莉娅看到林雷化成龙血战士，看到他可怕的实力，心中也为自己喜爱的人骄傲。

林雷、黑德森二人都不约而同地后退近百米。

“好惊人的力量！”林雷心中震撼。林雷当初与奥利维亚对战时，只使用了紫血神剑，并没有展示出惊人的力量。龙血战士是出了名的力量大，林雷作为龙血战士使用黑钰重剑，将黑钰重剑毁天灭地的惊人力量完全发挥出来了。

“龙血战士，不愧是终极战士！”黑德森的大笑声响起，“不过林雷，我刚才只是用了简单的、纯粹的力量，并没有蕴含法则在其中。下面的攻击，你小心了！”

蕴含了地系元素法则的招数，其威力可就大了。

如上一次黑德森的大地裂，就是蕴含了地系元素法则。

“下一招，我要使用大地奥义了，你也小心。”林雷淡漠地看着远处的黑德森。

此战，绝不能保留实力。他若保留实力，别人不保留实力，他恐怕就会死。

“大人要施展大地奥义了。”巴克五兄弟、沃顿等人都紧张起来，而此刻贝贝与黑鲁对视一眼，黑鲁今天难得将身体变得很小。

“嗖！”

在所有人仰头看着高空的时候，黑鲁和贝贝闪电般蹿入了图焦山中。这两大魔兽都疾速地朝图焦山山顶赶去，只一会儿，贝贝和黑鲁就到了图焦山山顶的一处杂草丛中。

“我们就在这儿，老大赢了还好，如果老大输掉，那个黑德森还要下重手，就该我们上了。”贝贝看着高空的黑德森。

黑鲁点头。

上一次奥利维亚的命差点儿就丢掉了，黑鲁和贝贝可不想看到这一幕发生在林雷身上。

林雷持着黑钰重剑，体内斗气疾速运转起来，气势不断地升腾。黑德森也同样蓄势待发。

两大高手，已然决定要用绝招。

“轰！轰！”

可怕的气爆声同时响起，两道残影同时划破虚空。眨眼，两大高手如两块巨型陨石一样撞击在了一起。

“大地奥义之百重浪！”林雷的暗金色瞳孔愈加冷漠，黑钰重剑如同柔和的风一般，速度却快得诡异，仿佛能穿透时空一般。

“大地……震！”黑德森表情肃穆，手中土黄色重剑表面的光芒愈加收敛，周围天地竟然凝结起来。

“砰！”

土黄色重剑与黑钰重剑撞击在一起，这一次的结果却非常诡异。林雷整个人如同从高空中砸下的陨石，疾速地朝下方坠去，下落了大概数百米后，一个翻身，凌空站立了起来。

林雷感到体内鲜血一阵沸腾。

“好可怕的攻击力！”林雷骇然地看着高空中的黑德森。林雷脉动防御的防御力很高，比圣域级斗气护罩的防御力高了数十倍。如此可怕的防御力，就算是圣域级巅峰强者的法则攻击一般也是撼动不了的。

林雷的防御，与黑德森的防御相差无几。

但黑德森大地震的攻击力太可怕了，就好像一座大型高山的重量完全融于一剑当中，然后劈在林雷的身上，破开林雷的脉动防御。林雷的脉动防御消耗掉了黑德森大地震的大半攻击力，剩下的小半攻击力，林雷靠着鳞甲勉强防御住了。

“黑德森的攻击，竟然有我大地奥义的一丝意境了！”林雷感觉到黑德森的大地震，其实也是有振动波传过来的，只是这振动波只有一重。

一重振动波传递到林雷体内，只是让林雷体内血液沸腾而已。

“对于大地脉动的领悟，黑德森还很低。”

黑德森在地系元素法则方面，领悟的并不是大地脉动这条路，而是另外一条路。

“黑德森恐怕不好受吧。”林雷看着高空中的黑德森。

“嗯？”站在高空中的黑德森身体一颤，一丝鲜血从他的嘴角溢出，他惊骇地看着下方的林雷。

黑钰重剑刚才和他的土黄色重剑撞击时，几乎没有什么力量撞击，而是一种诡异的振动波传递。黑德森感到仿佛一记记重锤狠狠地砸在了他的心脏、肺等体内各处。眨眼，黑德森连续遭受了一百重的振动波。

“幸亏我对地系元素法则的领悟到了一定程度，这对灵魂、五脏六腑都有所辅助。否则，单单这一击，就可能要了我的命。”

黑德森的防御很可怕，不单单体表能受到保护，其灵魂、五脏六腑都能受到保护，因为大地是万物之母。

黑德森走的这条路，就是防御力奇高，攻击力奇强的修炼道路。

如果林雷以五十重振动波攻击，可能伤不了黑德森。可林雷是用百重振动波攻击，黑德森防御再强，还是受伤了。

一个在图焦山上空，一个在图焦山半山腰处，二人在对视中都感觉到了对方的可怕。

“好可怕的攻击！”黑德森心中惊惧。他是第一次感受到如此诡异的攻击。

“好惊人的防御，好可怕的力量！”林雷见对方硬生生承受住了百重浪的一击竟然不死，也心中震撼。

下方一片寂静，人们现在还不知道这两大强者对战到底是什么结果。

“哈哈，好，林雷，你是第一个让我受到重伤的圣域级强者。”黑德森朗声说道，然后郑重地说道，“下面，你准备好接我一记大地裂。死了，可别怪我！”

下方奥利维亚的脸色变了，上一次他就是被黑德森的大地裂打了个半死。

大地裂，可比大地震要可怕得多！

“谁死还不一定呢！”林雷淡漠地说道，声音同样响彻天地。

刚才林雷使用的大地奥义只有一百重，并不是林雷的极限。实际上，他的大地奥义，振动波的极限已经达到一百三十二重。

“轰！”

“轰！”

两道气爆声再次响起，两个绝世强者一个从高空俯冲而下，一个从下方疾速冲向高空，两大强者来了一次最强的碰撞。

“大地裂！”

“大地奥义——一百三十二重！”

两大强者的极限攻击！

“砰！”林雷整个人竟然被劈得直接砸向了图焦山中，山体出现了一个可怕的大深坑。

顿时，“咔嚓”声响起，整个山石都裂了开来，然后只听到“轰隆隆”的声音，无数巨石滚落，大树被撞断，下方观战的人立即抵挡下落的巨石。

“轰！”林雷直接从深坑中冲了出来，他的身上满是鲜血，连鳞甲都碎裂了部分。

大地裂的威力，是大地震的数倍，林雷硬扛下这一击，即使有脉动防御和鳞甲两层防御，也依旧重伤得吐血。

“噗！”

一大口鲜血直接从黑德森口中喷了出来，他的脸色瞬间惨白。

两大圣域级强者皆身受重伤。

战斗，前所未有的惨烈！

第260章

图焦山，没了！

下方的数百万人都看呆了，黑德森喷出了鲜血，林雷的鳞甲碎裂了，嘴角也有血迹，这都表明了这一场战斗是多么惨烈。

“怎么可能?！”

“怎么可能，林雷大师与黑德森大人……”

观众完全震惊了，两大绝世强者竟然会战斗到这个地步。最让他们吃惊的是……号称圣域级第一强者的黑德森竟然吐出了一大口血，绝对是受了重伤。

在他们看来，林雷才二十九岁，虽然是天才，但是当初奥利维亚不是跟林雷相差无几吗？奥利维亚被黑德森击败了，估计林雷也是同样的结果。可现在看来，结果完全不一样。

“林雷，他……”奥利维亚眉头紧锁。

其实，如果林雷不是领悟了脉动防御，恐怕黑德森的大地震就会令林雷重伤。一记大地裂完全可以杀死没有脉动防御的林雷，但林雷有了脉动防御，防御力提高了太多，即使大地裂是黑德森的绝招，也最多令林雷重伤。

“林雷！”迪莉娅快哭了，特别是看到林雷身上的血迹后，她的心都碎了。

“哥！”

“大人！”

沃顿、巴克五兄弟、希里、希尔曼、詹尼……一群人都为林雷紧张着。

这一场战斗到了这个地步，实在太惨烈了！

“好诡异的攻击，根本没办法防御。”黑德森看着远处恍若恶魔的林雷，在脑中飞速思考着。

林雷大地奥义的一百三十二重振动波，让即使是内脏都有特殊防御的黑德森也受到了重伤。黑德森清楚，他或许还能再扛住一次对方的极限攻击，可第三次，他绝对会丧命。

“林雷的防御力怎么这么强？我的大地裂竟然杀不死他！”黑德森无法相信。

大地裂乃是他的绝招，他所遇到的对手，没有人敢硬扛这一击。如果绝招还不能赢对方，那还有什么办法能赢？

“不能再硬扛了，靠身法，想办法躲过林雷的攻击，然后给林雷来一下。”黑德森思考着。他相信，林雷的情况比他好不了多少。能扛下大地裂，还能有战斗力，林雷已经很了不得了。他相信，只要再来一次大地裂，林雷绝对扛不住。

林雷其实也是同样的想法。他身体的情况，已经决定了他不能再硬扛黑德森的一击。

“哧哧——”黑德森体表的土黄色气浪开始收缩，最后宛如土黄色铠甲般紧紧贴着他的身体。

林雷也将脉动防御收缩到体表。

如果防御展开得太大，疾速飞行的时候速度就会受到影响。

毫无疑问，两大强者到了这时候，都决定打消耗战了。

下方无数观战的人都仰头屏息看着，他们的心同样悬着。

原本认为磐石剑圣黑德森必胜的人，也不敢再这么说了。

“呼呼——”狂风骤起，狂暴的旋风席卷天地，林雷的身影再次变得飘然起来，速度完全达到了极限。他借助风，让自己的身法诡异得让人捉摸不定。

黑德森持着土黄色重剑，脚动了起来。他一步迈出，便是数十米，空间都仿佛动了一下。

他的身法同样诡异！

“哧——”

黑德森手持土黄色重剑突然出现在林雷的面前，然后土黄色重剑直接劈在林雷的身上，可是土黄色重剑仿佛劈在虚空中一样从林雷身体中透过去，林雷的身体直接变得虚幻，消失不见了。

这是残影。

同样地，林雷手持黑钰重剑劈了过来。在他临近黑德森的时候，黑德森一下子退到了数十米之外。

两大强者都知道对方的攻击力很可怕，根本不敢再硬扛对方的攻击，都妄图依靠身法，给对方来一下狠的。

“人呢？”

“都看不见人了！”

下方的观众都睁大了眼睛仔细看着上空，可是林雷、黑德森二人的速度太快了，加上狂风在上方呼啸，他们只能偶尔看到一些残影。

迪莉娅额头上尽是汗珠，可她依旧一眨不眨地看着高空。

气氛，前所未有的紧张！

黑德森一步迈出，直接到了图焦山的山上。黑德森决定利用图焦山的一些巨石、树木等障碍物来限制林雷的速度。

“呼！”林雷手持黑钰重剑俯冲而下，疾速劈向黑德森。

黑德森迈出一步便到了远处，旋即再迈一步，诡异地出现在一块巨石后面，而此刻林雷在这块巨石的另一面。

“大地裂！”

土黄色重剑携带着无尽的力量狠狠地劈下，那足有一人高的巨石宛如豆腐一样，刚刚碰到土黄色重剑剑刃上的气浪就直接被震得粉碎。林雷早就见势不妙，快速地闪躲了。

“砰！”

图焦山被劈得竟然裂开了一条数百米深的大裂缝，这个大裂缝足有三四米宽，还有无数的碎石飞落到各处。

“神啊！”数百万人完全惊呆了。

眼前的图焦山竟然裂开了一条大裂缝，海拔近千米的图焦山，竟然裂开了一半。

“砰！”林雷使出一记大地奥义，一百三十二重振动波直接劈向黑德森。

黑德森避开了林雷这一击。

林雷的黑钰重剑因此劈在了旁边的大树上。

“呼——”大树直接被狂风吹成了粉末，同时那振动波沿着黑钰重剑斜劈下去的方向，从图焦山山上，斜着穿过整个图焦山内部，将图焦山穿透了。

山腰上，出现了足有一人大小的洞口，无数的石头被粉碎，且粉碎得非常彻底，被风一吹，碎末漫天。不一会儿，整个天地都变得灰蒙蒙的。

只是一会儿，碎末散去，天地又恢复了。

一个清晰的，穿过图焦山内部，连接山腰、山顶的洞穴就出现在无数人的眼前。

观战的人一片寂静。

乔安喉咙抽动了两下。

老天爷啊，这是多么可怕的威力啊！谁敢硬扛他们的攻击？一剑把山劈出一条裂缝，一剑贯穿山顶与山腰，而且石头全部碎成粉末，简直不可思议！

“这就是大地奥义！”巴克等人都兴奋了起来，可是他们同样为黑德森的可怕实力感到惊颤。

奥利维亚沉默地看着这一切。

狂风呼啸，林雷藏于风中，不断地出现在图焦山各处，而黑德森则是不断地闪躲。下方无数人，只能听到一次次可怕的轰击声。每一次轰击声后随之而来的就是山石碎裂，大树断开，或者它们都化为齑粉。

“砰！”一截山头竟然直接被劈得从高空上滚落下来，无数的树木被压得断裂开来，下方观战的人都惊呼了起来。

观战的武神门圣域级强者凯尼恩立即上前，手持长棍，借助巧劲将长棍的一头挑在一截山头上，然后那截近百米高的山头慢慢滚落到靠近山脚的空地处。

皇族、贵族都开始后退。

“后退！后退！”

城卫军战士们接到命令，立即开始指挥观战的人不断后退。

这一场战斗远超他们的想象。他们在如此情况下，还是很危险的。

随着他们的后退，林雷、黑德森二人的战斗愈加疯狂。黑德森只是全力击出三四剑，整个图焦山就几乎被切割成几块了，而林雷的攻击，更是让图焦山千疮百孔。

只是一会儿——

“轰隆隆——”已经残破得不成样子的图焦山直接轰然倒塌，无数的尘土飞起来，周围观战的人吓得立即快速后退。幸亏他们退得早，周围又有数位圣域级强者保护。

待尘土散去，一座高达两三百米，占了近十里的碎石堆就出现在了他们面前。

图焦山，没了！

有的，只是碎石堆了！

“老天！”无数的人看着碎石堆上站着的两个人。林雷和黑德森身上都是鲜血，脸色苍白，可是他们的气势可怕得很。

在场所有观战的人，以后恐怕都无法忘记这一战。无论谁胜谁败，他们都不会认为失败一方的实力就差。

“林雷，你输了！”黑德森淡漠地看着林雷。

林雷用暗金色瞳孔盯着对方，沉默着。

“即使你龙化成龙血战士，斗气也远不如我，而长时间的消耗战，让你的速度已经变慢了。”黑德森自信地说道。

的确，林雷正常人类形态才九级，龙化后斗气也才接近圣域级中阶而已，而黑德森修炼了数百年，斗气远远比林雷深厚得多。如此激烈的对战，到这个地步，林雷的斗气几乎已经消耗完了。没有足够的斗气支撑，速度自然就慢了。

黑德森微微翘起嘴角，陡然动了。

“轰！”气爆声响起，黑德森立即发起攻击，而林雷也在疾速躲避，靠着强大的肉体和风影术，疾速闪躲。

因为斗气已经被消耗得几乎没了，此刻的林雷，速度是比黑德森慢的。

“大地裂！”看准机会，黑德森对着林雷就是一击。

“嗷——”一道刺耳的让人心颤的吼叫声响彻天地，一道黑影直接从碎石堆里冒了出来，快速地出现在林雷和黑德森之间。

同时，它的身体飞速地变大。

“贝贝！”林雷心中一惊。

贝贝一下子变成了两米高、四米长的模样，用利爪狠狠地对着那土黄色重剑拍击过去。

“滚！”贝贝怒吼着。

“砰！”

土黄色重剑与贝贝的利爪发生正面撞击。

之后，黑德森整个人被抛了出去，一口鲜血喷出，而贝贝也被黑德森大地裂可怕的力量重击得飞了起来。

“啊！真疼！”一声怒吼。

然而，贝贝竟然闪电般再次冲向黑德森。硬扛大地裂一击后，贝贝的毛皮只是泛起一丝红色，根本没受什么重伤。

黑德森委顿地倒在地上，看着这个怪物冲来。他虽然不知道这怪物哪里来的，但知道他若不抵挡就会死。

黑德森拼命站了起来。

哪里来的怪物？不仅硬扛住大地裂，而且看上去还没事！

“大地裂！”黑德森为了保命，拼了。

“砰！”

贝贝闪电般连续两爪子劈在土黄色重剑上，土黄色重剑竟然被劈得直接飞出了黑德森的手中，黑德森整个人也被抛了出去，鲜血再次从口中喷了出来，而后重重地、无力地摔倒在地上。

周围观战的人目瞪口呆。

“想杀我老大，死！”贝贝怒吼着，再次冲了上去。

“贝贝，住手！”林雷立即喊道。

“老大，干什么？”贝贝回头看向林雷。

林雷看了黑德森一眼，经过这一战林雷知道，黑德森对他没太大挑战了。

林雷摇摇头，灵魂传音道："贝贝，算了。"

贝贝却很是不平，身体一跃直接跃到了土黄色重剑旁边，然后抓住土黄色重剑直接放在嘴里，"咔嚓"几声，竟然将土黄色重剑给吃得干干净净了。

"算了，就吃了你这玩意吧。"体形变大的贝贝凌空而立，冷漠地看着黑德森，随意地说道。

"怎……怎么可能？"黑德森努力地站起，回想着刚才那一幕，觉得难以置信。他的剑是搜集无数珍贵材料炼制而成，比林雷的黑钰重剑差不到哪儿去，竟然被这只魔兽给吃了。

"林雷大师，这……这魔兽？"远处的乔安询问道。

贝贝一瞪眼，怒视乔安："怎么了，我老大是魔法师，魔法师战斗时携带魔兽很正常吧？我出手不行吗？我贝贝已经很给面子了，黑鲁都没出手。否则我、黑鲁还有老大联手，杀死黑德森，简直就跟刚才吃那把剑一样简单啊！黑鲁，现身！"

"嗷——"一声怒吼，接着从碎石堆里又冲出一只魔兽，体形同样变大起来，正是黑纹云豹黑鲁。黑鲁直接飞到了贝贝的旁边，跟贝贝一样凌空而立，看了黑德森一眼。

此刻，林雷和黑德森皆受重伤。

可是远处无数的人，注意力都不在他们身上，反而在这两只突然冒出来的圣域级魔兽身上，特别是第一只魔兽，太可怕了！

它不仅硬扛住大地裂，而且看上去都没事。

还将黑德森的贴身武器，吃了个干净。

"黑德森，你有意见？"贝贝俯瞰黑德森。

黑德森看到贝贝冰冷的目光，他清楚，一旦他说有意见，恐怕贝贝会直接一爪子拍死他。就是全盛时期的他，遇到贝贝这样防御和攻击都如此厉害，甚至速度比他还快的魔兽，都难赢对方，更别说是现在了。

黑德森转头，保持沉默。

“黑德森，我承认，这一战，我输了。”林雷说道。

黑德森看了林雷一眼，心底佩服起林雷来，说道：‘林雷，今天我跟你其实是不分胜负。我只是靠着斗气深厚，略胜一筹罢了。至于你的魔兽……”

黑德森看了一眼黑鲁，又看向贝贝。

贝贝立即瞪他一眼。

黑德森苦笑一下：“你的魔兽，是我见过的最可怕的圣域级魔兽。”

贝贝听到这话，立即骄傲地扬起了脑袋。

第261章 声名远播

林雷翻手从空间戒指中取出了一件长袍，恢复正常人类形态后便将长袍披在了身上，接着微笑着说道："贝贝、黑鲁，我们回去。"

之后，林雷看向黑德森，黑德森同样看向他。

黑德森和林雷的脸色都有些苍白，这一场大战，二人都受了不轻的伤，而且都是内伤。

两大绝世强者，彼此微微一点头。随即，黑德森不跟其他人打招呼，直接腾空飞向东方，化为一道模糊的黑点，消失在东方天际。

林雷向前而行，贝贝和黑鲁两大圣域级魔兽跟在身后。

看着一人二兽，乔安、凯尼恩、兰科等人都感到了压力。无论是林雷，还是两只圣域级魔兽，都有着可怕的实力。

"林雷大师！"乔安第一个朝前走去，热情地与林雷打招呼。

林雷微微点头，脸色依旧苍白："乔安陛下，这一战，我心中有所领悟，就先回去修炼了。"

乔安一怔，然后连忙说道："好、好，林雷大师修炼最重要。"

林雷礼貌一笑，而后走向自己那一方人马，沃顿、迪莉娅等人都立即迎了上来，沃顿更是直接跟林雷来了一个拥抱。

"哥！"沃顿虽然眼睛泛红，但脸上带着笑容。

"走吧，回去。"林雷说着，看向旁边的迪莉娅。

迪莉娅漂亮的睫毛上还有着泪珠，刚才看到林雷遇到危险，迪莉娅都担忧得哭了。

林雷心中一暖。

“一起走吧。”林雷笑着看向迪莉娅，迪莉娅也看着林雷，微微点头。

林雷一群人准备率先离开，周围观战的人都非常自觉地让出了一条道路。林雷走在这条路上，所有人都看向林雷，几乎所有看向林雷的人的目光中都充满了崇拜。一个年仅二十九岁的青年，竟然能跟号称圣域级第一强者的黑德森打成这样，而且拥有两只圣域级魔兽，其中一只圣域级魔兽，实力强大到能力压黑德森。

“大哥。”布鲁默看着自己的大哥奥利维亚。

奥利维亚被公认为顶尖的天才，可是三个月前那一战，他输给了黑德森。他输了，没人怪他。毕竟对手是号称圣域级第一强者的黑德森，整个玉兰大陆的人都依旧认为他是顶尖的天才。

可是……

林雷岁数比他小，而且小得多！

林雷与黑德森一战，结果却明显不同。连黑德森本人都说，如果不是林雷斗气不足，他根本赢不了林雷。

黑德森靠斗气充足赢了林雷！

在许多强者眼里，这根本算不了赢。因为元素法则难领悟，而斗气好修炼。只要有足够的时间，斗气提升那是肯定的。

“二弟，我要去北极冰原进行苦修，你要好好照顾自己。”奥利维亚对自己的弟弟说道。

“哥！”布鲁默立即把眼睛瞪得滚圆。

他听他哥哥说过北极冰原是什么地方。位面监守者在那里，而且一些隐藏的圣域级强者也在那个荒无人烟的地方苦修。

奥利维亚回头看了一眼自己的弟弟：“二弟，记住，你是我奥利维亚的弟弟，别让我失望。”

"嗯。"布鲁默郑重地点头。

奥利维亚微微一笑，随即腾空而起，直接朝北方天际飞过去。在天空中，长袍猎猎作响，奥利维亚背着他的两柄剑开始了北极冰原之旅。

"黑德森、林雷，等我归来，一定会将你们击败！"

奥利维亚看着北方，目光是前所未有的坚定。

数百万人在城卫军的统一指挥下，快速有效地朝四面八方分散了。即使离开，这些观战的人还是兴奋不已，三五成群地谈论着刚才的大战。

一剑把山劈出一条裂缝，一剑贯穿山顶与山腰。

一座海拔达千米，山脚占地面积广的高山，竟然变成了碎石堆。

还有最后突然出现的两只圣域级魔兽。

这一切的一切都令观战的人兴奋不已。经过这一战，无数人崇拜起了林雷。二十九岁就能跟黑德森对战成这样，而且他还有两只圣域级魔兽。看样子，其中一只魔兽就可以击败黑德森。

一人两魔兽，这种组合纵横玉兰大陆，谁敢阻挡?

"幸亏我当初选的是沃顿，多亏了武神他老人家！"乔安心中长吁一口气，"这个林雷，没想到竟然这么可怕。还好，他现在跟我皇族算是亲家了。"

帝都城西图焦山一战，在数百万人的口头传播下，以惊人的速度传播开去。林雷一时间声名远播，成了整个玉兰大陆最耀眼的人!

他的实力跟圣域级第一强者黑德森几乎不相上下！

年仅二十九岁，不仅是九级大魔导师，还是石雕宗师!

更拥有两只可怕的圣域级魔兽，其中一只圣域级魔兽，更是能够单独击败黑德森!

林雷简直是一个传奇，无论是在石雕界，还是在魔法界，抑或是作为战士。他的任何一个成就都堪称传奇，当所有传奇出现在同一个人身上的时候，这个人无疑是绝世天才。

玉兰大陆最耀眼的圣域级强者林雷，他的大名，就如同当年武神的大名一样在整个玉兰大陆上传播。一些吟唱诗人更是将他的传奇不断地吟唱，无数的少年以林雷为目标而奋斗、努力！

林雷，注定将在玉兰大陆历史上留下浓墨重彩的一笔。

而林雷的荣耀现在才开始，他才二一九岁，他的未来不可估量！

林雷、黑德森这一战的信息，很快就被光明圣廷的情报组织用飞行魔兽快速带到了圣岛上。

浪涛拍击，处于海域中的圣岛非常安静，这里有着光明圣廷最强大的力量。

光明神殿第九层。

廷皇海廷斯静静地翻阅着手中的那本圣廷至宝《圣籍》。

这时候，“咚咚”的清脆敲门声响起。

“进来。”海廷斯的声音一如既往平稳。

穿着红色长袍的吉尔默快步走了进来，凝视着廷皇海廷斯，郑重地说道：“廷皇陛下，林雷与黑德森对战的消息来了。”

海廷斯抬头看了一眼吉尔默。

吉尔默的表情，令海廷斯感到疑惑。他接过吉尔默手中的纸张，随意地看了一下。随即，他原本淡然的表情一下子凝滞了。

“廷皇陛下？”吉尔默低声喊道。

海廷斯低叹一口气，将这张纸扔到了桌上，起身走到了落地窗前，遥看远方无边的海洋：“林雷……我知道他是个天才，可是没想到，竟然仅仅过了十年，他就成长到了这个地步！”

海廷斯早就预料到了林雷今后会有很大的成就，否则也不会派六名天使去杀林雷。

没承想，六名天使才失败不久，林雷竟然就弄出了如此大的动静——与黑德森对战可以不分胜负，这足够令光明圣廷震惊。

“廷皇陛下，我们该怎么办？”吉尔默低声询问道，“如今这林雷，可是跟黑德森相差无几了。”

“黑德森……”

海廷斯依旧看着窗外，背对着吉尔默：“黑德森的实力的确很强，就是我要赢他，也要花费大力气。”

虽然黑德森号称圣域级第一强者，但许多人都没跟他比过。这些人除了那些隐藏的、不知道修炼了多少年的强者外，还有光明廷皇、黑暗廷皇，以及一些不争名夺利的人物。

当中，光明廷皇擅长大预言术。而大预言术，乃是三大顶级魔法之一。

圣域级巅峰的大预言术是极为可怕的，比一般的圣域级巅峰魔法师的魔法要可怕得多。海廷斯有自信，他在全力以赴的情况下能够击败黑德森，可那也是全力以赴的情况下。

根据情报，林雷可是还有两只圣域级魔兽的，其中一只圣域级魔兽，似乎连黑德森也奈何不了它。

“林雷有两只圣域级魔兽，我和乌森诺同时出手，恐怕也最多击退林雷。要想击杀林雷……必须让圣廷强者尽出！”海廷斯低声说道。

击败和击杀，是两个概念。

那一人两魔兽的组合，实在太可怕了，就是光明圣廷也要顶尖高手尽出，才有把握将其击杀。

“可即使成功，我光明圣廷损失将很大，而且奥布莱恩帝国帝都还是武神的地盘……”海廷斯的目光中泛起一丝金色。

海廷斯，心中尽是怒意！

“砰！”前方的玻璃轰然粉碎。

“当初有把握杀了林雷，没有用全力将其击杀，然而现在已经没有机会了。”海廷斯看向吉尔默，只能无奈宣布道，“杀他要付出的代价太高了，我们承受不起，而且还不一定成功……从今天起，不要再对付林雷了。只要我们不主动惹他，我就不相信，他敢攻上圣岛来。”

事到如今，光明圣廷也只能如此抉择。

“是，廷皇陛下。”吉尔默心中苦笑。

吉尔默不由得回忆起当年他第一次见到林雷的场景，那还是在恩斯特魔法学院内的一家酒店中，那时候的林雷还只是一个涉世未深的少年。

然而仅仅过了十年，那个少年已然成了整个玉兰大陆顶尖的强者之一，并且他们光明圣廷还奈何不得他。

海廷斯眉头皱着，心中尽是恨意！

光明圣廷真的没有力量对付林雷吗？不，有！光明圣廷除了廷皇、裁判长等明面上的绝世高手外，实际上还有更可怕的几个人。

这几个人，修炼都足有数千年，甚至更长。

可是……

这一群人，已经不为光明圣廷服务了。

“这一群人都背叛了光明之主，只知道为他们自己！”海廷斯怒火中烧。那几个人的实力都很强，可是那几人根本不管信仰了，也不管什么光明之主了。

那几人，曾经是光明圣廷的骄傲，其中就有光明圣廷曾经的廷皇。

可是如今的他们，恐怕就是光明圣廷被覆灭也不会在乎。那几人的目标，是成神，是踏入神域！

“廷皇陛下？”吉尔默见海廷斯走神，不由得低声喊道。

海廷斯长舒一口气，看向吉尔默，嘱咐道：“对了，吉尔默，那魔兽山脉的帝林，对我们的打击太大，光明之主的追随者死伤太多。所以我们必须加快征服混乱之岭的步伐，要让光明之主的光芒照耀那片土地。”

吉尔默当即点头。

光明之主的追随者越多，光明之主的恩赐才会越多。混乱之岭四十八公国，是光明圣廷眼中的肥肉。在混乱之岭，他们已经经营了数千年，奈何黑暗圣廷也妄图征服那块地方。两大圣廷的争夺，使得两方都还没有成功。

混乱之岭旁边更有奥布莱恩帝国、罗奥帝国两大帝国，以及极东大草原那些残忍的草原骑兵。

要征服混乱之岭，的确很难。

“你去吧。”海廷斯淡然地说道。

吉尔默离开后，海廷斯心中一阵疲惫：“黑暗圣廷、混乱之岭，还有那个日后威胁更大的林雷……”

这么多的威胁，可他又能怎么办？

第262章

混乱之岭

微风吹拂，吹动了林雷的发梢，而林雷安静地坐在地面上，闭着眼睛静修着。心灵跟大地和风完全契合。

林雷感觉到了在地底深处，炽热的岩浆在流淌着。

“呼呼——”林雷感觉到了风速的改变，高空的风很疾，不过帝都中府邸内的风小得多。风的变化，皆在林雷的掌握中。

林雷很享受修炼，每一次领悟和突破，都是灵魂的一次升华和心灵的一次蜕变。

那种变化，让人心颤。

“武神当初说的可能是正确的，我应该集中精力沿着一条路修炼。地系元素法则浩瀚无边，而大地脉动应该是其中比较高深的一种。”

林雷看得出来，黑德森跟自己同样是领悟地系元素法则，走的路跟自己却不同。

林雷的振动波攻击，明显比黑德森的要更厉害！

“砰！砰！”大地奇特的脉动又将林雷完全吸引了，林雷再一次沉浸在感悟中，努力地解析着其中的玄奥。

自从林雷与黑德森一战后，林雷已然成为整个玉兰大陆公认的巅峰强者之一，其实力已经跟黑德森、光明廷皇、黑暗廷皇等一批人并列。在帝都都城中，巴鲁克家族的地位也愈加高了。

很显然，就算名声大，也没什么人敢来打扰林雷。

“每一次领悟，都有不同的感受。”林雷睁开了眼睛，脸上也情不自禁地有了一丝笑容。林雷心中惊叹：“连大地脉动都如此玄奥，那地系元素法则该是如何浩瀚啊？

“也难怪，成为神是那么艰难。

“像武神这样了不起的人，成为下位神五千多年了，依旧还是下位神。”

“哥。”沃顿喊着，与巴克五兄弟跑过来了。

“知道你们几个过来了。”林雷笑着站了起来。林雷在感悟大地脉动，当沃顿等人走来时，林雷自然感觉到了。

众人吃完午餐后。

“赛斯勒。”林雷直接起身，对着赛斯勒笑着打招呼，带着赛斯勒来到自己的庭院，二人相对坐下。

“林雷，有什么事情吗？”赛斯勒疑惑地询问道。

林雷表情很复杂，叹息道：“赛斯勒，你对我们巴鲁克家族的事情应该知道了吧。”赛斯勒在伯爵府待这么久了，自然知道得一清二楚。

赛斯勒当即点头。

林雷淡漠地说道：“我父母都死了，罪魁祸首就是光明圣廷。当日，我离开赫斯城时就发誓，终有一日要将光明圣廷连根拔起！”

赛斯勒也知道林雷有这个目标。

林雷看向赛斯勒：“我知道，我自己的实力处于稳步提升中，加上贝贝、黑鲁，以及巴克五兄弟……我有自信面对光明圣廷。我准备，开始对付光明圣廷。”

“开始了？”赛斯勒心里一惊，“林雷要正面对付光明圣廷？”

“林雷，虽然我们的实力还算强，但是光明圣廷的根基很坚实。”赛斯勒连忙劝说道。他也想毁掉光明圣廷，可必须保持理智啊。

林雷微笑着摆手道：“不，我当然不急着与他们正面对抗。”

“我听你上次谈到混乱之岭，说光明圣廷对那儿很看重，而且在那儿的势力很强大。”林雷继而询问道。

赛斯勒可是八百多岁了，当年在混乱之岭生活了很久，对混乱之岭很是了解。

“当然看重。”赛斯勒详细地说道，“林雷，根据我对光明圣廷的了解，他们除了要献给光明之主纯洁的灵魂外，还需要给光明之主足够多的信仰！而追随者越多，信仰才越多。光明圣廷一直高喊‘让光明之主的光芒照耀更广阔的大地’，其实就是这个目的。”

林雷微微点头。

赛斯勒扳着手指说道：“林雷，整个玉兰大陆比较混乱的地方，也就极东大草原、混乱之岭、北域十八公国这三个地方。”

“其中极东大草原杀伐连连，草原骑兵以残忍著称，他们骨子里有着好战的基因，他们怎么可能信仰光明圣廷？草原勇士的本性，决定了光明圣廷在那儿根本不可能成功。”赛斯勒侃侃而谈，“至于北域十八公国，那北域十八公国，实际上是信奉冰雪女神的。”

“冰雪女神？”林雷对于北域十八公国的确不太了解。

“对。”赛斯勒点头说道，“虽然北域十八公国相互争斗，但冰雪女神在北域十八公国有着绝对的掌控力，而且冰雪女神十分神秘。不过冰雪女神没有野心，一直蜷缩在北域十八公国。光明圣廷，自然不会去惹这个大敌。”

林雷笑了，不过还是有些疑惑。

北域十八公国，是在黑暗之森的北方。他们唯一接壤的国家就是奥布莱恩帝国。北域十八公国的面积，也就比奥布莱恩帝国一个行省大一点儿。以奥布莱恩帝国的国力，要征服北域十八公国不难，可为什么不征服呢？

林雷现在明白了，看来是跟冰雪女神有关。

“这两个地方不可能，那就只剩下混乱之岭了。”赛斯勒感叹道，“混乱之岭，非常乱，乱得可怕！”

“怎么个乱法？”

赛斯勒感叹道：“当年有人统计过，混乱之岭一共四一八个公国，当然这是以前的数据。混乱之岭，战乱频繁，每过几年，公国数目就有变化，现在或许有五十几个公国，或许有四十个公国，这很难说。战乱频繁，这是第一乱。

“第二乱，是周围环境。他们分别跟奥布莱恩帝国、罗奥帝国、极东大草原毗邻，这三大势力都打他们的主意！

“第三乱，最强势力彼此争斗不休。光明圣廷、黑暗圣廷也一直妄图征服混乱之岭。在混乱之岭，这两家势力最强、影响力最大。两大圣廷天生对立，彼此争斗不休。”

林雷听了感叹：“混乱之岭，这样如果还不乱，那才是真的奇怪了。”

“还有第四乱。”赛斯勒感叹道，“在混乱之岭的北方就是广袤的黑暗之森，黑暗之森中的魔兽数量比魔兽山脉的少不了多少。每隔数十年，或者十几年，都会有一次魔兽暴动，无数魔兽从黑暗之森冲向混乱之岭……那不是一般惨啊！”

林雷脸色一变。

魔兽暴动?

林雷经历过毁灭之日，知道大量魔兽冲出来是一件多么可怕的事情，那绝对是末日！

“当然，虽然说是魔兽暴动，不过不可能像毁灭之日那么可怕。”赛斯勒笑道，“黑暗之森涌出来的魔兽，大多是中级、低级的魔兽，高级的魔兽很少。虽然数量多，可是那时候混乱之岭各大公国都会齐心合力，还是能够将魔兽斩杀的。”

林雷心中了然。

高级魔兽少，破坏力就低得多了，加上魔兽数量远不如毁灭之日那么多，破坏力不算太可怕。

“林雷，跟毁灭之日不同，黑暗之森的魔兽暴动，不是只发生一次，而是每隔数十年或者十几年就发生一次。这种频率也使得混乱之岭无法稳定下来。”赛斯勒感叹道。

林雷暗叹：“这四个原因，的确会使得混乱之岭不断地乱下去。”

“虽然公国小，但是四十八公国加起来，领土就广了。混乱之岭的面积绝对赶得上奥布莱恩帝国领土面积的一半，甚至跟如今神圣同盟的领土面积相差无几。”

林雷点头。

当初，神圣同盟经过毁灭之日，领土只有过去的三分之二了。

奥布莱恩帝国本来就是玉兰大陆中领土最大的帝国。

既然混乱之岭的面积能赶得上奥布莱恩帝国领土面积的一半，自然就赶得上如今的神圣同盟的领土面积。

“如此大的面积，自然让光明圣廷眼红。光明圣廷、黑暗圣廷在那里的高手都很多，根基也很深。”

林雷听到这儿，却笑了。

一个跟如今神圣同盟的领土面积相差无几的地方，光明圣廷会派出多少人呢？

“如果光明圣廷有二三十个圣域级强者，海廷斯起码会派出五六个，或者七八个圣域级强者在那边吧。”林雷心中暗道。

圣岛，绝对是光明圣廷最多最强高手的聚集地。

而光明圣廷在混乱之岭中的强者，应该不是最多的。

“等我弟弟大婚后，我们便出发去混乱之岭。”林雷看着赛斯勒，微笑道，“对付光明圣廷，就从混乱之岭开始。”

毁掉光明圣廷在混乱之岭数千年来的根基，绝对会让光明圣廷气到发疯的。

“混乱之岭？”赛斯勒眼睛亮了，“好！”

林雷微微一笑，要在混乱之岭毁掉光明圣廷经营数千年的根基，绝非一年半载就可以做到。

“一边修炼，一边对付他们。等灭掉了光明圣廷在混乱之岭的所有人马，我正常人类形态估计也踏入圣域了，那时候对大地脉动的领悟，肯定更高。到时候……也可以直接跟光明圣廷正面对抗了。”

林雷心中有着一个很清晰的计划。

循序渐进、不急不躁，一步步将光明圣廷连根拔起！

沃顿当初说了，不等到林雷与黑德森结束对战，无法开心地跟尼娜大婚，而现在，他们已经定下了婚礼日子——9月15日。

如今，已经进入九月，伯爵府、皇宫都开始准备这一场大婚了。

婚礼宴会，可是要比订婚典礼隆重得多。

伯爵府，林雷的庭院中。

“林雷，我们的船队要回玉兰帝国了，我也要跟我老师回去了。”迪莉娅看着林雷，咬着嘴唇低声说道。原本微笑的林雷，笑容一下子凝滞了。

知道迪莉娅要走，林雷不由得心中一痛。

跟迪莉娅相处的这几个月，应该是林雷这十年来最轻松的一段日子。每一天，林雷都是充满笑容的。

“要走了？”林雷挤出一丝笑容，“那祝你一路顺风。”

迪莉娅却笑了，看出了林雷心里舍不得：“不过，我跟我老师说了，让老师先回去，我就以个人的身份，继续留在这儿。”

“啊？”林雷哭笑不得。

“你不高兴？”迪莉娅眉头蹙起。

“高兴，高兴！”林雷连忙说道。旋即，林雷郑重地看着迪莉娅说道，“迪莉娅，告诉你一件事情。”

“什么事？”迪莉娅期待地看着林雷。

“等我弟弟大婚后，我应该会去混乱之岭。”林雷说道。

“嗯，那我也去。”迪莉娅毫不犹豫地说道。

就在这时候，几道兴奋的大叫声在远处响起，几道身影快速地冲到了林雷的庭院门外。盖茨那大嗓门第一个响起：“大人，我四哥他也突破了，达到九级了！”

巴克五兄弟中，出现了第四个圣域级强者。

“又一个圣域级强者？”林雷脸上情不自禁地浮现出笑容，“这五兄弟的确是让人惊喜啊！”

第263章

危机

五兄弟中，如今巴克、安科、布恩、盖茨四人都达到了九级，变身后都拥有圣域级的实力，而老三黑鲨也只差一步，随时都可能突破。五兄弟中，巴克、盖茨、黑鲨三人已经领悟到了举重若轻这个境界。

“等弟弟大婚后，出发前往混乱之岭，有巴克五兄弟的帮忙，事情做起来就简单多了。”林雷眼中闪烁着光芒。

一想到未来，在混乱之岭，毁掉光明圣廷在此地数千年的根基，林雷心中已经有些迫不及待了。

布恩达到九级的这个消息确实令人感到惊喜，但伯爵府众人更期待即将到来的婚礼，沃顿每天都是笑眯眯的。

这次，沃顿和尼娜的婚礼是在皇宫中举行，热闹非凡。

幽静的庭院中。

修炼完毕后，林雷就坐在石桌旁，翻手取出一瓶果酒，一边喝酒，一边若有所思地看着前方。看林雷的表情，明显是在想事情。

贝贝小眼睛偷偷地瞅了一眼林雷。

“嗖！”贝贝一下子蹿到了石桌上。

林雷被贝贝吓了一跳：“贝贝，干什么？”

贝贝直立着，一双前爪环抱于胸，用审视的目光看着林雷：“根据我贝贝的推断，我发现老大你……在学少女思春了！”

贝贝的语气还很确定。

林雷哭笑不得：“我是想到我那几位好兄弟了，过一段日子就是沃顿大婚的日子，不过老大、老二、老四，他们都赶不过来了……”

林雷长吁一口气。

“也不知道他们三个现在过得怎么样？”耶鲁、雷诺、乔治这三个好兄弟在林雷心中占有很大分量，感情之深就如亲兄弟一般。

雷诺如今的日子过得很不好，短暂的假期后，他再次归队。即使知道林雷与黑德森的对战，他也没有机会去看。

因为他是军人，必须遵从军规。

雷诺虽然看上去吊儿郎当的，但是在军队中是绝对服从命令的，是个说一不二的汉子。

奥布莱恩帝国东南行省的边境，也就是尼尔城城南那一块区域。这块区域是跟罗奥帝国交界的一块区域，也是奥布莱恩帝国最为混乱的一个地方。

罗奥帝国地处混乱之岭以南，极东大草原以西。

长期与草原骑兵作战的缘故，使得罗奥帝国民风极为彪悍，军队更是出了名的强大。罗奥帝国与奥布莱恩帝国在尼尔城城南那一块区域，交战过不少次。战争流的血，更是使得那块郊野之地的泥土都变得暗红了。

“呼——”狂风呼啸，将那足有半人高的野草都吹得弯了腰。透过野草，依稀可以看到远处那条小溪旁有数十匹骏马在低头喝着小溪中的水。

而数十名骑士正坐在地面上歇息，还有几个骑士在周围警戒着。

此刻的雷诺正倚着一棵枯树，双眼如同鹰眼一般看着周围。军队中的雷诺和平时完全不同，此时的他穿着深青色的铠甲，他的胸口有一个金色火焰的印记，这代表他是奥布莱恩帝国精英军团金焰军团的一员。

他穿的制式铠甲，说明他现在是大队长。

雷诺从怀中取出了一块怀表，看了一下时间：“现在是下午三点，到五点，其他人应该都到了。”

“大人，”一名蓝发骑士走过来笑道，“如今罗奥帝国跟我们帝国没有战斗，你说我们长期这般警戒，是不是浪费力气？”

“虎子，少说点儿！”雷诺眉头一皱。

“是！”蓝发骑士立即不再嬉笑。

雷诺率领的这一支骑兵队有三个中队，共九百人，而现在，已经有十八支小队被派出去巡逻了。

雷诺现在所率领的这支小队，是他的亲兵队伍，也是十八支小队中最强大的一支队伍。

雷诺进入军队，也有八九年时间了，是从普通二兵一步步爬上来的。

“虽然罗奥帝国跟我们奥布莱恩帝国，已经足有十几年没有开战了，但是平常的小动作还少？就这种在边境发生的战斗，帝国每年都要死上万军人。”雷诺严肃地说道，“据我估计，这么长时间没有大型战争，罗奥帝国的人口也达到了一个极限，他们恐怕迫切需要一场战争了。所以，我们必须小心。”

战争的含义很简单。

人口多了，土地、粮食自然就不够了。国家自然会主动发起战争，否则国家内部就会动乱。当两个国家因为战争死伤一大批人，人少了，土地自然就足够了，那么战争自然就停止了。

这就是战争最基本的含义。

毕竟，对于普通人而言，最基本的就是衣、食、住、行而已。

“是，大人，我们会小心的。”蓝发骑士笑道。

“对了，大人，当初你在恩斯特魔法学院的同学林雷大师，听说他与黑德森大人的对战，打了个不分胜负？”蓝发骑士低声说道。

雷诺听到手下说到林雷，不由得笑了起来。

“只是因为斗气不如对方多，略输一筹罢了。”雷诺说道，但心里还是有些遗憾。好兄弟的生死大战，他竟然没有去看。

回头遥看西方，刺眼的光芒令雷诺不由得眯起了眼睛。他的好兄弟林雷就在西方的帝都当中。

“再过一年多，十年期满，我就要离开军队了。”雷诺心里暗叹。

八年多的军队生活，使得雷诺已经真正喜欢上军队了，不过雷诺知道家族的规定。家族规定，家族子弟参军十年，若达到师团长、副师团长的级别，那么以后就会一直在军队中；若没达到，就必须回家族中做事。

雷诺现在是大队长，离家族要求的级别还差一级。

雷诺虽然比较喜欢军队，但是也没想过一辈子都待在军队中，还是想安静地修炼魔法。如今他已经是七级大魔法师了，再苦修一百年，达到九级大魔导师是有机会的。

在静静地等待中，各个小队也逐渐到这儿会合了。

下午四点五十左右，这里已经聚集四百人，还有五百人没到。

“嗯？”雷诺忽然眉头一皱。

他突然有一种危机感，似乎有种看不见的杀机正在朝他们缓缓靠近。雷诺是一个魔法师，精神力强大，这种感应要比常人强得多。

“小心戒备！”雷诺忽然大喝道。

“是，大人！”周围的骑士们都应道。

可就是这个时候，急促的马蹄声从远处疾速朝这里靠近。

“敌军来袭！敌军来袭！”凄厉的声音打破了平静。

大部分的骑士反应都极快，抓起了长枪，握紧套在手臂上的盾牌，一个个快速朝战马冲去。

就在这个时候，锋利的箭矢从远处射来——

“嗖！嗖……”

飞驰的箭矢仿佛蝗虫过境突然就席卷了长空，所有的骑士立即半跪下来，同时用盾牌保护自己，就近的骑士立即靠在一起。

奥布莱恩帝国的盾牌质量很好，一般的弓箭不可能将其射穿。许多箭矢射在盾牌上，只令盾牌震动了一下，便无力地坠下，可是有十几支箭矢，仿佛刺穿纸张一样。

“咻！”

一支箭矢刺穿了盾牌，直接刺中了一名骑士。

雷诺看到这一幕，心中一疼，这名骑士是他的亲兵，跟着他足有六年了。六年的朝夕相处，感情自然深厚。看着眼前的一幕，雷诺瞬间就判断出——数百米距离，射穿了盾牌，绝对是高手，可能是七级战士或者八级战士，而且数量还不少。

“轰隆隆——”当远处的人靠近时，马蹄声才清晰起来。这一群人都穿着灰色的铠甲，战马的马蹄上包着布。

在这一群人的前方，还有十几名受伤的骑士奔逃着。

“罗西！”雷诺脸色一变，那十几名骑士正是他这支大队的。

“大人快走，罗奥帝国的军队足有数千人，快——啊！”一名受伤的骑士从侧边快速冲过来，可是转眼就被一箭射穿了喉咙。

“杀死，一个不留！”一道冰冷的声音从远方响起。

“撤！”

雷诺一声大喝，敌人有数千人，自己只有几百人，而且对方这支队伍明显是精英，有不少七级、八级战士，之前还发动了偷袭。

雷诺他们的责任是巡逻，所以必须将这消息传回去。

幸存的骑士们立即跃上战马。

对方可能贪图这数百匹骏马，刚才的箭矢都是朝骑士们射去的，战马并没受到什么伤害。

逃！逃！

雷诺快速逃跑，在逃跑的同时，雷诺默念着魔法咒语。

原来近四百人的军队此刻只剩下一百多人了，这还是雷诺使用魔法震慑对方的结果。

突然，以雷诺为中心，足足八道如同巨型战刀一般的扇形火焰朝四面八方冲去。那八道扇形火焰直接冲进了后方追击的骑兵队伍。

火系魔法——烈焰斩！

“哧！”那炽热的火焰如刀一般劈在一名骑士身上，那名骑士立即惨叫起来，全身铠甲快速被烧毁了，整个人转眼变成焦炭。周围的野草地也燃烧起来，后面的骑兵队伍不得不减速。

“追！追！”那名黄色头发散乱的首领，怒视着远处的雷诺。

如果不是远处那个魔法师，他们早就杀光这群人了。特别现在是秋天，野草都枯黄了，一点就着，并且一烧就是一大片，这完全阻挡了他们的步伐。

但魔法力不是无穷无尽的。

雷诺根本不敢使用七级魔法，他使用的是六级魔法，即使如此，雷诺体内的魔法力也快消耗得一干二净了。

罗奥帝国的军队依旧在追击雷诺他们，虽然这只是一支三百人的中队，但是这支中队中单单七级高手就足有十几个，明显是一支精英队伍。而雷诺这方剩余的近百人中，七级战士只有一个，外加雷诺这一个七级大魔法师。

“尼尔城，看到尼尔城了！”雷诺这方一名骑士的大喊声响起。

“尼尔城！”雷诺看着远方尼尔城的模糊轮廓，眼中充满了希望，更加拼命地骑马赶过去。

“嗖！嗖！嗖！”后方又是几道箭矢射来，疲惫不堪的雷诺再次努力闪躲，同时举起盾牌抵挡，只听得“哧”的一声，一支箭矢擦过盾牌边缘刺中了雷诺的肩部。那强大的刺穿力使得此刻疲惫至极的雷诺身体一晃，差点儿掉下马去。

奔逃了两个多小时，现在天已经昏暗了。

尼尔城的城墙上正有不少战士在守卫，同时还有一些贵族在上面，不知道他们在干什么。

“开城门，快！后面是罗奥帝国的人，杀死他们！！”雷诺怒吼道。

转眼，雷诺等数十名受重伤的骑士就奔逃到了尼尔城城门口，可是城门并没有开。

“嗖！嗖！嗖！”一道道箭矢直接朝城墙上的贵族射去。

“不要开！不要开城门！”几道刺耳的声音从上方传来，“你们都给我射箭，射死敌人！”

罗奥帝国那支中队停在了城墙弓箭手的射程之外，其中有十几个人竟然直接跳下马，朝城墙下方冲过去。上方的箭矢，他们轻易就闪躲开了。这十几人体表都有着斗气护罩，他们是强大的战士。

“杀死那个魔法师！”这十几个人的首领死盯着雷诺。他一路追杀过来，就是为了杀死雷诺。没有魔法力的魔法师，实在是太弱了。

雷诺此刻根本没有抵抗力。

“开门！”雷诺等一群骑士完全绝望了。虽然他们有数十人，而对方只有十几人，但看对方的斗气就知道，为首的那个大汉完全可以杀死他们所有人。

第264章

噩耗

“开门！”

“开门！”

雷诺等一群人的怒吼声不断响起。

敌人总共才三百人，尼尔城中足有数万大军，怕什么？这一路拼命冲杀回来，雷诺等人还以为自己的命能保住，可是现在——

“哧！”一柄战刀直接从一名骑士的肩部斜着劈下来……

“死，全部要死！”罗奥帝国那支中队为首的大汉张狂大笑道。

雷诺一方的人越来越少，仅仅一会儿就只剩下几个人了。雷诺看着敌人，心中越来越绝望。

“要死了吗？”

雷诺还有许多理想和目标没有实现，可是现在快要死了。

城楼中，一群贵族围着一个脸色惨白的中年贵族男子。

“亲王殿下，您没事吧？”

“别怕，亲王殿下，敌人是攻不进来的。”

被簇拥着的中年贵族男子的脸色这才好了一点儿，这人正是整个东南行省的掌控者，如今奥布莱恩帝国皇帝的亲弟弟玉林亲王。

玉林亲王胸无大志，可是他跟乔安是亲兄弟，乔安很宠爱这个弟弟。玉林亲王因此过着锦衣玉食的日子，他也非常享受这种日子。

他知道奥布莱恩帝国与罗奥帝国已经足有十几年没有发生过大型战争了，所以兴致来了，说要来边境城池看看。他一来，使得整个尼尔城的贵族都围着他转。

刚才他还在城楼上大谈奥布莱恩帝国的强盛，可谁想，突然就有一支箭朝他射来，幸亏身旁的护卫将利箭给挡下了。

“开门！”下面凄厉的怒吼声响起。

尼尔城内战士们的眼睛都有些红了。敌人并不多，如果他们杀出去，绝对能够轻易将敌人杀死，可是玉林亲王不准他们开城门。

“殿下，下方敌人不多，让属下带人去杀敌吧！”一名军官恳求道。

“说什么呢！”玉林亲王指着他的鼻子骂道，“你知道什么？没看到远处有好几百个敌人吗？”

“可殿下，我们尼尔城内可有三万士兵啊！”那名军官反驳道。

玉林亲王冷哼一声：“现在天色昏暗，远处野草那么高，谁知道野草里藏着多少敌人？你也不想想，凭这几百人就敢杀过来，他们会没有什么依靠？为了数十个帝国军人，不值得让更多的人流血。”

玉林亲王说得大义凛然。

“可殿下……”那名军官哭笑不得。这个玉林亲王明显不懂军事，以尼尔城的坚固，有三万军士在，就是来十万敌人，也不会轻易被攻破，而且他不过是要杀城下的敌人罢了，并不是去追击敌人。

玉林亲王摸了摸额头，一头冷汗。

“不就是几十个小兵吗？死了就死了，我可不想生命受到一点儿威胁。”玉林亲王心中暗道，当即严令道，“记住，你们不得擅自打开城门，否则，出了什么事情，你们可承担不起！”

“亲王殿下，下面的人中为首的人好像是雷诺。”忽然有人说道。

“哪个雷诺？”玉林亲王眉头一皱。

“邓斯坦家族的嫡系子弟雷诺。”

“邓斯坦家族？”玉林亲王眉头一皱，旋即不在意地笑道，“为帝国战死是他们家族子弟的荣耀。更何况，邓斯坦家族是个大家族，一个子弟死了又算得了什么？”

玉林亲王丝毫不在意。

“开城门啊！”一道凄厉的声音响起后，城外再也没有惨叫声了。

雷诺软软地倒下了，倒在了城墙墙角下。他的肩部有一支箭矢，而他的胸口上更是有一道可怕的伤口，鲜血汩汩流出。

此刻的雷诺已经昏迷了。

“大队长？”雷诺的铠甲泄露了他的身份。

那大汉直接一把抓住雷诺，朝肩上一丢，而后对着周围的人喝道：“撤！”

说完，十几人就闪电般地离开了。

自始至终，尼尔城的战士们，除了在上面放箭外，并没打开城门冲出来杀敌。

邓斯坦家族在军队中的影响力非常大，雷诺这一支队伍全军覆没，而玉林亲王竟然可笑到严令战士不得出城杀敌。这个消息很快就传到了邓斯坦家族。

玉林亲王在回到住所不久后，他的属下告诉了他一个惊人的消息。

“亲王殿下，战死的雷诺大人，他跟林雷大师是非常要好的兄弟。他们二人都是在恩斯特魔法学院学习过的，两人感情之深如同亲兄弟。”有着八字胡的中年人恭敬地对玉林亲王说道。

“什么？林雷大师？两人亲如兄弟？”玉林亲王一下子就站起来了。

“那群浑蛋，在城楼上怎么不告诉我？”玉林亲王急了。

“殿下，知道雷诺与林雷大师关系的人并不多。就是帝都中，也只有少数贵族知道。尼尔城这种偏远地方的贵族，又怎么会知道呢？”

玉林亲王的眉头立即皱了起来。

他不怕得罪邓斯坦家族。邓斯坦家族再厉害也要看皇帝脸色行事，一个家族子弟而已，他跟邓斯坦家族说一声，这事情绝对没问题。

可是，得罪林雷就不同了。

“立即让我跟邓斯坦家族联系上，还有……尼尔堿这边，消息都给我堵上，别传到帝都，更不能传到林雷大师那儿去。雷诺的死，就说他是为帝国战死的。”玉林亲王心底非常地焦急。

玉兰历10009年9月15日，这一天是沃顿与尼娜大婚的日子。尼娜可是奥布莱恩帝国的公主，沃顿更是名声响彻天下的林雷大师的亲弟弟。

二人的大婚，隆重无比。

宫廷内，美妙的音乐声如同潺潺溪水响遍了整个大厅，贵族们一个个捧着酒杯，彼此谈笑着。

“乔安陛下，失陪了。”林雷端着酒杯，笑着说道。

林雷真的不习惯应付那些贵族，在跟少数几个人说完话后，就离开了大厅，直接进入了花园中，后面的迪莉娅很快就跟了出来。

“怎么了，林雷？”迪莉娅笑道。

“不习惯。”林雷微笑着说道。

“你今天心情好像不太好。”迪莉娅看到林雷的脸色不太好看。

林雷点了点头：“我也不知道怎么回事，忽然感觉有些烦躁、不舒服。”

心灵境界，修炼到了林雷这种程度，很少会出现烦躁不安的情况。

“今天沃顿大婚，高兴点儿。”迪莉娅安慰道。

林雷长吁一口气，微微点头。

当林雷与迪莉娅在花园时，乔安收到了一条秘密消息。他的贴身宫廷侍者在他身边轻声说道：“陛下，邓斯坦家族的雷诺，战死了。”

“雷诺战死？哪个雷诺？”乔安看了一眼宫廷侍者，连一个人战死了，都要告诉他。他这个皇帝看起来闲得慌吗？

“是林雷大师在恩斯特魔法学院的同学，与林雷大师的关系非常好。”贴身宫廷侍者低声说道，“陛下，这件事情还跟玉林亲王殿下有关。”

“玉林？”

“按照情报所说，雷诺等一批人，被罗奥帝国的士兵追杀到了城下，可是玉林亲王严令不得开城门，要坚守城门。”

“坚守？敌人多少人？”乔安眉头一皱。

“三百人。”宫廷侍者回答。

乔安立即眼睛一瞪：“三百人就坚守？这玉林真是……”乔安心中一阵气急，可是转眼，他就明白这件事情了。

他弟弟，他清楚。

“玉林这个人，没有什么野心，只是有点儿贪生怕死罢了。”乔安不认为这是什么缺点，反正他也不用玉林亲王带兵打仗。

可是现在，这事情麻烦了，如果被林雷知道后，林雷一旦闹起来……

想到林雷在图焦山展现的可怕实力，还有那两只圣域级魔兽的实力，乔安心中明白，除非武神门的高手出动，否则根本压制不了林雷。

而武神门的高手会为一个亲王出动吗？

那是不可能的。

“玉林，尽给我惹祸！”乔安飞速地思考这件事情。他虽然愤怒，但是他还是要保住他弟弟。

“陛下，按照玉林亲王的说法，雷诺等人被追杀到城下，他们想救也来不及，而且当时天色已晚，对方到底有多少人，他们看不清。”宫廷侍者低声说道。

乔安微微点头，仔细地思考了一下事情经过，发现这事情瞒不住！

这是乔安的第一个反应。

对于林雷这种站在圣域级巅峰的强者，他还是不要隐瞒雷诺已经战死的消息，否则一旦被发现，就糟糕了。

乔安立即转身出了大厅，朝花园走去，寻找林雷。

“乔安陛下？”正跟迪莉娅一起散步的林雷，看到脸色难看的乔安走过来，不由得疑惑地喊道。

乔安看到林雷，脸色愈加难看了。

“乔安陛下，到底发生什么事情了？”林雷皱眉问道。

乔安叹了一口气，说道：“林雷，这件事情我告诉了你，你必须得冷静。”

“到底什么事？”林雷着急了。这几天，林雷心中一直有些烦躁不安，现在听乔安这么说，更是担心了。

好像有什么不好的事情发生了。

乔安低声叹道：“刚刚东南行省的金焰军团传来消息，雷诺率领的一个骑兵大队在尼尔城城郊遇到敌军，被敌军追杀得一路溃逃……”

林雷的心一下子就沉下去了。

“雷诺等少数几个人逃到尼尔城城下的时候，尼尔城战士们已经来不及救援……雷诺等人全部战死！”

“全部战死！”

“全部战死！”

“全部战死！”

这四个字仿佛雷电轰鸣一般，不断在林雷脑海中回响。林雷瞬间感觉自己蒙了，大脑没有了丝毫思考的能力，一片空白！

许久后——

“老四、老四，他死了？”林雷怔怔地说道。

“你好，我是来自奥布莱恩帝国的雷诺。”林雷清晰地记得，去恩斯特魔法学院报名的时候，第一个见到的就是雷诺。当时的林雷是跟着希尔曼叔叔去的，而雷诺是跟他的卢姆爷爷去的。

两个小孩子就这么相遇了。

之后的几年里，他们一直在一起，朝夕相处。雷诺的吊儿郎当、雷诺的嬉笑、雷诺的真诚……一幕幕场景浮现在林雷脑海中。

“老四，他死了？！”

林雷不敢相信，就在前一段日子，还跟自己、跟耶鲁老大高谈阔论的老四竟然就这么战死了！

他的音容笑貌，还那般清晰。

“老四怎么会死？”

“林雷大师，请你节哀顺变。”乔安见到林雷这副表情，心中也是一阵忐忑。他最担心的就是林雷发狂。

林雷转头直视乔安，目光仿佛利刀一样，声音低沉地说道：“乔安陛下，你告诉我，到底怎么回事？我不希望你欺骗我，你是明智的，应该知道欺骗我的后果！告诉我，到底怎么回事？”

第265章

质问

林雷的语气，令乔安眉头一紧，心中暗道："无论如何，本皇也是奥布莱恩帝国的皇帝。"

"乔安陛下！"林雷的声音越发低沉，目光如刀一般，直视乔安。

乔安此刻竟然有一种深处冰冷牢狱的感觉，特别是林雷的目光，更是让他感觉呼吸都有些困难。乔安喉咙抽动一下，艰难地说道："林雷大师，你这话什么意思？难道是不相信本皇？"

旁边的迪莉娅保持沉默。

林雷依旧凝视着乔安，低声说道："乔安陛下，我并不是不相信你，只是雷诺是我最要好的兄弟。你现在突然告诉我，他战死了，你说……我会不弄清楚事情真相？"

"事情真相？"乔安腰杆挺得笔直，怒声说道，"林雷大师，本皇说的难道不是真相？本皇再次告诉你，雷诺是被罗奥帝国的人追杀至尼尔城城下，最终战死。这点毫无疑问！"

"尼尔城？"林雷眼睛不由得眯起，"乔安陛下，雷诺他都逃到尼尔城城下了，尼尔城那么多人，难道都没人来得及救雷诺？"

乔安一愣，旋即还是坚持说道："本皇当时不在那儿，不知道具体的情况。但是按照情报所说，雷诺他们逃到尼尔城城下时，尼尔城的军士们还来不及救援，雷诺就已经被杀了。"

“老四，死了！”

林雷不愿意相信，在质问乔安的时候，林雷与雷诺相处的一幕幕场景不受控制地在林雷脑海中接连浮现，这使得林雷心底的怒气愈来愈盛。

乔安感到此刻林雷状态不对，而且气氛压抑得可怕。豆大的汗珠从乔安的额头上不断地冒出。

乔安看着林雷，无论如何，他都咬住不松口，硬说雷诺是战死，尼尔城的军士救援不及时。

林雷闭上眼睛，努力平息心中的怒气，然后呼出一口气。再次睁开眼时，他双眼如同电光闪烁。

被林雷再次凝视时，乔安感到了强大的心理压力。他一个普通的战士，在精神修为上如何跟林雷这个九级大魔导师相比？

“乔安陛下，你要明白，你说的可能是真的，可是你敢保证……传消息来的人，说的也是真的？”林雷的声音依旧低沉。

乔安毫不迟疑地点头，铿锵有力地说道：“林雷，你必须相信帝国军人！”

林雷瞥了一眼乔安，旋即说道：“乔安陛下，我今天心情不好，就先回去了。你跟我弟弟和尼娜说一声。”

即使额头上满是冷汗，乔安依旧挤出一丝笑容，说道：“林雷大师，你的心情，本皇也理解。林雷大师就先回去休息吧，沃顿跟尼娜那儿，本皇一定会去说的。”

林雷点了点头，便与迪莉娅一同离开了皇宫。

见林雷离开，乔安这才松了一口气，擦拭了一下满头的冷汗，心中暗叹：“老天爷，在林雷面前撒谎，还真是够心惊的。如果林雷当场发飙，没人制得住他。”

稍微整理了一下心情，乔安脸上依旧挂着亲切的笑容，朝大厅走去。

林雷、迪莉娅二人并肩走在阜石路上。从皇宫出来后，一路上林雷一直沉默着，旁边的迪莉娅知道林雷心中难受。

斟酌许久，迪莉娅轻声说道：“林雷。”

林雷被迪莉娅的声音惊醒，从回忆中脱离出来，看向迪莉娅：“怎么了？”

迪莉娅轻声安慰道：“你是在想雷诺吗？”

林雷轻轻点头：“迪莉娅，在我的心中，老大、老二还有老四，他们就跟我的亲兄弟一样。我从来没有想过，老四会战死。”虽然林雷语气平淡，但是迪莉娅还是发现林雷的眼睛红了。

林雷如此坚毅的人，眼睛都湿润了，心中的痛苦可想而知。

即使不想回忆，可是少年时期的记忆依旧不断地涌出。四兄弟在一起喝酒时的大笑大闹；四兄弟在宿舍的时候谈论学院的女孩……那时候，雷诺和耶鲁是最激动的。想起雷诺之前吊儿郎当的模样，林雷心中愈加难受。

二人走到伯爵府门前。

“大人。”门口的守卫恭敬地说道。

林雷看着伯爵府，又转头看向迪莉娅，说道：“迪莉娅，你先回去吧。”

“你去哪儿？”迪莉娅疑惑地问道，接着连忙说道，“林雷，你可千万别乱来。”迪莉娅知道林雷此刻的状态，如果惹出什么大祸就糟了。

林雷摇头道：“不会，我去雷诺家——邓斯坦家族的府邸！”

邓斯坦家族是奥布莱恩帝国古老的家族之一，在军队中，邓斯坦家族有很大的影响力。

邓斯坦家族的府邸，离皇宫不远。

施展风影术的林雷，飘然如风地穿行在街道中。一般的行人还没来得及发现林雷，林雷就到了百米之外。

“嘿，让你小心点儿，别触了夫人的霉头。你真是……”邓斯坦家族府邸门前有两名守卫，其中一名守卫正对着另外一名守卫说道。

另外一名守卫正摸着脸，他的脸上有一个红红的手印。

“我没去惹夫人啊，只是夫人来的时候，没及时退得远远的，夫人就怒斥了我，给我来了一巴掌，真是冤死了。”

“别什么冤死了，雷诺少爷战死，谁惹了夫人那就是找死啊！”

两名守卫随意闲聊着，突然一阵微风吹过，一道身影突兀地出现在了邓斯坦家族的府邸门口。

两名守卫一惊。

“敢问大人是谁？”其中一名守卫询问道。

“你去禀报一下，就说林雷要见你们邓斯坦家族的族长。”林雷的声音虽然淡漠，却有着震撼灵魂的穿透力。

“林雷大师？”两名守卫对视一眼，眼中尽是震惊之色。

林雷是什么身份？那可是玉兰大陆如今的巅峰强者之一，与光明廷皇、黑德森等人并肩的存在。

两名守卫立即弯下腰来，向林雷行礼。

“林雷大师，请稍等，我立即去禀报。”其中一名守卫快速朝府邸内跑去。林雷就静静地站在府邸门口，整个人如同标枪一般站得笔直。

只是一会儿，三名中年人就快速地跑过来了。为首的那名中年人正是邓斯坦家族的族长——尼恩·邓斯坦，也是雷诺的父亲。

尼恩等人知道林雷来了，立即快速出来迎接。

他们知道今天是沃顿与尼娜的大婚，因为雷诺战死，使得邓斯坦家族气氛压抑得很，所以邓斯坦家族并没有去参加沃顿和尼娜的婚宴。

“这就是林雷大师？”尼恩老远就仔细地打量林雷。

林雷这种大师级别的人物，尼恩只是看一眼，就感受到了林雷带给人的震撼。

这是一种灵魂上的震撼。

高手修炼，本质上也是精神、灵魂的改变。一个圣域级强者，即使穿着破烂，也比一个贵族少年给人的感觉震撼得多。

林雷回头，朝尼恩等人看去。

那目光如同雷电扫过三人，尼恩等人都深吸一口气，然后热情地迎过来了。族长尼恩当先说道：“有什么事情，林雷大师派人招呼一声，我过去就是。哪需要劳烦林雷大师亲自到府上？”

林雷不多说，直接略过三人，迈步走进邓斯坦家族的府邸。

尼恩等人心中都疑惑，但还是立即跟上。

以林雷如今对风的感悟，探知风只在一个意念间，数千米内一切尽在他的眼中。林雷直接朝邓斯坦家族的客厅走去。此刻，这客厅中已经聚集了不少人，不过都是男人。

“拜见林雷大师。”客厅中的人都立即恭敬地行礼。

林雷努力挤出一丝笑容，开口说道：“各位，不必客气。我今天来的用意，想必各位现在应该知道了。”

尼恩等人彼此对视一眼，都怔了好一会儿。

“雷诺死了。”林雷目光扫过周围的人，声音越发低沉，“雷诺是我的好兄弟，跟亲兄弟一样亲！”

林雷的话，令整个客厅的气氛都压抑起来了。

“我现在就是想知道，老四到底是怎么死的？是不是所谓尼尔城军士救援不及时才战死的？！”林雷的目光停留在尼恩的身上。

尼恩感到苦涩，叹气道：“林雷，雷诺是我的儿子，他死了我非常难受。可是没有办法，战争是会死人的，总不能因为死的是我儿子，我们邓斯坦家族就大喊大闹。我们邓斯坦家族是军人家族，当初决定让每一个家族子弟必须待在军队十年，就做好了家族子弟为奥布莱恩帝国牺牲的准备。不经历磨炼，他们如何成才？”

“这点我明白。”林雷看着尼恩，“为祖国牺牲，这点无可厚非。不过……我总觉得，雷诺死在尼尔城城下这件事，有点儿蹊跷，让我不太相信。尼尔城难道没有高手？难道直接从城墙上跳下救人不行？”

“尼恩叔叔，”林雷凝视着尼恩，“我兄弟死了，如果他是光荣战死的，我会为他自豪！可是，如果他是毫无价值地死去，或者其他原因死去，那么我一定会为我的好兄弟，弄清楚一切！”

“如果真的是牵扯到一些人，故意导致我兄弟死去，那我一定会为他报仇！”林雷目光如刀。

尼恩等人都感到心中一颤。特别是林雷对尼恩的称呼，再次令尼恩感到心中一暖。

“尼恩叔叔，你告诉我，你的儿子，我的好兄弟雷诺，死得冤不冤？”林雷凝视着尼恩，等着他的回答。

尼恩表情复杂，而后直视林雷，铿锵有力地回答道：“林雷大师，非常感谢你。不过，我的儿子，他是光荣战死的，不冤！”

林雷扫了众人一眼。

“那我告辞了。”林雷转身，直接离开了邓斯坦家族的府邸。

看着林雷离去的背影，尼恩等人都暗松了一口气。旋即，尼恩朗声说道：“大家都各忙各的去吧。”

说完，尼恩直接离开客厅，朝自己的书房走去。

“雷诺……原谅父亲！”走着走着，尼恩的眼睛就红了。

以邓斯坦家族在军队中的影响力，自然知道事情到底是怎么回事。他的儿子，在尼尔城城下，和敌人苦战好一会儿，才被杀死。这期间，玉林亲王却下令，不允许任何人开城门救人。

死得冤！死得冤！

尼恩心中苦涩：“儿子，林雷大师知道真相后一定会杀了玉林亲王，为你报仇。可陛下是很宠爱玉林亲王的，陛下不敢报复林雷大师，却会报复我们邓斯坦家族啊！”

没法子！

人死了就死了，一切都要为了活着的人！

第266章 被掩盖的真相

林雷回到了伯爵府，将自己关在了庭院中，任何人都不见。沃顿与尼娜虽然因为大婚非常高兴，但是知道雷诺战死，也明白大哥此刻的心情。

伯爵府中，任何人都不敢去打扰林雷。

庭院院门紧闭。

林雷坐在石桌旁，石桌上有一瓶酒，两个酒杯。一个酒杯在林雷面前，一个酒杯在林雷的对面。只是，对面的位子上空无一人。

给两个酒杯倒满酒，林雷举起手中的酒杯。

“老四……”林雷看着眼前的景物，目光仿佛穿透了虚空，他的眼睛都有些红了，“走好！”

林雷仰头就将酒杯中的酒喝得一干二净。

雷诺死了，林雷心底很不甘心。

可是在经过质问乔安，询问邓斯坦家族的人，甚至仔细地观察了邓斯坦家族众人的表情后，林雷最后判断——

“或许老四，真的是光荣战死的，和任何人无关。”

林雷却不知道，邓斯坦家族中知道真相的也就是家族的核心人物。

尼恩知道林雷会注意其他人的表情，所以根本没告诉其他人真相。

此外，知道真相的还有雷诺的母亲！也就是邓斯坦家族府邸守卫口中的夫人。

雷诺的母亲很伤心。尼恩清楚，在林雷面前，雷诺的母亲掩饰不了自己的表情，所以并没有让雷诺的母亲出现。

“老四，你是我们四兄弟中年纪最小的一个，没想到，你走在了我们的最前面。”林雷心如刀割，两行泪水不受控制地流下。

林雷一把抓住旁边的酒瓶，仰起头，一口气灌了几大口下去。

“咯，咯……”猛烈地喝酒，令林雷咳嗽起来。林雷只咳嗽了两三声，又仰头灌了几大口下去。

贝贝和黑鲁蹲在庭院角落，根本不敢打扰林雷。

“这是老大第四次这么伤心了。”贝贝心中暗道，“第一次是跟艾丽斯分手，第二次是知道自己父亲死去，第三次是德林爷爷的死。”

亲人、兄弟一个个离去，令林雷痛苦不已。可是林雷知道，他必须坚强，因为他还有其他的亲人、兄弟。不管是为了死去的人，还是活着的人，他都必须坚强。

“就让我放纵三天吧！”林雷张开嘴巴痛苦地笑了。

痛哭、喝酒、大笑、自言自语、回忆过去……他没有任何顾忌。

三天，林雷庭院院门关闭了三天，迪莉娅就在外面守了三天。

迪莉娅这几天一直待在庭院外面，干脆让人在这儿摆放了一个石凳。迪莉娅就坐在石凳上看看书，静静地守着林雷。

三天后。

庭院的门开了。

听到院门开启声，迪莉娅惊喜地转头看去。此刻的林雷穿着一身深青色长袍，腰杆还是标枪般笔直，没有丝毫颓废的样子。

“林雷！”迪莉娅惊喜地迎上去。

林雷看着迪莉娅，心中涌出一阵感动。以林雷的境界，庭院外有人他怎么会不知道？

他虽然是在庭院内，与迪莉娅隔着一扇门，但是时刻都感觉得到迪莉娅的存在。

林雷突然伸手，抱住了迪莉娅。

迪莉娅怔住了。

林雷从来没有主动拥抱过她！

林雷拥抱着迪莉娅，低着头，鼻尖尽是迪莉娅秀发的清新味道，是那般迷人。闻着这味道，林雷感到自己的心很平静。

仿佛独行的小船，终于回到了港湾。

“迪莉娅，谢谢！”林雷的声音在迪莉娅的耳边响起。

迪莉娅抱着林雷，头靠在林雷的胸膛上，她感到自己是前所未有的幸福。学院中数年的期盼，还有那十年的等待……现在，迪莉娅感觉自己好像离林雷是前所未有的近。

因为这个拥抱，林雷跟迪莉娅的关系更近了一步。两人有时候仅靠一个眼神，就能感受到彼此心中所想，但林雷没有捅破那层窗户纸，迪莉娅也没有。

“大人怎么样了？”

伯爵府后院练功场中，盖茨悄悄地对沃顿询问道。

沃顿脸上露出了一丝笑容：“我哥从庭院中出来后，跟迪莉娅小姐在一起走了很久呢。我刚才看到大哥的时候，大哥脸上还有一丝笑容。我估计，大哥心情还好。”

盖茨微微点头：“大人三天都不出来，还真是让人担心呢。”

“老五，你以为大人跟你一样，那么容易自暴自弃？”旁边一个壮硕的大汉笑道。

“二哥，你怎么说上我了。”盖茨不满地说道。

伯爵府的日子很宁静，林雷依旧和之前一样安静地修炼，也在为出发前往混乱之岭做准备。

“陛下，林雷大师和之前一样，一直在修炼，并没有其他举动。之前，只是在沃顿大人婚宴的那天，去了一趟邓斯坦家族。”宫廷侍者恭敬地禀报着。

乔安脸上有了满意的笑容。

“好了，你退下吧。”乔安说道。

乔安知道林雷没有其他举动后，终于松了一口气：‘还好还好，林雷大师是真的认为我说的是真的了。”

“邓斯坦家族也算是识趣。”乔安很满意。

他知道，以邓斯坦家族在军队中的影响力，肯定是知道事情真相的，而且知道的速度，恐怕比自己还快。

但看林雷的举动，很明显在邓斯坦家族中毫无所得，而且他真的认为，雷诺的确是因为尼尔城军士救援不及时而战死的。

迪莉娅看着手中的信件，又看向旁边的林雷，脸色比较为难。

“迪莉娅，怎么了？”林雷疑惑地看着迪莉娅。

迪莉娅无奈地摇头说道：“是我父母的信，说奶奶病重，让我快点儿赶回去。我奶奶……”迪莉娅脸上满是忧伤。

林雷伸手握住迪莉娅的手，眼睛凝视着迪莉娅，安慰道：“别担心，你奶奶会没事的。”

“林雷，我要赶回去了。”迪莉娅无奈，看着林雷，“我还说，跟你一起去混乱之岭的，可是现在……”

林雷微笑着安慰道：“没事的，你先赶回去吧。以我们一群人的能力，到了混乱之岭会迅速打开局面，而且你以后要找我，也会很容易就找到的。”

迪莉娅不舍地看着林雷。

可是奶奶病重，父亲在信件中的描述更是让她心急。她没办法……只能选择先立即赶回玉兰帝国。

第二天一早，迪莉娅就坐在狂雷疾风鹰背上，直接朝玉兰帝国的方向飞去。

奥布莱恩帝国中央行省的一座郡城当中，一座高档酒店的独立庭院中，耶鲁随意地接过下人递过来的一封信件。

“嗯，关于老四的。老四又怎么了？难道又立功了，要升官了？”耶鲁嘴角有着笑意。

当初四兄弟中，耶鲁、雷诺是最懒散的两个，两个人一见如故，而乔治、林雷比较自律。

打开信件，耶鲁就阅读起来了。

这一看——

耶鲁脸色瞬间就变得刷白，整个人更是不由自主一晃。耶鲁捂住自己的脑袋，闭上眼睛。许久后，耶鲁才睁开眼睛。

他脸色惨白，依旧没有一丝血色。

“不可能！”

耶鲁的眼睛以肉眼可见的速度湿润了，只是一会儿就红了。他忍住心中的悲痛，继续看下去。

当他看完——

“老四！”耶鲁的眼泪当场就流下来了。

如果要问耶鲁最看重的兄弟是谁？那绝对不是他的哥哥。他和他的哥哥，感情是比较淡的，因为在道森商会中，竞争残酷得很。

从恩斯特魔法学院出来后的近十年时间，耶鲁虽然也信任一些人，但是没有将任何人当成生死兄弟。在他心里，生死兄弟只有那三个——乔治、林雷、雷诺。

耶鲁站在原地，整个人身体都颤抖起来，突然他的手掌心冒出了电光，直接将那封信件化为飞灰。

耶鲁是雷电系魔法师，是四兄弟中魔法实力最弱的一个，但如今也达到了六级魔法师的级别。

“玉林亲王！”耶鲁咬牙切齿，身体发颤。

“你竟然眼睁睁地让我兄弟死去！不管你是谁，我一定要为老四报仇！”耶鲁深吸一口气，闭上了眼睛。

他努力让自己冷静。

道森商会在民间势力很强，尼尔城这种边境城池更是道森商会的重要据点，所以那里的商人、贵族跟道森商会牵扯很大。

那秘密可能瞒住林雷，可是瞒不了眼线布满天下的道森商会。

“父亲他不可能为了我，动用商会力量去对付一个亲王。更何况，即使想对付，恐怕也难成功。”耶鲁心中明白。

玉林亲王是东南行省的掌控者，手中控制的军队很多，他如何与人家斗？

“老三！”耶鲁心中不由自主地想到了林雷。

“老三竟然没为老四报仇？”耶鲁心中非常明白四兄弟之间的感情。

他敢肯定，如果林雷知道雷诺的死因，肯定会为雷诺报仇，所以他认为：“肯定是那玉林亲王，还有那皇帝隐瞒了这一切，毕竟老三他没情报网络。”

耶鲁一想到当初那个跟在自己屁股后面的可爱少年已经不在了，心中就是一阵绞痛。

“老四，我跟老三，一定会为你报仇的！”耶鲁肯定地说道。

忽然，耶鲁大声地对外面吼道：“来人，快准备一下，我要去一趟奥布莱恩帝国帝都。快，现在就出发！”

仅仅五分钟后，耶鲁就骑着一匹骏马，带着两名护卫，快马加鞭地朝奥布莱恩帝国帝都赶去。这一路上，耶鲁披星戴月，饭都没吃上一口，只是喝了一点儿水。

路途中，他一直在换马，不停地朝奥布莱恩帝国帝都赶去。

两天一夜的时间，耶鲁带着护卫，一鼓作气赶到了帝都。以耶鲁这种赶路的状态，他颠簸得两眼都布满了血丝，脸色更是苍白得如同病人。

“到了！”

远远地，耶鲁就看到了伯爵府的大门。两天一夜，拼命地赶路，耶鲁终于感觉到了一丝希望。

“耶鲁大人？”伯爵府的守卫自然认识耶鲁，耶鲁过去可是经常来见林雷的。耶鲁进来，根本无需守卫禀报。只是这两名守卫很疑惑，耶鲁为什么如此狼狈。

“老三！”耶鲁冲进伯爵府府邸，直接大喊起来，“老三，出来！老三，快出来！”

林雷听到耶鲁的第一声呼喊，便以最快速度冲出了自己的庭院。

林雷看到远处的耶鲁，一下子怔住了。

此刻的耶鲁，脸色苍白至极，头发有些凌乱，这还是那个打扮帅气的耶鲁老大吗？

耶鲁看到林雷，直接跑过来，一把抓住林雷的肩膀，眼睛发红地看着林雷，泣声说道："老三，老四的仇，你一定要报啊！"

第267章
玉兰大陆的秘密

耶鲁的这一句话，一下子让林雷蒙了。

“报什么仇？”

“不对！”林雷瞬间就明白了，老四的死，的确有冤屈。

林雷拉着耶鲁的手：“耶鲁老大，冷静。走，到我那儿，你将事情经过详详细细地告诉我。”耶鲁点头。

二人来到林雷的庭院中。

“老四的死，到底是怎么回事？”林雷严肃得很。

耶鲁郑重地说道：“老三，老四那天是带着自己的人在外面巡逻，没承想，老四遇到了罗奥帝国的军队。老四的人太少了，即使拼了性命，也只有一百多人逃出。老四带着他们逃到了尼尔城城下，而此刻追击的敌人加起来才三百个。”

“三百个！”林雷感到不可思议。

“是的，罗奥帝国的人朝城楼上射箭，而当时玉林亲王就在城楼上。就因为那一箭将玉林亲王吓住了，所以他立即命令不允许任何人开城门，让人坚守城门，只为了保护他的安全。至于老四等人，在下面怒喊着开城门，可没人敢开门……就这样，老四等一群人被杀死了！”

林雷心中的怒火燃烧着。

他完全可以想象那一幕：老四等人凄厉地高喊着开城门，可玉林亲王硬是命人不得开城门，也没让人去救老四等人。

老四竟然就这么死了！死得好冤，他本可以不死的！

“老四的尸体呢？”林雷立即追问道。

耶鲁苦涩地说道：“据道森商会的情报，老四先是肩膀上中了一箭，而后被敌人的战刀劈中胸口倒在了城墙下，最后敌军中一人将老四的尸体带走了。”

“什么？！”林雷无法相信，“三百人，在尼尔城城下，守军不但不攻击，还任凭他们带走了老四的尸体？”

真的很可笑！

“准确地说，那三百人中绝大部分是在城墙弓箭手的射程之外，真正攻击的只有十几个高手。那十几个高手，根本不在乎箭矢。”耶鲁心中很是苦涩，“那十几个高手，杀死了老四等人，带走老四的尸体……而在玉林亲王的命令下，尼尔城的守军无人敢擅自出战。”

奥布莱恩帝国的军人，的确很遵从军令。

如此可笑的命令，让人感到愤怒至极。

雷诺如此冤屈地死去，林雷心中有着强烈的不甘。

“老四本不应该死啊！”

“这乔安，还有邓斯坦家族，竟然都骗我！”

林雷知道真相后，只一会儿，心中就有些明白了。那邓斯坦家族恐怕是为了不得罪玉林亲王和乔安，才这么做的。

“原来，雷诺死因的背后还有那个玉林亲王！”林雷心头的怒气在升腾。

他早就听说过玉林亲王的大名，因为乔安以护短出名，他那个没能耐的弟弟，竟然能成为一个行省的掌控者。由此可以想象，乔安对弟弟的宠爱。

“老三，老四的仇，只能靠你了！”耶鲁悲愤地说道。

耶鲁这个时候心中很自责，他很想出手报仇，可是他的实力太弱了，而且道森商会暂时也不是他的。

林雷点点头，目光冷厉：“玉林亲王害死老四，我一定要为老四报仇！”林雷转身看向耶鲁，“耶鲁老大，你先在这儿休息，我出去一趟。”

“干什么？现在就出手？”

“不。”林雷摇头，“如果我现在直接杀了玉林亲王，估计乔安会对邓斯坦家族进行报复。老四死了，我不想让他的家族因他衰败下去。”

武神山。

林雷此刻正站在武神闭关的那个洞窟门前，静静地站着。这时候从远处疾速飞来一人，正是卡斯罗特。

“林雷，你这是？”卡斯罗特疑惑地问道。

“我要见武神大人。”林雷回答道。

卡斯罗特点头说道：“这样啊，那我给你禀报吧。”

就在这时，一道声音在林雷和卡斯罗特的耳边响起：“林雷，你进来吧。”

林雷施展风影术，当即飞入了洞窟中，沿着熟悉的路径，在幽深的洞窟内飞行，然后朝下方坠落数千米后，到了洞窟底部。

片刻，林雷便来到了那扇黝黑的石门前。

恐怖的高温，让那石壁早已变成赤红色了。

林雷恭敬地说道：“武神大人，我想，我与黑德森一战的结果你已经知道了吧，那我应该有资格知道玉兰大陆的秘密了。”

“进来吧。”武神淡漠的声音响起。

“轰隆隆——”那扇黝黑的石门自动升了上去，露出通道口。与此同时，一股可怕的热浪扑面而来。

林雷的龙血斗气立即在体表形成脉动防御。

“好热的地方。”林雷看到石门内的情景，很是吃惊。

远处，竟然是一个长宽足有百米的大型湖泊，但湖中不是水，而是沸腾的岩浆。沸腾的岩浆流淌着，但这还不是最让人震惊的。

让人震惊的是湖泊上空悬着的直径接近三米的火球。

这个火球通体赤红，可怕的热浪正是从那凌空悬浮的火球中传出来的，并且能够逼迫林雷使用脉动防御，可想而知，这股热浪的可怕之处。

普通的岩浆，即使林雷靠近，那种温度也伤不了他。就是他跳入岩浆当中，也只需要开起斗气护罩即可，不需要使用脉动防御。

林雷忽然发现一件事情——

“武神大人呢？”林雷疑惑地向四处环顾。

除了中央的湖泊外，周围空旷的地方林雷一眼就看得清清楚楚，可就是没有一个人影。

“林雷。”武神淡漠的声音竟然从那悬浮的火球中传递出来。

林雷吃惊地看向那个悬浮的火球。

“难道，那个火球就是武神？”

只见一个模糊的身影从悬浮的火球内出来了，身影一晃，那个模糊的身影就到了湖泊旁边的地面上。

此人，正是武神。

林雷认真地看着这位玉兰大陆的传奇人物——武神。武神个子不算太高，也就一米八左右。他的容貌看上去只有三十几岁，眉毛很粗，面容冷峻，眼神极为犀利，一头赤红色的长发长至腰部。

林雷仔细一看，发现赤红色头发上竟然燃烧着火焰。

武神的举手投足间，就给人一种霸气十足的感觉，特别是那可怕的威压，竟然令林雷感到心悸。

“好强！”林雷心想道。

“拜见武神大人。”林雷恭敬地说道。

武神仔细地看了看林雷，脸上有了一丝笑容，微微点头：“不错，你跟黑德森的对战，我也观看了。你的攻击，很有意思。”

林雷脸上也有了一丝笑容。

“武神大人，我现在应该有知道玉兰大陆秘密的资格了吧？”林雷之前就决定了，来见武神一面，再去混乱之岭。但如今，他要为老四报仇，所以要在给老四报完仇后，再出发前往混乱之岭。

来见武神一面，他不单单可以知道秘密，而且可以靠武神的影响力来压制乔安。

如果说乔安最怕谁？无疑是武神。

"林雷，你领悟的攻击，的确很特殊。你如今的实力，的确跟黑德森相差无几，确实有资格知道玉兰大陆的秘密了。"武神淡漠地说道。

林雷在旁仔细聆听。

"林雷，你知道我如何成神的吗？"武神忽然看向林雷。

"不是领悟后，突破圣域级极限，达到神级的吗？"林雷疑惑地看着武神。

武神微微摇头："神级，不是那么容易突破的。就是希塞，天赋那么高，也是花费了五千多年才达到神级的。至于我……当初虽然达到了圣域级极限，但是最后一步很难跨过。在五千多年前的那一次争斗中，我侥幸得到了下位神的一枚神格，并且融合了这枚神格，所以，我才达到了神级。"

林雷愣住了。那被捧得至高的武神，原来是得到了下位神的一枚神格，才突破的。

"怎么，很失望？"武神浅笑道。

林雷摇头说道："不，武神大人当年只花费数百年时间，就达到了圣域级极限，已经很让人钦佩了。您的大弟子法恩，修炼了数千年，才达到圣域级极限。"

武神笑了。

他很满意林雷的回答，花费数百年时间达到圣域级极限，的确是非常难得的。

"圣域级极限其实很难达到，能够修炼到圣域级极限，那肯定是将元素法则内的某一道路，走到了最后一步。而想要闯过最后一个关卡进入神级，需要的就是顿悟。在瞬间，将元素法则的某一方面融会贯通，那才算顿悟成功。"

武神感慨地说道："数十年前，整个玉兰大陆达到圣域级极限，只差最后一步就进入神级的有六个人。现在希塞突破了，那就还剩下五个，其中就有法恩。

"如今玉兰大陆，除了五大神级高手外，最强的就是达到圣域级极限的五个人。法恩的实力，你应该知道。"

林雷微微点头。

林雷现在才开始真正接触玉兰大陆潜藏的那一面。

"武神大人，光明廷皇的实力，如果放在潜藏的强者中，算什么级别？"林雷以后肯定是要对付光明廷皇的，自然得问清楚。

“光明廷皇？”武神顿了顿，说道，“玉兰大陆的强者，神级强者之下只有五位达到圣域级极限的强者；再下面，就是光明廷皇这一级别的，这个级别大概有十几个人；再下面，就是黑德森这个级别的。玉兰大陆潜藏的强者，大多都是黑德森这个级别的。”

“光明廷皇比黑德森强？”林雷在心中记下了。

武神瞥了一眼林雷：“光明廷皇修炼的是大预言术，大预言术的威力非常可怕，他比黑德森强上一等也算正常。”

林雷看着武神，再次询问道：“武神大人，那玉兰大陆的秘密呢？到底是什么？”

林雷一直很好奇，这玉兰大陆，凭什么吸引了众多强者停留在这个位面？

“玉兰大陆，在四大至高位面中的众神口中，其实还有一个称呼。”武神脸上露出了一丝得意的神色。

“什么称呼？”林雷眼睛一亮。

“众神墓地。”武神轻轻地说道。

“众神墓地？”林雷心中一怔，“武神大人，众神就算死掉，也不会非要安葬在我们玉兰大陆位面吧？”

“当然不是安葬。”武神浅笑道，“五千多年前，异位面强者降临玉兰大陆，这些强者许多都是神级的，甚至是中位神、上位神。他们在玉兰大陆位面厮杀，结果，除了少数异位面强者最后能离开，大部分的强者都死了。”

第268章

武神的嘱咐

“当初的那一战中，我很幸运，虽然躲得远远的，但是偶然得到了下位神的一枚神格。幸好我得到的是下位神的神格，如果是中位神的，我根本无法炼化。”武神浅笑道。

林雷忽然有点儿明白了。

炼化神格是有条件的。

未达到神级的人，只能炼化下位神的神格。

“那些异位面强者，为什么降临到玉兰大陆位面，并且在这里厮杀呢？”林雷当即仔细地询问道。

武神看了一眼林雷：“这点你不需要知晓。”

显然武神不想告诉林雷。

林雷只能保持沉默。

“众神墓地，每隔一千年开启一次，每次开启，得到我们几位神级强者承认的人，便有资格进入众神墓地去探险。”武神瞥了一眼林雷，“不过我告诉你，林雷，进入众神墓地很危险。”

“有人成功过吗？”林雷询问道。

“当然有。”武神肯定地说道，“不过只有一个，最可笑的是，那人在众神墓地中得到了下位神的神格，突破后，竟然直接前往至高位面了。”

林雷心中暗笑。

达到神域，很难。在众神墓地中得到神格，然后炼化，这样达到神域岂不简单得多？难怪当年幸存的一些强者都潜藏在玉兰大陆。

毕竟在至高位面，一个圣域级强者要得到神格，几乎是不可能的事情。

“武神大人，自己通过领悟达到神域与得到神格后将其炼化达到神域，这二者有区别吗？”林雷追问道。

武神点头，叹气道：“有，得到神格后将其炼化达到神域，以后的修炼，难度要大得多。因为那神格毕竟不是天地根据你的灵魂而降临的，本质上是有些区别的。”

林雷点头。

林雷有些感谢武神了，竟然将这么重要的事情告诉自己。

“即使知道又怎么样呢？林雷，如果一枚神格放在你的面前，告诉你，只要炼化了它你就是下位神，代价就是以后的修炼，速度减慢、难度增大。你愿意炼化吗？”武神看着林雷。

林雷一愣。

的确，一枚神格代表着修炼者可以进入神级。即使以后的修炼难度增大，估计绝大多数人还是会选择将其炼化。

“好了，林雷，没事你可以离开了。”武神淡漠地说道。

林雷连忙说道：“武神大人，我过几天便要出发去混乱之岭。我弟弟沃顿跟尼娜，估计还会待在帝都。我担心光明圣廷的人会威胁我弟弟……”

“放心，帝都不是光明圣廷撒野的地方。”武神淡漠地说道。

林雷听到武神这话，便放心了。

“武神大人，如今帝国皇帝乔安……”

林雷的话还没说完，武神眉头一皱，说道：“我之前给你的令牌，出示给乔安看，他就知道是我的命令了。帝国历代皇帝都知道的。”

林雷一惊，当初武神赐予他的那个刻有“武”字的令牌，竟然还有这个作用。

武神冷冷地瞥了一眼林雷：“你别乱用这令牌，如果帝国因此动荡，局面你来收拾。对了，你去混乱之岭，记住，别得罪一个人。”

“谁？”林雷一惊，“混乱之岭好像没什么出名的强者吧。”

武神淡漠地说道：“五个圣域级极限强者，其中有一个便居住在混乱之岭。他名叫德斯黎，修炼的是光明系元素法则，实力与法恩不相上下。”

林雷立即记住了这个名字。

实力与法恩不相上下，也是差最后一步就能步入神域的强者。

“好了，你走吧。”武神淡漠地说道。

林雷当即躬身，然后转身要走。

“记住，你对那只叫贝贝的魔兽好点儿。”武神忽然叹了一口气，提醒道。

林雷吃惊得回头看着武神。武神知道贝贝的存在，林雷不吃惊，他吃惊的是武神为什么说要自己对贝贝好点儿？

武神不再管林雷，迈了一步，赤红色的长发飘动，直接进入了凌空悬浮的火球内，开始了修炼。

“贝贝？”

林雷发现武神对自己好像很好，无论是沃顿的婚姻，还是这次告诉自己这么多的事。

现在林雷有种感觉，凡此种种，好像都跟贝贝有关。

“贝贝？”林雷记得，贝贝说过它好像来自贝鲁特家族。

“贝贝实力那么可怕，成长速度那么惊人，还来自贝鲁特家族，而且现在武神又这么说……”林雷心中愈加疑惑贝贝的身份。

帝都赤炎城，皇宫花园中。

乔安心情很是不错，正悠闲地走在花园中欣赏着各种各样的花儿，轻松得很，因为林雷没有追查雷诺的事情。

“陛下，有人飞来了。”贴身宫廷侍者忽然说道。

“有人飞来了？圣域级强者？”

乔安立即转头看去。只见穿着一身深青色长袍的林雷腾空而来，只是眨眼，就降落到了花园当中。

“哦，是林雷大师。”乔安脸上露出笑容，“不知林雷大师有什么事情吗？”

林雷瞥了一眼那宫廷侍者。

“你先退下。”乔安对着身旁的侍者说道。那宫廷侍者当即退去，这里只剩下林雷、乔安二人，即使是最近的侍卫，也在百米之外。

林雷淡漠地看着乔安。

乔安被林雷这么看着，心中有些疑惑，而且有些惊慌：“难道林雷知道了雷诺的死因与玉林有关系？”

“乔安陛下，雷诺战死的事情，你还认为你说的那些是事实吗？”林雷凝视着乔安。

乔安的心一下子陷下去了，仿佛陷入万丈深渊。

乔安不是傻瓜，一听林雷这话，自然猜得出来，林雷或许已经知道了雷诺的死因与玉林有关系。

“林雷，那是军队中传来的情报，应该不会有假。”乔安郑重地说道。

他的意思很明白，即使他说错了，也是军队情报人员的错误，跟他乔安没关系。

林雷看了乔安一眼。

“乔安陛下，据我所知，我的兄弟雷诺率领的骑兵队被罗奥帝国军队追杀至尼尔城城下，但罗奥帝国最后追击的人，只有三百人。可是当时玉林亲王竟然因为害怕便命令士兵不得开城门，坚守城池！”

乔安脸色变了。

“仅仅面临三百敌人，三万人驻守的尼尔城竟然还要坚守？”林雷声音愈加冷漠，“我的兄弟雷诺和他的士兵，在城墙下高喊着开城门。可是玉林亲王，竟然喝令士兵不得开城门，他们一群人就这么……就这么被杀死了！”

林雷冷视着乔安：“乔安陛下，你说，这件事情该怎么解决？”

乔安已经明白，事情没有任何转机了。他没有辩解什么，对一个圣域级巅峰强者而言，狡辩还有用吗？

乔安脸色铁青，心中大骂：“玉林，这个浑蛋！”

乔安气急地看着林雷："林雷大师，本皇真的没想到，玉林竟然做出了这种事情，完全丢了我们奥布莱恩帝国的脸面。林雷大师你请放心，这件事情，本皇肯定会重重处理。明天，不，现在，本皇立即派大臣去东南行省，好好严查此事，无论是谁犯了重罪，本皇都定不会轻饶。"

林雷早就看穿了乔安的小伎俩。

他乔安派人？即使查出来了，恐怕玉林亲王也没什么大罪。

"陛下，不用你费心了。谁害死我的兄弟，我也会让他死。"林雷的声音十分冷漠，让旁边的乔安心中一颤。

乔安急了，心想："林雷竟然要杀玉林，竟然要杀本皇的亲弟弟！本皇可只有一个弟弟。雷诺算什么？一个普通的贵族，死了就死了。他的命，赶得上本皇弟弟的吗？"

"林雷，帝国有帝国的法律。"乔安冷漠地说道。

为了弟弟，他决定跟林雷对抗一次。

林雷看着乔安，冷然说道："敢问陛下，面对三百个敌人，害怕得不敢作战，眼睁睁看着帝国士兵被杀死，这在军队中是死罪吧。"

"的确是死罪。"乔安点头说道，"不过，事实到底是什么样子，必须经过调查后才知道。"

林雷看了一眼乔安："我之前所说就是事情的真相，我来，不过是跟你说一声，乔安……你可别太过分了。"

圣域级强者，的确是强横的存在。

乔安看着林雷，忽然低声恳求道："林雷，你也是有弟弟的人，你应该明白我的心情。"

"哈哈……"林雷大笑起来，"陛下，按照你的说法，无论是谁，只要有个哥哥，就可以肆意地杀我的兄弟，然后他的哥哥跟我说一声'你也是有弟弟的人'，就让我来原谅他的弟弟？"

林雷脸色冷得如同覆盖了一层冰霜："可笑！"

的确很可笑，害死别人的兄弟，还想用这种说法博取同情。

“林雷，你……”乔安气急。

“乔安，我希望，你不要肆意包庇，否则……”林雷翻手取出了那块当初武神给他的赤红色令牌。

乔安一看到林雷手中的令牌，整个人仿佛被一桶冷水从头顶浇下一般，全身一颤。

“武神令！”乔安不可思议地盯着这块令牌。

奥布莱恩帝国成立后，武神奥布莱恩就退位给自己的孩子了，之后就一代代传递下去。

历代皇帝都知晓一件事情，那就是武神令代表武神。持着这块武神令的人，甚至可以命令皇帝退位。

当然，拥有这块武神令的人很少，没有人敢假传武神的命令。

“你知道是武神令就好。”林雷淡漠地看着乔安，“你乔安陛下办事不公我不管，我林雷不是那种自诩正义的人。可是，你别将你那套用在我身上。我不惹人，别人也休想欺负我。”

“还有，我兄弟的邓斯坦家族，我不想你故意对他们家族使些什么手段。”林雷淡漠地说道，旋即腾空而起，直接朝东方飞去。

乔安看着林雷飞去的方向。

他知道林雷这是去东南行省，杀他弟弟去了。可是他敢拦吗？此刻的乔安，都不敢向林雷开口求情。

虽然他是皇帝，但这位子谁赐予他的？武神。

武神一句话，他就得退位。到时候，他乔安恐怕什么权力都没有了。他弟弟的生命，跟他自己的皇位相比，谁重要？

乔安选择了后者。

狂风呼啸，林雷疾速朝东南行省飞去。这个时候，一道黑光从帝都一处疾速飞来，不一会儿就跟林雷并肩飞行，这道黑光正是贝贝。

“老大，怎么样了？”贝贝询问道。

“那乔安虽然包庇他弟弟，但是皇位是他最看重的。我根本没多说什么，只是拿出武神令，他就吓得不敢吭声了。”林雷嗤笑一声。

皇位？那还是被赐予的。唯有自身修炼的实力，这才是真正掌握在自己手中的，这才是最实在的。难怪武神不当皇帝，而是一直静心苦修。

林雷、贝贝一人一魔兽疾速飞行，转眼就消失在东方天际。

第269章 东南行省

皇宫花园的椅子上，乔安整个人无力地躺在椅子上，脸色有一丝苍白。他闭着眼睛在那儿沉默着，旁边的宫廷侍者只能小心地服侍着。宫廷侍者很疑惑："陛下刚才的心情还很不错，只是跟林雷大师谈了一会儿，怎么就变成这样了？"

乔安的眼睛突然睁开。

"传令下去，让基弗侯爵去中央行省，加入贾克斯军团，并让雷瑟军团长给他安排一个空闲的职位吧。如无特殊事情，不允许基弗再入帝都。"乔安淡漠地说道。他真的不想看到基弗侯爵，看到基弗侯爵就不由得想到玉林亲王。

今天的事情是乔安心中的耻辱，但乔安知道，他无力改变什么，只能选择接受。

宫廷侍者虽然疑惑皇帝的命令，但依旧恭敬地回答道："是，陛下。"

乔安躺在椅子上，精神恍惚，仿佛苍老了许多。

从帝都到东南行省省城，即使是直线飞行，也有近两千里的路程。飞在半途中，焦急的林雷直接龙化成龙血战士，以最快的速度朝东南行省赶去。

林雷离开帝都的时候，太阳到了西山边缘。

当林雷抵达东南行省省城的时候，整个天空隐隐有一丝亮光，无数家庭都已经开始准备晚餐了。

"呼！"已然龙化成龙血战士的林雷飞至东南行省省城上空，精神力直接散发开来，轻易就锁定了那最显眼的、最奢侈的城堡。

玉林亲王，正是居住在那儿。

"老大，要我出手吗？"贝贝与林雷并行在一起。

"不用。"林雷每每想起自己的兄弟雷诺，心中怒意就愈加强烈。这一路飞过来，虽然速度已经是极快，但是林雷依旧觉得太慢。

此刻，林雷眼眸中有了一些血丝。

"玉林！"林雷咬牙切齿道，而他暗金色瞳孔散发的目光愈加冰冷。

东南行省省城，玉林亲王的城堡中，数千名护卫正四处巡逻，美妙的侍女行走在城堡各处。

在城堡的一间幽静房间中，玉林亲王脸上有着一丝自得的笑容。

他很满意他的生活。

"当皇帝有什么好处？自己当一个亲王，要手下有手下，要女人有女人，这样的生活岂不是比神还快活？

"我大哥也真是的，不就是害死了那个什么雷诺嘛，还训斥了我一顿。"玉林亲王撇撇嘴，很是不屑。

他的生命可娇贵得很。

那些普通贵族死了就死了，有什么大不了的？在玉林亲王看来，凡是威胁到他生命的，即使是再小的威胁，也要杜绝掉。

玉林亲王满意地走出房间。

"殿下。"门口的两名侍女恭敬地说道。

玉林亲王在其中一个侍女的小脸蛋上轻轻地摸了一下，轻声笑道："宝贝，今天晚上，你来服侍我。"

"是，殿下。"那侍女脸上有了一丝喜意。

突然，一道冰冷的声音在上空响起，传遍整个城堡："玉林亲王，日子过得很舒坦吗？"那声音中蕴含着愤恨，甚至令玉林亲王的身体一颤。

“谁？”城堡中的护卫立即举起武器，一个个胆战心惊地怒吼着。

“在上面，啊，是恶魔！”有护卫看到了高空中的林雷。

玉林亲王心底也害怕、恐惧，不知道到底是谁要对付他。玉林亲王很清楚，一些顶级强者是不能得罪的，他得罪的都是不如他的人。

“这是？”玉林亲王抬头一看，吓得脸色惨白。

林雷此刻就在玉林亲王所在城堡的上空。他早已经龙化成龙血战士了，青黑色的斗气犹如云雾一样在他身体周围翻腾着。此时凌空而立的林雷，的确如同深渊恶魔一般可怕。

林雷凝视着下方的玉林亲王。

林雷之前用精神力探察了一会儿，听到玉林亲王与侍女的对话，确定了谁是玉林亲王。

林雷忽然疾速落下，可怕的斗气以林雷为中心朝四面八方散开去。

“轰！”

周围的建筑被可怕的斗气冲击得碎裂开来，林雷整个人轻轻地落在地面上。但城堡里的地面仿佛受到了巨石轰击一样，竟然裂开来。

“这位大人，不知道你是？”玉林亲王立即挤出一丝笑容，态度谦逊得不得了。

眼前人是圣域级强者，玉林亲王万分肯定。

玉林亲王极为小心自己的命，所以他从来不得罪圣域级强者。

“大人你来找我，是不是弄错了呢？”玉林亲王努力保持脸上的笑容。

就在这时候，远处一个护卫的声音响起：“殿下，那人是林雷大师，林雷大师与黑德森大人对战时，我去帝都看了。”

林雷与黑德森的对战，去看的人很多，东南行省也有人去。那名护卫去看过林雷与黑德森的对战，自然认出了来人是林雷。

玉林亲王那次没去，因为对玉林亲王而言，看两大强者对战，还不如去找个美女。幸亏他是皇帝的弟弟，否则他这种心态的人，在奥布莱恩帝国这种人人崇拜强者、人人都努力修炼的国度生活，绝对会过得很惨。

“林雷大师？”

玉林亲王心中一颤："真是害怕什么来什么。"当初玉林亲王在尼尔城的所作所为导致雷诺死掉，可在得知雷诺跟林雷的关系后，他后悔也来不及了。

"大哥他是怎么搞的？不是说这个林雷不知道我跟那件事的关系吗？"玉林亲王在心底开始骂起乔安来。

林雷冷冷地看着玉林亲王。

玉林亲王为了让自己的生命不受一丝威胁，便下命令不得开城门，以致他的兄弟雷诺断绝最后一丝生机。他的兄弟，原本可以不死的。

"你知道，我是来干什么的吧？"林雷的怒气已经无法压制。

"啊，原来是林雷大师。"玉林亲王连忙说道，"大师来我这儿，真是我玉林的荣幸。不过，我还真的不知道林雷大师来干什么呢。"

这个时候，一群群人从周围聚集过来。

这一群群人中有玉林亲王的一大群女人、孩子，还有大量的护卫、侍女，他们一个个都惊恐地看着眼前这一幕。就是玉林亲王当初奉为上宾的两名九级强者，现在也只是站在远处，心底惊惧得很。

"林雷大师，有什么话好好说。我想，林雷大师是不是对我家亲王有什么误会？"城堡管家在一旁颤声说道。

林雷回头看了管家一眼，管家顿时脸色煞白。

"误会？"林雷一步步朝玉林亲王走去。

玉林亲王的冷汗不停地冒出，脸上更是被吓得无一丝血色。林雷嘴角微微上翘，露出一个让人心颤的弧度。

"咻——"林雷那条钢铁般的黑色龙尾陡然甩动，宛如长鞭一样直接将眼前的玉林亲王束缚住了。

"啊！"凄厉的尖叫声，从玉林亲王的喉咙发出。

林雷盯着玉林亲王："你喊什么喊？"

"饶命，林雷大师饶命啊！"玉林亲王惊恐地恳求道。

"饶命？"林雷声音陡然沙哑起来，"你想让我饶了你的命，那你饶了我兄弟雷诺的命没？"反射出冰冷光芒的黑色龙尾开始用力束缚玉林亲王，将他整个人给拎起来了。

玉林亲王被那足有壮汉手臂粗的龙尾紧紧束缚着，悬在空中。随着龙尾的轻微摆动，玉林亲王惊恐地、痛苦地大叫起来：“啊——”

“噗——”鲜血染红了玉林亲王的衣服。

“住手！”不少护卫举着武器在远处大声地怒吼着，但他们不敢冲上来，只敢吼几声。

“滚开！”尽是怒火的林雷眉头一皱。

“轰！”可怕的斗气以林雷为中心，朝四面八方冲去。

周围的一大群护卫、侍女都被冲击得飞到旁边去了，有的护卫撞击在墙壁上，有的摔落到地面上。

眨眼间，林雷、玉林亲王周围没有一个人。

“老大真的发怒了。”贝贝在半空中静静地看着。

林雷把视线从周围人身上收回，转头看向那个被勒得脸红脖子粗的玉林亲王：“玉林，你放心，我会让你多活一会儿，让你感受慢慢死去的感觉。”

林雷的声音很低沉，传到玉林亲王的耳中，却令玉林亲王感到前所未有的恐惧。

“林雷大师，只要你肯饶了我，你要我做什么都行！你要什么，只要我做到的，一切都行！你别杀我！”玉林亲王这个时候还妄想让林雷饶了他。

林雷这个时候根本没注意玉林亲王的话，他的脑海中尽是老四雷诺的音容笑貌。在他放荡不羁的少年时代，他雕刻石雕《梦醒》时，有个可爱的少年就在冰天雪地下，陪了他十天十夜。

“咔嚓！”玉林亲王全身发出声音。

他发福的腰竟然被勒得比少女的腰还要细，他的脸通红，此刻一句话都说不出了，鲜血从他口中溢出。

“饶……饶……”玉林亲王此刻恐惧地看着林雷。

远处倒在地上的护卫、侍女一个个惊恐地看着这一幕。

“咔嚓！”又是骨头碎裂的声音。

玉林亲王口中不断溢出鲜血，他的脸已经变成了酱紫色。

“这么快就不行了？”玉林亲王的承受力比当年的克莱德要差得多。

突然，林雷的龙尾直接松开然后收回。只剩下最后一口气的玉林亲王整个人摔落下去，玉林亲王松了一口气。

可玉林亲王还没来得及落到地面上，“砰”的一声，林雷的右脚狠狠地踢在了他的身上。

玉林亲王惊恐得把眼睛瞪得滚圆。

他整个人被踢得飞出去了，狠狠地砸在了远处的墙壁上。厚实的墙壁竟然被砸得碎裂开来，至于玉林亲王……

“老四，你放心，害死你的人我没有放过！”林雷在心中悲伤地说道。

他冷漠的暗金色眼眸，此刻竟然起了一层水雾。

林雷转头看向上空的贝贝。

“走，去尼尔城。”

“呼！”林雷直接腾空而起，与贝贝并肩朝东南方向疾速飞过去。周围聚集的数千人都默不作声，玉林亲王的尸体在远处，是那么刺眼！

第270章 追寻

“生要见人，死要见尸！”

林雷是从耶鲁那儿才知道，雷诺的尸体竟然被敌人给弄走了。无论如何，他必须将自己兄弟的尸体带回来。不过去之前，林雷必须先去尼尔城一趟。毕竟当天的事情，尼尔城的守军应该是最清楚的。

“老大，别太伤心了。”贝贝低声说道。

林雷看着远处无边的天地，转头看了贝贝一眼，努力挤出一丝笑容：“贝贝，我没事的。”林雷龙化成龙血战士，别人很难从其脸上看出表情，只能看到他嘴角翘起。

飞了一会儿，尼尔城便出现在他们的视野中。

“到了。”林雷感觉到周围的温度似乎一下子就降低了。

尼尔城城外数十里处，正驻扎着奥布莱恩帝国的大军。在奥布莱恩帝国大军的十里之外，驻扎着罗奥帝国的大军，两国军队彼此对峙。

随着玉林亲王的离开，金焰军团便很快发起了反击。早有准备的罗奥帝国自然不会低头，两大军团经过几番厮杀，死伤数万。此刻，两军不约而同暂时停歇下来，但随时准备下一次攻击。

尼尔城城楼上的守军还算放松，毕竟前方有数万己方大军。

“哼，那个什么亲王还真是窝囊，让人打到城下　都不允许我们出去。”

几个歇息的守军在城墙阁楼内围在一起，随意闲聊着。

“只可惜，雷诺大队长死得那么冤枉，连尸体都被敌人弄走了。”

金焰军团，那绝对是精英军团。上一次尼尔城城下发生的事情，绝对是整个金焰军团的耻辱。但当时在城楼上的军官，不敢反抗玉林亲王。

“你是谁？”

外面响起了接二连三的怒吼声。

在一个个小阁楼中歇息的守军都走出来了，可当他们看到凌空而立，身体周围环绕着青黑色斗气，已经龙化成龙血战士的林雷时，一个个都惊颤了。

他们是精英战士，在生死间挣扎过的精英战士。当他们看到一个凌空而立的强者出现的时候，都明白眼前的怪物是圣域级强者。他们这些军人，对他根本毫无反抗之力。

“你……你是林雷大师吗？”忽然，一个军官低声问道。

周围的精英战士眼睛都一亮。林雷龙化成龙血战士的模样早就传遍了，那些精英战士通过斗气仔细地观看林雷的模样，的确跟传说中的很像。

“是我。”低沉的声音从青黑色斗气中传出。

林雷大师是魔法天才、石雕宗师、圣域级巅峰强者，是整个奥布莱恩帝国的骄傲。帝国无数的人都崇拜着林雷，知道眼前的怪物是林雷后，周围的精英战士反而觉得林雷的模样非常勇猛。

“这才是最勇猛的战士啊！”

“林雷大师有什么事情，尽管问。”那军官连忙说道。

“前一段日子，你们有一支巡逻大队被罗奥帝国的人追杀，一直追杀到城墙下，当时战死的大队长，是不是叫雷诺？”林雷声音沙哑。

那军官出声说道：“是的，林雷大师。”

雷诺的事是金焰军团的耻辱，这事竟然连林雷大师都知晓了，他们这些军人都感到难堪。

“雷诺的尸体呢？”林雷追问。

“林雷大师，雷诺大人的尸体被敌人给带走了。”那军官的脸色有些发青，他真的感到很难堪。

敌方就三百人，不但在他们的眼皮底下杀死了雷诺大人等人，还带走了雷诺大人的尸体。

林雷问道："这里有谁是亲眼看到了当初情景的？"

不少人互看一眼。这些人对于雷诺的事情只是听说过而已，当初在城墙上的守卫才是亲眼看到的人，但是他们早就被罚去前线跟敌人战斗了。

林雷看到这些人的表情，眉头一紧。

"我……我当时看到了。"一个苍老的声音从后面传来，周围的军人们都让开了。一个穿着华贵长袍的老者走过来了，这位老者，正是尼尔城的城主。

"城主大人。"周围的军人们都行礼。

尼尔城城主看着被青黑色斗气环绕的林雷，心中感叹起来。

他能当尼尔城这种边境城池的城主，岂是那种软弱之人？当时他在城楼上陪着玉林亲王，亲眼见到雷诺等人被追杀，当即命人去救。

可是玉林亲王当时的态度表明，不允许任何人开城门出去，要在里面坚守。他年纪大了，有儿子、孙子，不敢违抗玉林亲王的命令。

"你是尼尔城的城主？好，当初雷诺被杀死并带走的场景，你说清楚。"

尼尔城城主点头说道："雷诺等人逃过来的时候，他们都已经受伤了，雷诺的肩膀上还有一支箭矢。他们抵达城墙下时，敌人的十几个高手冲过来，无视守军箭矢，直接杀向雷诺等人。雷诺当时胸腹被砍了一刀，被这一刀砍死，而后被那敌军大汉背在身上，直接带走了。"

林雷在心中暗自点头。

道森商会打探到的消息是真的。

"大汉？你知道他在哪里吗？"林雷看着尼尔城城主，"雷诺的尸体，我必须找到。"

尼尔城城主点头说道："现在罗奥帝国军队正跟我帝国军团对峙，就在尼尔城数十里外，那大汉想必也在其中。对了……那大汉，应该有八级战士的实力。"

"哦。"

林雷转头看向南方，能很清晰地感觉到南方的血腥气息。数万人因杀戮死去的血腥气息，那是何等浓郁！

“贝贝，我们走。”

林雷和贝贝，一人一兽，瞬间划破长空向南方天际飞去。尼尔城的城主看到这一幕，脸上有了一丝兴奋之色：“那些罗奥帝国的浑蛋，你们活该！”

尼尔城的城主，立即下了城墙，带领着一个小队出了尼尔城，前往金焰军团的驻扎地。

两大帝国的军团彼此对峙。

在战场中，不少士兵都在搬运着自己一方战士的尸体。这个时候，两大军团都很自觉地停战了。

遍地的尸体，一个个被运走，暗红色的大地被鲜血染得更加红了。血腥气息更是吸引了不少昆虫聚集到此。

罗奥帝国军营中，军旗被风吹得猎猎作响，一支支队伍在军营中巡逻着。

就在这个时候，一道青黑色斗气出现在罗奥帝国军营的上空。

林雷的精神力瞬间覆盖整个军营，可他还是没找到雷诺的尸体。

“没有？”

胡克大队长正在自己的帐篷中，大口地喝着烈酒，痛快至极。胡克相信，这一次战争结束后，他一定会被提拔的。

“估计最起码是副师团长吧。”胡克在心中暗道。

可就在这个时候，一股可怕的力量竟然直接把结实的帐篷吹得裂开了。胡克大惊：“怎么了？敌人来袭了吗？”心中这么想着，胡克马上冲了出来。可一出来，他就感到了狂风呼啸，甚至都站不稳了。

他向四周环顾，脸色“唰”的一下就白了。只见无数道可怕的斗气席卷了整个罗奥帝国军营，士兵们都在努力站稳。

片刻，狂风消失了。

“罗奥帝国的军官都往中央的空地集中，快！”一道淡漠的声音在高空中响起。所有人仰头看向声音的来源处，在青黑色斗气中，有一个模糊的、可怕的怪物影子。

“我是罗奥帝国莱特军团的军团长沙斯特，尊敬的强者，你来这儿是为了什么？”军团长沙斯特恭敬地问道。

从刚才对方施展的能力来看，沙斯特已经明白这个可怕的强者，拥有横扫整个军团的实力。

青黑色斗气收回到体表，下方所有人都看清楚了林雷的模样。

“怪物！”

“恶魔！”

不少军人发出了惊恐的低呼声。

林雷轻轻落地，地面震动了一下，裂开了。林雷的龙尾轻轻摆动，地面上立刻出现了一道深沟。

“请问，尊敬的强者，你可是林雷大师？”沙斯特恭敬地问道。

林雷看了沙斯特一眼，不愧是军团长，见识的确很广。

随着林雷名声大振，他龙化后的模样也被传播开去。

“是我。”林雷淡漠地说道。

周围无数的军人立即响起一阵惊呼声，林雷的实力他们都听说过，可林雷是奥布莱恩帝国一方的，而现在他们正在跟奥布莱恩帝国军团对战。

“林雷大师，难道你要违反规则？你身为圣域级强者，竟然也要参战？”沙斯特不卑不亢地说道。两大帝国军团的对战，圣域级强者一般是不能参与的。

林雷冷漠地看了他一眼：“我讨厌有人威胁我。”

沙斯特立即不敢吭声了。如果惹林雷生气，林雷可能真的会将整个军营的人杀光。这，他还真的没法子。

“说，前一段时间，你们派人偷袭奥布莱恩帝国的一支大队，并追杀到了尼尔城城下，追杀到尼尔城城下那三百人的首领是谁？”林雷冷漠地说道。

提到这件事情，周围大部分的军人都看向了不远处的胡克。

胡克身体一颤。

不用别人回答，林雷也看向了胡克。

胡克当即恭敬地说道："林雷大师，前一段时间，我的确率领我的人马追杀了一个大队，最终将他们全部剿灭。"

"全部剿灭？"听到这一句，林雷眼部肌肉抽搐了一下。

林雷看着胡克，冷厉的目光让胡克仿佛陷入了冰天雪地中。

"听说你们不但杀了那个大队的所有人，还带走了大队长的尸体。"

"是的。"胡克脸上露出骄傲之色。在胡克看来，这是值得他自豪的一件事情。

林雷心底一颤。

"眼前这人承认了，可是军营中没有雷诺的尸体，难不成雷诺的尸体已经被销毁掉了？"想到这儿，林雷心中愈加焦急、愤怒。

林雷身影一动，到了胡克的面前。

"啊！"胡克还来不及逃跑，就被林雷强壮有力的右手掐住了脖子。

林雷单臂一伸，将胡克整个人提起来了。

林雷死死地盯着胡克："你知不知道，那个大队长名叫雷诺，他是我林雷的生死兄弟！"林雷咬牙切齿地说道。

周围的军人瞬间明白林雷为什么这么做了。

胡克眼中也有震惊之色，同时感觉到林雷掐住他喉咙的力量在变强。

胡克脸色涨得通红，艰难地说道："不，那个……那个雷诺，他……他没死啊！"

林雷一怔，手一松。

胡克整个人摔落在地面上，然后立即捂着喉咙咳嗽着。

第271章 贩卖奴隶的组织

"老四没死！"震惊中的林雷脱口而出，紧接着便反应过来，"你说，雷诺他没死？"

此刻，林雷心脏"怦怦"地快速跳动着。惊喜、紧张、震惊……这些情绪一下子从林雷的心中涌出，林雷期待地看着眼前这个罗奥帝国的军官。

胡克捂着喉咙非常惊恐，连忙说道："是的，他没死，他真的没死！"

"胡克，你禀报的时候，不是说你所擒的大队长已经死了吗？"在不远处的军团长沙斯特皱眉喝道。

虽然欺瞒一个圣域级强者是很不明智的，但是沙斯特认为，胡克是因为害怕死而故意捏造的。

林雷却希望胡克说的是真的。

"快说！"林雷凝视着胡克，整个军营中的人的目光都聚集在胡克的身上。

胡克直起身体，连忙解释道："林雷大师，我真的没有说谎。当初我将那个大队长的尸体，也就是你说的雷诺的尸体扛在身上。可是后来我发现，这个尸体竟然动了，他竟然没死！"

林雷心脏狠狠一抽。

胡克脸上露出一丝尴尬，说道："林雷大师，那个雷诺长得很帅气，而且还是高贵的魔法师。我们兄弟一路追杀他，根据他施展的魔法推测，他应该是七级大魔法师。帅气的七级大魔法师，在奴隶市场是非常值钱的。"

林雷听到这儿，心中已然明白了。

周围一大群军官心中也都明白了。战争的时候，经常会得到大量俘虏，他们会把这些俘虏卖给一些贩卖奴隶的组织，军队跟这些组织有着很好的交情。帅气的七级大魔法师，的确是个值钱货。

七级大魔法师，那是高不可攀的。

让这样的大魔法师成为自己的奴隶，一些贵族是非常喜欢的。特别是一些贵妇，愿意花费巨额的金钱来购买。这样得到的金钱，恐怕比胡克在军队中得到的奖励多得多。

“你是说……你将雷诺卖给贩卖奴隶的组织了？”林雷追问道。

“是的。”胡克惶恐地说道。他现在知道那个雷诺竟然是林雷大师的兄弟，所以不敢有任何隐瞒。

“雷诺他伤势重吗？”林雷担心地问道。

从耶鲁得到的消息推断，雷诺受了几乎让其致命的重伤，林雷有些担心。

胡克万分肯定地说道：“林雷大师，请放心，那个雷诺我带回来后，立即请人治疗了他的伤，而后才卖给贩卖奴隶的组织。那贩卖奴隶的组织肯定不会让七级大魔法师这种重要货物丢掉小命的。”

“重要货物？”

林雷心痛：“老四竟然被贩卖奴隶的组织当成重要货物了。”

“走，你陪我去找那贩卖奴隶的组织，你应该知道他们的所在地吧。”林雷一把抓住胡克的衣服。

胡克连忙说道：“是，我记得清清楚楚。”

旁边的沙斯特呵斥道：“胡克，从现在起，你就陪着林雷大师。林雷大师有什么命令，你必须服从。”沙斯特看向林雷，谦逊地说道，“林雷大师，真的对不起，希望你别太介意！”

沙斯特其实也没法子。

一般战争的时候，谁都不敢将圣域级强者及其亲人兄弟牵扯到其中，如果圣域级强者因此生气，那是很可怕的一件事情。

在历史上，圣域级强者一气之下杀死数万人的事情并不少。

不过圣域级强者一般都是很平和的，只要你不惹他，他不会故意和你闹矛盾。

林雷看了一眼沙斯特："走！"然后整个人带着胡克直接腾空而起，跟贝贝并行朝南方飞去。

看着林雷离开，军营中的所有人这才松了一口气。面对强大的圣域级强者，场上的那些战士，的确是毫无反抗之力。

"几位师团长，快去整顿军营，我担心金焰军团趁火打劫。"沙斯特看着军营此刻狼藉一片，军人们的士气也被林雷震慑住了，心中一阵担忧。

沙斯特猜测得果然不错，没过多久，金焰军团发起了一次猛烈的攻击。

罗奥帝国的边境城池中，林雷抓着胡克，直接降落在了一座看似普通的府邸中。这府邸内有一些装备精良的护卫。

"呼——"平地上起了一阵旋风，恢复正常人类形态的林雷抓着胡克，降落在地面上。

这时候，林雷不再像一开始知道兄弟死讯，要为兄弟复仇那般悲愤了。现在的他，已经冷静了很多。

因为他得知了雷诺还没死的消息。

"老怀特，老怀特！"胡克刚刚落地，就扯开大嗓门大声地喊道。

"你们什么人？"老怀特还没出现，他们周围却快速出现了一大圈护卫。这些护卫都持着武器，随时准备出手。

这时候，从旁边的院门走进来一个穿着得体的银发老者。银发老者看着胡克，哈哈大笑道："哦，原来是亲爱的胡克，你怎么这么着急，直接闯进来了呢？"

"胡克，这位是？"老怀特眼光可是毒辣得很，一眼就发现旁边穿着黑色长袍的男人不是一般人。

林雷恢复正常人类形态后没穿上衣，下半身穿着一条破烂的长裤。

林雷眉头一皱，冷冷地看了一眼这个老怀特。

"老怀特，这位可是林雷大师。"胡克连忙说道。

“林雷大师？”老怀特一怔，旋即眼中露出了震惊之色，“难道是奥布莱恩帝国的龙血战士林雷大师？”

胡克连忙点头：“是的，我就是被林雷大师带着飞过来的。”

老怀特觉得难以置信，他不过是贩卖奴隶的组织的地区负责人而已。林雷大师这种玉兰大陆巅峰强者怎么会亲自来访呢？

“老怀特。”林雷看着老怀特。

“林雷大师。”老怀特谦逊得很。

林雷开门见山：“老怀特，大概在一个月前，胡克将一个七级大魔法师卖给你了吧？”

老怀特看了一眼胡克，对林雷点头：“是的。”

“这个七级大魔法师，他叫雷诺，是我林雷的兄弟！”林雷声音沉重，那双冰冷的眼眸看着老怀特。

老怀特眼睛一下子瞪得滚圆：“林……林雷大师的兄弟？”老怀特眼中满是惊恐。

他们贩卖奴隶的组织，虽然实力也算强，与四大杀手组织也有一些关系，但是也不敢得罪圣域级强者，更别说在圣域级强者中属于巅峰级的林雷这种存在了。

“胡克，你——”老怀特怒视着胡克。

雷诺就是胡克卖给他们组织的，即使是大家族的子弟，他们组织也敢贩卖。可雷诺竟然是圣域级强者的兄弟，他们怎么敢贩卖？

胡克脸上满是苦涩。

他也不知道啊，他知道还敢贩卖雷诺给他们吗？而且现在他的命，还在林雷手上呢。

“老怀特。”林雷出声说道。

老怀特反应极快，连忙对林雷说道：“林雷大师，请你放心，雷诺先生既然是林雷大师的兄弟，我们组织肯定不会再对雷诺先生怎么样的，我会立即派人传信回组织总部……”

“怎么回事？雷诺他现在人呢？”林雷追问道。

"这……这……"老怀特脸上有一丝惊恐。毕竟雷诺被当成俘虏卖给他们，都是一个月前的事情了。

林雷心中感到有些不妙，当即喝道："说！"

老怀特心中特别惊恐，如果林雷这等圣域级强者发怒，他们贩卖奴隶的组织完全可能一朝倾覆，于是连忙说道："林雷大师，雷诺当初被送到我们这儿，我们先是派人给他治疗好了伤势，而后等了大概十天，将这一大批奴隶一次性运走了，雷诺先生就在其中。现在据我估计，雷诺先生已经到我们组织总部了。"

"总部？"林雷眉头一皱。

旁边的胡克疑惑地说道："老怀特，怎么回事？你们组织贩卖的奴隶，不都是直接送到奴隶市场卖掉的吗？怎么还将雷诺先生送到你们总部了？"

老怀特连忙回道："普通奴隶是可以直接卖掉，可是雷诺先生不同。他是七级大魔法师，具有很大的危险性。如果直接卖给了客人，雷诺先生一个魔法术，就能将客人给杀死。若是这样，我们组织可是要赔钱的。"

林雷看着老怀特。

"所以，像雷诺先生这样有威胁的顶级奴隶，不，雷诺先生这一类的强者，是统一运送到总部，经过三个月的训练，训练到他们不敢反抗，乖乖地听主人命令后，才会将他们卖给客人的。"老怀特解释道。

林雷脸色一变。

训练到不敢反抗，乖乖听主人命令？训练的对象，还是像雷诺这样的强者，林雷完全可以想象那种训练有多可怕。

"你们总部在哪儿？快带我去！"林雷脸色一变，立即喝道。

老怀特略迟疑了一会儿，可看到林雷那可怕的眼神，立即点头说道："是，林雷大师，我立即带林雷大师去总部。"

"总部是在罗奥帝国内，距离这边境足有三千多里路程。"老怀特说道。

"我老大直接带你飞不就行了？"旁边的贝贝不满地说道。贝贝其实也在为雷诺担心，当初在恩斯特魔法学院，贝贝经常跟雷诺一起嬉闹。

老怀特连忙点头，不敢再说什么。

“林雷大师，我就不用跟去了吧。”胡克在一旁，心中惊惧得很。

林雷转头看向胡克，如今雷诺恐怕正在这个贩卖奴隶的组织总部经受非人的折磨。一想到这儿，林雷心底便有一丝怨气。

“哧——”一道爪影闪过。

胡克惊恐地捂着喉咙。

贝贝凌空悬浮着，不满地瞥了一眼胡克：“你这个浑蛋，你对付雷诺他们的时候一定很痛快吧，我贝贝今天就给你点儿教训。”

见到这一幕，老怀特身体一颤。

“老家伙，别怕，只要你乖乖听我老大的话，我贝贝不会欺负你的。”贝贝咧嘴一笑，露出锋利的牙齿。

老怀特听说过，林雷与黑德森对战到最后，林雷的两只圣域级魔兽突然出现，其中一只看似是鼠类魔兽的圣域级魔兽，竟然能单独击败黑德森。老怀特看着空中的贝贝，心中明白了，这个贝贝，恐怕就是那只可怕的魔兽。

老怀特只能惊恐地对贝贝努力挤出一丝笑容。

林雷一把抓住老怀特，整个人腾空而起，疾速朝东南方向飞去：“老怀特，你给我指路。”处于惊恐中的老怀特咽了咽口水，朝下方看了一眼，便指出了总部的方向。

第272章 生不如死

时间回到玉兰历10009年9月21日。这时候，沃顿与尼娜的大婚已经过去几天了，也是这个时候，林雷以为雷诺真的战死了。

然而……

“这是在船上的第三天了，刚刚那些浑蛋又将一个可怜的奴隶虐待至死，扔进了波奈河中。”雷诺透过铁栅栏的窗户看着外面，一个染满血迹的尸体被扔进了波奈河中。一条人命，只是响起“扑通”一声罢了。

雷诺在军队中，已经见识到了战争的残酷。

可在被押送的途中，这些奴隶贩子的可怕还是让雷诺感到震惊。

幸亏雷诺是七级大魔法师，在奴隶贩子眼中属于最高级的值钱货，那些奴隶贩子不敢弄死他。

“啪！”一道鞭子狠狠地抽在雷诺的身上。长鞭的末端更是抽到了雷诺脸上，雷诺的脸上立即就有血渗出来，破烂衣服遮盖下的身体满是伤痕。

“看什么呢？”船舱中一个大汉抓着鞭子，对着雷诺怒喝道。

雷诺看着大汉感到无力，只能蜷缩在船舱角落，不敢吭声。他已经学会乖巧了，如果吭声或瞪对方一眼，那……恐怕一夜都要受到折磨。

这艘运送奴隶的船很大，最底层的船舱关押着最低级的奴隶。这个组织的打手们时而进去巡逻，看谁不顺眼，就对其大打出手。

雷诺属于最高级的奴隶，被关押在船舱第二层的一个特殊房间中，那窗户有铁栅栏，用来防止他逃走，同时还有两个打手在旁边看守着。

这船舱第二层的其他房间，住着不少打手。

在船舱第三层，也就是这船舱顶层当中，是这次运送队伍的首脑，一个八级强者。此外，还有两个七级强者。如果不是因为雷诺，这次运送不会派八级强者来。

这艘大船的甲板上，一个高大的光头男人从第三层走下来。

“皮尔大人。”周围的打手立即恭敬地喊道。

这位光头男人瞥了一眼甲板上那些血迹，眉头一皱，说道：“把血迹给我冲洗干净，还有，这些奴隶也值钱，一个个出手都小心点儿，别弄死了。弄死一个奴隶，组织要损失一些钱的。”

那些打手都不敢出声。

光头男人哼了一声，便走到栏杆前，吹着凉爽的晚风，看着波奈河美丽的夜景。

“对了，那位魔法师怎么样了？”光头男人哼了一声，说道。

旁边立即有打手谄媚地说道：“皮尔大人，那位小白脸魔法师，一开始高傲得很，经过这些日子兄弟们的教训，已经很识趣了。”

“很好。”光头男人淡然地说道，“你们一个个都小心点儿，看好那个魔法师。这次我们押送的货物中，最值钱的就是这个七级大魔法师，而且看样子，这个魔法师还是一个贵族，所以卖出去的价格可不是一般高。”

那些打手点头。

年轻的七级大魔法师，绝对是奴隶市场上最高级的货物，比美丽的女人更让人疯狂。

“什么声音？”光头男人眉头忽然一皱，陡然转头看向最底层的船舱方向，“那个病鬼一直哼着，烦死人了，把他给我拖出来！”

只是一会儿，一个瘦弱的青年被拖出来了。看他的样子也才十八九岁，身上有着恶臭味，还有着血迹。此刻，这青年的目光都有些呆滞了。这些日子，真的让他发疯了。他不过是一个走出家乡寻找梦想的青年，可谁想被人抓住后卖给了贩卖奴隶的组织，他的噩梦就此开始了。

“嗯？”光头男子一伸手，旁边的打手非常识趣地递上鞭子。

拿过鞭子，光头男子一甩，抽得空气都发出了清脆的声响。那瘦弱青年有些呆滞的目光中突然有了一丝惊恐。

“没死你在下面哼什么哼？好心情都给你破坏了。”光头男子抓着鞭子，狠狠一鞭子抽在这瘦弱青年的身上。

这一鞭子，可比普通打手下手狠得多。

瘦弱青年全身猛地一颤，从脸部到腰部出现了一道可怕的凹陷的鞭痕。鲜血汩汩冒出，他的衣服早就破得不成样子了。

“啪！啪！啪！”

这个光头男子狠狠地抽着，在这个可怜的青年身上发泄着坏心情。

这个瘦弱青年非常有经验地保护住头部，整个人蜷缩在地面上。按照他的想法，只要坚持下去，他的命可能会保住。

可惜，这个光头男子不会杀死雷诺，却是会杀死他的。

“皮尔大人，他没气了。”旁边的打手低声说道。

光头男子随手将染血的鞭子扔给了旁边的打手，而后朝着滔滔的河水伸了个懒腰：“啊，这感觉真是爽。你们几个，将这个垃圾给我扔下去。还有，把地面给我冲洗干净了。”

“是，皮尔大人。”周围的打手都非常迅速地行动着。

“扑通”一声，又一个尸体被扔下了船。

一艘船每次押送数百名奴隶，在运送途中总会有十几个被虐杀致死。

这些被打手打死的人身体弱，身体强的人还是能够勉强扛得住的。因此，他们将这些扛得住的人贩卖出去。少了一些身体弱的人，对他们也没多少损失。

“又一个！”雷诺心中暗叹，他没想到他在尼尔城城墙下活下来后竟然沦落到这个地步了。

雷诺不知道自己未来会怎么样。

“当奴隶？”雷诺一想到奴隶那卑贱、黑暗的日子，就是一阵心悸。

“小白脸，嘴唇动什么动？想施展魔法？”一声怒喝，随即“啪”的一声，一鞭子狠狠地抽过来了。这一鞭子实实在在地抽在了雷诺的脸上。

疼痛、屈辱！

这些打手显然知道雷诺是个七级大魔法师，那些低贱的打手一个个都想多抽雷诺几鞭子，好满足他们不正常的心理需求。

“滚！”雷诺真的怒了。

他越是忍耐，对方越是过分。

“哎呀！”那个抓着鞭子的打手眉毛一挑、嘴巴一歪，斜眼看着雷诺，“还嚣张起来了？”说着又要一鞭子抽过去。

雷诺眼中露出一丝暴怒，嘴中快速地念了一下魔法咒语。

“轰！”一个个头颅大小的炽热火球以雷诺为中心，疯狂朝那两个打手冲过去。

转眼间，十几个火球完全包围了那两个打手。

“啊——”两个打手立即惨叫起来。

他们全身燃烧着火焰。这火焰温度比一般木材燃烧的火焰温度要高得多，两个打手身上的皮肤快速被烧焦了，两人片刻便没了气息。

剩下的火球，直接朝外面冲去。

可这时候——

“砰！”这个房间上方陡然出现了一个大窟窿。

一个穿着红色长袍的独眼男子落到了房间中，身影一闪就到了雷诺的身前，一脚就踢在了雷诺身上。

“砰！”雷诺重重地撞在船舱角落，鲜血喷了一地。

独眼男子回头看了一眼那两个被烧焦的尸体，冷冷地看着雷诺：“你找死！”雷诺回瞪独眼男子。

“怪不得组织要特殊训练你们三个月，都是贱骨头！”这独眼男子咒骂一句。

像七级大魔法师等强者，虽然会被组织抓住，但要让这些强者从心底深处不再反抗，那是非常难的。惹怒了这些强者，他们就会拼命。

片刻后——

数个打手就将雷诺的四肢抓住，让雷诺动弹不得。独眼男子以及两个光头男子，则是冷冷地看着雷诺。

“小白脸，我提醒过你，在这船舱上给我安分一点儿。可是你，让我很生气。”独眼男子声音冰冷，“皮尔，让他长点儿记性。”

雷诺的脸色立即变得苍白。

他想起当初这个独眼男子的威胁，惊恐得瞪大了眼睛。可是光头男子皮尔阴笑着走过来：“给我把他的一只手按在那儿！”打手立即抓住雷诺的手，按在甲板上。

皮尔从旁边拿过来一个专门用来夹断钢筋的铁钳，那铁钳一下子就钳住了雷诺的两根手指。感受着手指上传来的冰冷，雷诺的心都发颤了。

“哼，夹！”独眼男子冷哼一声。

那铁钳一下子就夹下去了，两根手指被夹断，鲜血立即涌出，刺心的疼痛令雷诺哀号起来。

身上被砍一刀的疼痛，比不上夹断手指的疼痛。

听到雷诺的哀号，周围的打手都兴奋起来。

独眼男子冷哼一声，说道：“小白脸，给我记住了，今天只是给你一个小小的教训，如果再有下一次，我肯定让你……一生难忘。”说完，独眼男子转头就走出去了。

黑夜。

雷诺蜷缩在冰冷的角落里，身体微微发颤着。

他的左手手指断处已经结了血痂，旁边两个打手时而看向他，眼中有着一丝疯狂。

雷诺杀了他们两个兄弟，这些打手都对雷诺有恨意。

“哼，小白脸。”

一道鞭子抽去，而且是对着雷诺受伤的手抽过去的。

雷诺努力地将受伤的手藏到背后，可是那长鞭还是抽到了受伤的手上，剧烈的疼痛感传来……伤口再次破了。特别是鞭子抽到断骨处时，又一阵刺心的疼痛感传来，仿佛又一次被截断了手指一样。

“好了，别打了。”旁边的打手说道。

两个打手担心雷诺再次施展魔法。刚才打雷诺的打手，与死去的其中一个打手感情非常好，自然想报仇。

“不行，我一定要逃！”雷诺蜷缩在冰冷的墙角，心中暗道，“这种日子再过下去，我会发疯的！”

雷诺知道，即使自己撑到下船，迎接他的也不过是奴隶生活。

“明天……明天船靠岸歇息的时候，行动！”雷诺顾不得其他了。

这船每天都会靠岸停一次，补充一些食物，因为那位独眼男子不喜欢吃干粮，他喜欢吃一些鲜美的食物。

不过那独眼男子很谨慎。

他上岸吃饭时，则是由两个七级强者看着雷诺的。

时间过得很慢，雷诺深夜躺在地上，感到愈加冰冷。特别是手指断处传来一阵阵的疼痛，他咬牙忍着。

渐渐地，天亮了。

那两个打手又抽了雷诺一两鞭子，雷诺只能蜷缩在墙角，默默地忍着。他知道不能反抗，第一次反抗的结果是两根手指，下一次反抗……恐怕真的会如那个独眼男子说的，一生难忘！

雷诺静静地等待着，等待着船靠岸。

过了许久……

“靠岸了。”甲板上传来一道响亮的声音。只是一会儿，上面就响起脚步声，显然是三个强者都走下来了。

“皮尔，你们两个在这儿看着，我先下船歇息一会儿，过会儿他们再过来换你们两个。”那独眼男子的声音响起。

“大人，你尽管放心。”皮尔的声音响起。

一阵脚步声再次响起，他们下了船，雷诺这才松了一口气。旋即，他眼睛闭起，脑海中再次浮现出逃跑的计划。

这个计划制订得非常铤而走险，可他必须放手一搏。

瞥了一眼旁边的两个打手，雷诺蜷缩在墙角，低着头，嘴唇开始微微动起来……

第273章
逃走

独眼男子带着一批打手下了奴隶船，两个光头男子站在甲板上，随意闲聊着，偶尔朝雷诺看一眼。

“皮尔，明天总算要抵达省城了，到时候把那些普通奴隶送过去，我们也可以出去爽一下了。这鬼日子，每天都在船上。”旁边的光头男子低声咒骂着。

皮尔笑了起来。

就在这个时候，他们忽然听到一道魔兽的可怕吼叫声——

“嗷——”一条可怕的由火焰形成的足有水缸粗的巨型火蛇突然从船舱中冲出来了，直接把船舱边缘烧出了一个大洞。

近百米长的巨型火蛇在这艘船上不断地环绕着、咆哮着，整艘船一下子就完全燃起来了。接着，那巨型火蛇直接冲进了船舱底部，将船的底部都弄穿了。在船最底层的数百名奴隶，都疯狂地朝火蛇烧穿的洞口冲出去。

“那个小白脸！”两人脸色大变。

“快！抓住他！”

两个光头男子立即朝雷诺所在的房间冲去，根本不管普通的奴隶了。这时候，那条巨型火蛇竟然朝他们两个冲过来了。

“炽焰火蛇，小心点儿。”二人都紧张起来。

七级火系魔法——炽焰火蛇！

这是雷诺所能施展的威力最大的魔法了，这炽焰火蛇如果再进一步，便是八级魔法火蛇之舞了。炽焰火蛇的威力已经很可怕了，而火蛇之舞是七条巨型火蛇同时攻击，并且温度更高。

一般的七级战士，根本不敢硬扛。

皮尔一个鱼跃，整个人躲过了炽焰火蛇的攻击，同时也到了原本雷诺在的房间。皮尔一看房间，房间中只有一地灰烬，那是两个打手尸体被烧后留下的灰烬，在墙壁上还有两个大洞。

很明显，雷诺是从这两个大洞的其中一个逃掉了。

“啊——”凄厉的惨叫声忽然从不远处传来。另外一个光头大汉没躲过这条炽焰火蛇，只是碰到一点儿，那炽焰火蛇就快速地反应过来，一下子将光头大汉束缚住了。光头大汉身上的斗气护罩很快就破掉了，一股肉被烧焦的味道传出来。

皮尔看到这一幕，脸色大变。

“达罗！”皮尔快疯了，“浑蛋！”

这时候，从船底逃出去的许多普通奴隶都疯狂地朝四面八方逃散。本来被抓住的他们心中都已经绝望了，而现在一个个充满了希望，一个个都疯狂地逃跑。

皮尔也从船底的洞口冲出去了，其可怕的弹跳力使得他直接跃上了岸。

“那个可恶的小白脸！”皮尔看着波奈河上的船，破损不堪的船正在不断地下沉。火焰还在不断地燃烧着，浓烟滚滚，这条船已经毁了。

“皮尔，达罗！”怒吼声从远处传来。

独眼男子快速跑过来了，他那只独眼中尽是无尽的怒火。他一看到皮尔便怒吼道：“皮尔，人呢？那个魔法师呢？”

“大人，那个魔法师施展了炽焰火蛇，我也不知道他逃到哪里去了。达罗死了。”皮尔心中愤恨。

独眼男子愤怒地喘着气。

炽焰火蛇对付七级战士还行，可如果遇到独眼男子，以独眼男子八级战士的实力，绝对可以压制炽焰火蛇，抓住雷诺。

这也是贩卖奴隶的组织专门派八级战士过来的原因。

可独眼男子没想到，那个刚刚受过教训的魔法师，竟然还敢拼命。

“快，给我去抓，将那个魔法师给我抓回来！”独眼男子立即对周围的打手喝道，“你们几个，分别到上游、下游给我仔细地搜索；你们几个，在周围仔细地搜索。一定要将那个魔法师给我抓回来，快！”

“是，大人！”

愤怒的打手们，一个个都朝四面八方跑去。他们主要还是在周围陆地上搜索，上游、下游只分别派了五个打手。

雷诺和其他奴隶一样都穿着破烂的衣服，身上满是伤痕。因为其他奴隶也逃跑了，这使得很多打手看到一些奴隶，便以为是雷诺，然后立即冲过去抓。可惜，他们只是白费力气。

一个小时后。

独眼男子站在河岸口，心中尽是怒火，怒视着四周。

“大人，在下游，我们发现了十几个奴隶，可是其中没有那个魔法师。”一个打手跑过来汇报。他们在岸上跑的速度，绝对超过在水中游的速度。

“大人，上游也没发现那个魔法师。”

“大人，周围也没找到那个魔法师，都是些普通奴隶。”

独眼男子听着手下的汇报，再看看周围的环境，真的是气得要命。这次停靠的河岸口是一个小镇，这里并没有他们组织的人手。

这使得独眼男子只能派这几十个打手去寻找雷诺。

几十个人，花了一个小时都没找到雷诺，那根本不可能找到了。因为一个小时，足以让一个人走很远了。方圆数十里，几十个人又怎么找得到?

“浑蛋！”独眼男子低声骂了一声，“走，快去禀报总部。那个小白脸别被我抓到，否则……一定要让他生不如死！”

天黑了，独眼男子等一群人已经离开了。在上游距离河岸口大概数千米的河岸边上，一个人从水底冒出来了。

“噗”的一声，雷诺将口中的通气管吐掉了。

看了一下周围，雷诺这才长松一口气。雷诺这次逃跑，可不敢有丝毫松懈。他施展出魔法后，立即下水，同时采摘了水草，当作通气管。靠着这通气管呼吸，他每次都是游上一千米才敢冒出来。

“都逃这么远了，那几十个人，不可能还找得到我吧。”雷诺上了岸。

只见雷诺体表冒出白色的热气，仅仅片刻，雷诺湿透的衣服就完全干了。雷诺环顾一下周围，辨别了一下方向。

“那组织在一些大城池都有人手，还是走偏僻的小城比较稳妥，也不能从两国边境回去，这组织在边境城市的人手也不少。”雷诺虽然认为对方不会为了他花费太大力气，但是小心起见，决定先从罗奥帝国进入混乱之岭，然后再从混乱之岭回到奥布莱恩帝国。

此刻，天空已经一片漆黑，大地上只有零星的火光，一道黑色幻影急速从天际飞来，转眼就划破长空。

“呼！”疾速飞行使得老怀特不由得眯起了眼睛。从上空，他能够清晰地看到一些道路，非常容易辨清路径。

“林雷大师，就在下面。”老怀特指着远处的一座乡下小镇。

“哦？那乡下小镇是你们组织总部的所在地？”林雷看了一眼老怀特。黑夜中，一些房屋偶尔有灯光露出来，这乡下小镇看起来和普通小镇没什么区别。

老怀特连忙点头：“是的，这只是总部的一些掩饰方式而已。”

“呼！”

林雷当即俯冲而下，在天空中留下一道漂亮的残影，而后就落到了贩卖奴隶的组织总部——那座乡下小镇。

林雷穿着深青色长袍，直接凌空而立，手一松，老怀特便跌落到了地面上。

“让你们组织的首领出来。”林雷说道。

老怀特不敢违抗。

这时候，周围一些人非常迅速地围过来了。特别是看到林雷竟然凌空而立，他们都震惊了。

能够飞行的，大多是圣域级及以上的强者。当然，强大的风系魔法师也是可以的。林雷此刻实际上是施展风影术才能在不龙化的情况下飞行。

“老怀特，你怎么来了？”一个妇人看了一眼林雷，而后对老怀特低声说道。

老怀特却是大声说道：“快、快让首领过来，这位是林雷大师，伟大的龙血战士林雷大师！”

“林雷大师”这四个字比什么都管用。一个贩卖奴隶的组织，论实力还远不如三大商会，也远不如四大杀手组织，自然不敢得罪一个圣域级强者。不少人立即去请组织的首领过来了。

林雷凌空而立，静静等待着，贝贝就站在林雷的肩膀上。

“老大，这个小镇表面上很普通，不过这些建筑内部都不一般呢！而且大多都有地下建筑。”贝贝与林雷灵魂传音。

林雷微微点头。

只是一会儿，一大群人便从远处跑过来了。为首的是一个穿着华丽长袍的瘦高男子。此刻，这个男子小跑着，额头上有汗珠。

“林雷大师，我叫丹尼斯，是这个组织的首领。不知道林雷大师有什么要我们做的，大师尽管说。”这瘦高男子惊恐、谦逊地说道。

他虽然没见过林雷，可是能够凌空而立的圣域级强者，不管是谁，他都不敢得罪。

林雷扫了他一眼，直接说道：“丹尼斯，你们一个月前，从老怀特所在的那个边境城市买下了一个七级大魔法师，应该已经运到你们这儿了吧。”

丹尼斯一怔。

丹尼斯旁边一个略胖些的老者连忙说道：“林雷大师，这个事情是我负责的。那个七级大魔法师在波奈河运输途中，烧毁我们的船逃掉了。”

“逃掉！”林雷惊讶，同时心底一松。

“老四真是够厉害的，竟然从贩卖奴隶组织的手中逃掉了。”

丹尼斯这时候反应过来了，点头说道：“这件事情我也知道。那七级大魔法师逃走后，我们有人手的一些城池实施了搜索，不过一直没找到。这件事情已经过去十几天了。”

“首领，那位七级大魔法师是林雷大师的兄弟。”老怀特连忙说道。

丹尼斯的脸色立即难看起来，同时也惊恐起来。

林雷瞥了他们一眼：“从今天起，你们不许再找我的兄弟。”

丹尼斯连忙说道：“那是自然，我们如果意外发现了他，一定会奉为上宾的。”

林雷点头，旋即不再说废话，直接带着贝贝腾空飞去。

事情到了这个地步，已经跟贩卖奴隶的组织没什么关系了。雷诺是十几天前就逃走的，现在应该逃得很远了。

半空中。

“贝贝，你先回去，让赛斯勒等人立即出发前往混乱之岭。我准备沿着波奈河从罗奥帝国到奥布莱恩帝国边境这条路线，好好地搜索一下，看能不能找到老四。等我搜索完毕，我会去跟你们会合的。”林雷已经制订了这个计划。

用精神力搜索，对圣域级战士而言，是非常痛苦的事情。

因为他们的精神力实质上并不是太强，所以圣域级战士只是偶尔用精神力搜索一下。但对于魔法师来说，他们的精神力很充沛。如果单论精神力，修炼数百年的黑德森，也只是跟如今的林雷相当罢了。

飞行这一段距离，只需要短短一个小时，可是要仔细搜索，没好几天时间是不行的。

“知道了。”贝贝乖巧地点着小脑袋，而后快速地朝奥布莱恩帝国方向飞了过去。

第274章
计划

林雷变成龙血战士后，沿着波奈河，在从罗奥帝国到奥布莱恩帝国边境尼尔城这一带，仔细地、认真地搜索起来。每次搜索一会儿，他就要休息一下恢复精神力。

整整六天六夜，这周围的城池被林雷都搜了个遍。

可是，他根本没找到雷诺。

“林雷大师，你尽管放心，我们道森商会一旦发现雷诺少爷，一定会立即将雷诺少爷安全送回去的。”

罗奥帝国境内一座郡城的道森商会负责人，恭敬地对林雷说道。

林雷微微点头。

他现在只能拜托道森商会了。林雷心里有些奇怪：“老四逃了出来，怎么没去道森商会的分部，道森商会在一些郡城都是有分部的。”

林雷并不清楚，雷诺在船上受的苦真的让他惊惧了。雷诺决定，只要是在罗奥帝国境内，无论如何都不进入大城市。虽然大城市中有道森商会分部，但同样也有那个组织的分部。那个贩卖奴隶的组织肯定在寻找他，一旦被贩卖奴隶的组织发现，他可就惨了。

“有一丝被抓的可能性都不行，我宁愿多走一些路。”雷诺的想法很坚定。

以他的实力，沿着偏僻的路走到混乱之岭绝非难事。等到了混乱之岭，他再跟道森商会的人联系，那时候就能安全回去了。

傍晚时分，奥布莱恩帝国东南行省的一座郡城的普通庭院内，赛斯勒、巴克五兄弟、丽贝卡、詹尼、丽娜都在这里。

敲门声响起，身高两米二的盖茨背着那柄骇人的巨斧，大步地走过去开门。门口是三名侍者，这三名侍者都是推着餐车过来的。

“到现在才来？”盖茨扫了这三人一眼。三名侍者心底一颤，在盖茨这种强壮的人面前，他们就跟小孩一样。

他们走进院子里，突然响起一道兽吼声，三名侍者循声看去——

黑纹云豹黑鲁懒洋洋地趴在地面上，身上圣域级魔兽特有的煞气还是让人感到心颤。它那双冰冷的眼眸瞥了三名侍者一眼，而后不在意地转头继续趴着。

三名侍者彼此对视一眼，根本不敢吭声。

这三名侍者把餐车上的所有菜肴都摆上餐桌后，快速地离开了。等走出庭院，他们三人才敢摸了摸额头的冷汗。

“这都什么人啊，那五个大汉，真是壮硕啊！”

“那柄斧头还真是大，估计最起码有千斤重吧。”

“还有那个老头，瘦得就跟骷髅一样。他只是看我一眼，我就感到害怕。不过那三个美女还真是漂亮啊！我如果能娶到这样的美女，就是少活个几十年也行啊！”

在这个酒店的众侍者眼中，住在这个庭院的客人绝对是那种最可怕级别的存在。当赛斯勒等一群人在用餐的时候，贝贝和黑鲁却都在庭院中，因为它们都感觉到林雷正在快速朝这儿赶来。

只是一会儿，穿着深青色长袍的林雷便从高空落了下来。

“林雷大人。”巴克五兄弟都兴奋地迎了过来，詹尼、丽贝卡、丽娜也都迎过来了。

“林雷，怎么样，找到雷诺了吗？”赛斯勒询问道。

林雷摇了摇头。他现在的心情还算不错，贩卖奴隶的组织也没找到雷诺，以雷诺七级大魔法师的实力，只要不惹到什么强者，应该不会有危险。

“老四在军队那么多年，现在那贩卖奴隶的组织也不再找他。在这种情况下，他逃回去应该有十成把握。”林雷对自己的兄弟很有信心。

“如果这样雷诺都回不去，他就不配当大人的兄弟了。罗奥帝国平常可一点儿不乱，也没什么危险。”盖茨大大咧咧地说道，“当年我们兄弟还是七级战士的时候，在北域十八公国就生活得很滋润了。”

林雷一笑。

随即众人入座，开始用晚餐。

“林雷，”赛斯勒放下餐具，询问道，“这次我们出发前往混乱之岭，你准备怎么做？”

林雷知道他们这一群人中，赛斯勒是最有经验的。有这么一个八百多岁的老者在身边，许多事情做起来也容易得很。

“赛斯勒，你认为我们该怎么做？”林雷询问道。

巴克却在旁边说道：“林雷大人，我想那混乱之岭，跟我们北域十八公国应该差不多，一切都用拳头说话。以我们强大的实力，绝对可以快速形成一股大势力。”

旁边的赛斯勒点头说道：“巴克说得没错。林雷……我认为有两个办法，一个是巴克说的这种，借助圣域级强者的名声，迅速地扩大势力。圣域级强者在混乱之岭，号召力是非常强的。”

林雷微微点头。

混乱之岭长期混战，处于战乱中的战士们渴望自己的首领是个强大的人物。如果借助圣域级强者的名声，投靠林雷的人肯定会很多。

毕竟圣域级强者的实力，会给人很强的安全感。

“第二个办法，就是先不公开你的身份，我们从小城入手，先寻找一个民不聊生的普通小城，就是那种我出手都可以轻易掌控的小城，然后逐步扩张，占领大城池，建立公国，然后一步步……想当初，我可是在混乱之岭，当过大公的。”赛斯勒笑道。

第二个办法，是很多有野心的人的常用做法。

第一个办法，主要适合一些拥有绝对实力的强者。

“林雷，你决定用什么办法？”赛斯勒看着林雷，“第一个办法，胜在速度快，我们完全可以在一年之内，在混乱之岭建立势力。第二个办法，速度慢一点儿，但是胜在根基扎实。”

三个女孩子和巴克五兄弟，都看着林雷，等着林雷做出决定。

“赛斯勒，按照第二个办法来。”林雷思索了一会儿，做出了决定。

“我们对付的目标是光明圣廷，光明圣廷最擅长的是迷惑民众。我们必须一步步来，真正地让民众完全信服我们，让他们有强烈的归属感，否则……即使占领的地盘大，跟光明圣廷斗起来，恐怕内部也可能发生叛乱。”林雷说道。

赛斯勒笑着点头。

“这样也好，我们先慢慢发展，至少不会引起强者注意。否则一开始打出林雷你的大名，会引起各方势力的注意与排斥。”

赛斯勒沉吟片刻，继续说道：“林雷，光明圣廷和黑暗圣廷在混乱之岭的影响力很大。你要发展，我想……最先开始的地方，应该是靠近黑暗之森的地方，也就是混乱之岭最北部的区域。”

林雷眉毛一动：“混乱之岭最北部的区域？”

“对，那里邻近黑暗之森，长期面临黑暗之森魔兽的袭击，使得这一块区域的民众都极为彪悍，杀伐之气很重。在这块区域生活的民众，信奉光明圣廷的人非常少，他们极为崇拜强者。以我们的实力，根本不怕那些低等、中等魔兽。”赛斯勒微笑地说道。

林雷听赛斯勒这么说，心中也赞成。

“混乱之岭北部区域，从西到东，足有几千里。那种只有数万人口的小城很多，我们有足够的选择空间。”

赛斯勒自信地说道。

在赛斯勒看来，在混乱之岭这种地方占领一座人口数万的小城池，简直像捏死一只蚂蚁一样轻松。无论是赛斯勒，还是巴克五兄弟中的任何一个，都有在混乱之岭建立一个公国的实力，更别说占领一个民不聊生的小城了。

林雷这方的人马太强了。

圣域级强者就有一群。特别是林雷、贝贝、黑鲁都属于圣域级巅峰强者，恐怕光明圣廷在混乱之岭潜藏的最强力量，都不及林雷这方。

如此实力，要在混乱之岭打开局面，是轻松无比的。

混乱之岭的地理面积超过了奥布莱恩帝国领土面积的一半，足以赶得上如今的神圣同盟、罗奥帝国、莱茵帝国的地理面积了。

很久以前的一次统计数据表明，混乱之岭有四十八公国，人口超过三亿。如此庞大的人口，丝毫不比罗奥帝国、莱茵帝国少多少。很奇怪，常年的战乱并没有令他们人口减少，反而使得这里人口逐年增多。

这种混乱之地，是强者的天地。

越过边境，林雷一行人踏入了混乱之岭的地界。一进入混乱之岭的第一座城池，林雷就感觉到了这里人们的忙和乱。

“长期战乱，使得混乱之岭的粮食非常贵，虽然一些公国都努力在收获季节停止战斗，但有时候，他们不得不迎战……”赛斯勒感叹道。

混乱之岭和神圣同盟、奥布莱恩帝国完全不同。

神圣同盟、奥布莱恩帝国的城池，一进入就会感到一种平和的气息，贵族夫人、小姐们都穿着华丽的衣服漫步交谈。

可混乱之岭中，穿着铠甲带着兵器、有彪悍气息的战士随处可见，而且一言不合就打斗的情况，那是非常常见的。

林雷一行人一路向东北方向走去，沿途仔细地看着，认真了解着混乱之岭。

“殿司？”林雷远远就看到一个殿司打扮的人，“在混乱之岭真是随处可见一些光明圣廷的神殿，这完全是肆无忌惮地在传教……”

一路走下来，林雷的心是沉甸甸的。

光明圣廷在这儿的影响力的确是大。

林雷一群人的速度还是很快的。走了大概十几天，他们来到了混乱之岭北部区域。

林雷等人踏入了一座小城黑土城。

中午时分。

一家普通酒店的包厢中，赛斯勒对林雷说道："根据我今天上午的探察，这黑土城的城主是个典型的胸无大志的首领，过着土皇帝般的生活，而且他对平民压榨得厉害。我想，这里应该是比较适合我们的一个小城。"

"这才是我们探察的第一个小城。"林雷有些惊讶了。

赛斯勒笑道："很正常的，在混乱之岭这种地方，除了少数一些公国，绝大多数地方对平民的压榨都很厉害。毕竟，战争随时会发生，他们的势力随时会倾覆，自然要抓住机会好好搜刮。"

林雷微微点头。

"好吧，就这黑土城吧。"林雷当即拿定主意。

旁边的巴克五兄弟眼睛都亮了，盖茨第一个兴奋地说道："大人，你就放心吧。不用你出马，我们几个去，先杀了那首领，然后震慑一下那几千人的小军队，一点儿难度都没有啊。"

巴克五兄弟，在北域十八公国的时候就是带兵的首领人物，他们很喜欢那种热血的军队生活。

"大人放心，晚上大人就可以住到黑土城城主府里面了。"巴克拍着胸膛说道。

第275章 黑土城

下午时分，炽热的太阳悬挂在天空，火热的气浪弥漫整个黑土城。黑土城的一支城卫军大队，正懒散地、随意地在黑土城内巡逻着，还有一些可怜的战士站在城墙上晒着太阳。

“这鬼天气，白天热得要命，等到晚上又冷得要命！”一个穿着破烂铠甲的壮硕大汉正低声咒骂着。在他的身旁是他的九名同伴，他们是城卫军大队的其中一个小分队。

周围的一些平民看到这些军人，都有些畏惧，并退得远远的。

看到这一幕，其中一个战士低声骂道：“在那个贪婪的肥猪手下混，我的一些长辈都瞧不起我，那个肥猪真是太贪婪了！”

“如果不是为了让我的儿子、妻子吃饱肚子，我才不来干这个！”旁边的战士也附和地说道。

在黑土城中，那个肥胖城主的名声的确很差。这些为了让家人或者自己吃饱肚子才加入军队的战士，在暗中骂着那个可恶的城主。可是他们不敢反抗，因为那个城主有个强大霸道的儿子。据说他的儿子已经是七级巅峰了，这种实力在普通的小城中已经有称王称霸的实力了。

“驾，驾。”不远处骑着骏马的骑士快速地冲过来，看到前方的这支小分队，立即大喊道，“兄弟们，快去拜见新城主，那个贪婪的肥猪已经死了！快去拜见新城主！”

这小分队的十个人一怔，彼此对视一眼，旋即都兴奋地大笑起来。

“哈哈……快，去城主府！”

在混乱之岭这种地方，民众们几乎是没有归属感的。这个月是这个人当城主，下个月或许就变成了另外一个人。民众们的要求也不高，只是希望能填饱肚子，一家不饿。

黑土城的城主府，可以算是城中之城。

整个黑土城的军队，一共有两个编制的大队，两个大队都有一千八百个人，其中一个大队是城卫军，另外一个大队就是城主府的亲卫军。用一半军力保护自己的城主府，由此可以想象那个城主有多怕死。

城主府此刻聚集了大量的军人，三千六百名军人几乎都赶到了城主府。

城主府本来就可以轻易容纳一千八百个人，此刻三千多人涌进来也不算拥挤。在那宽阔的训练场上，巴克五兄弟站立在训练场的中央，那隆起的肌肉、粗壮得犹如铁铸的身躯，让这五人如同战神一般被人仰视。尤其他们背上还背着可怕的黑色战斧。

众多军人都噤若寒蝉地站在他们的周围。

“兄弟们！”一名金色短发壮汉大声地吼着，“那可恶的肥猪以及他的儿子，已经被这五位大人的巨斧给劈死了。这五位大人都是厉害的九级强者！”

“九级强者”这四个字一出，顿时让所有军人都震惊了。

“九级强者？九级强者会到我们这种小城来？”军人中传出了小声的议论声。

“砰！”

盖茨上前走了一步，如战神一般的气势让那些军人都后退了一步。盖茨咧开大嘴，大笑道：“一个个都给我听着，从今天起，黑土城就是我们五兄弟的了，我大哥巴克就是新城主。”

盖茨拔出背后那柄巨斧，看着周围一群人：“我大哥巴克当新城主一事，你们其中谁有意见，可以跟我比试一下。”

跟这个可怕的战神般的人物比试？

那个名震黑土城的城主之子，就是被盖茨一斧头给劈死的。但这里的军人大多数都没看到那一幕，彪悍的民风使得这些军人都看向盖茨。

个子高，可不一定实力强。

“我这柄巨斧，可是用无数珍贵材料炼成的，重五千三百斤。”盖茨随意地一挥巨斧。巨斧在他手中看起来轻飘飘的，斧刃劈在了用来锻炼力量的举重石上。

可上万斤重的巨石没发生一点儿变化，周围军人们一怔，心想：“那斧头难道是木头制成的，只是上面弄了一层染料？”

“砰！”巨石突然爆裂开来，竟然直接化为粉碎。

这是举重若轻。

在场所有军人都目瞪口呆。劈开万斤重的巨石，有关这样的传闻军人们也听说过。可是要让万斤重的巨石一下子变得粉碎，就不单单是靠力量了，所有军人都仰视着盖茨。

盖茨得意地咧嘴一笑，这一招在北域十八公国他用习惯了。混乱之岭这种地方跟北域十八公国一样，崇拜强者。

“看来大家都没意见。”盖茨大声说道，“那好，从今天起，你们都是我大哥的兵了。当我大哥的兵有个好处，以后所有人的军饷，是你们过去军饷的三倍。”

“三倍军饷？”

周围三千多个军人一愣，紧接着便是滔天的欢呼声。

“巴克大人万岁！巴克大人万岁！巴克大人万岁！”

他们还有什么不满足的？五个强大到无法想象的强者，还有高额的军饷，这种首领是他们最喜欢的了。

黑土城有了新的城主，这伟大的城主巴克大人还有四个兄弟。他们五个都是伟大的九级强者，单单武器就有五千三百斤重。有如此强大的首领，使得整个黑土城的民众都欢呼了起来。

最让民众兴奋的是——

城主大人公开宣布，只要在他的率领下，黑土城的民众将永不缴纳赋税！

永不缴纳赋税！在整个混乱之岭，几乎可以称为一个奇迹。毕竟不征收赋税，哪来的金钱养军队呢？可是这个难题对于林雷而言，根本算不得什么，因为他拥有当初芬莱王国数千年来积累的可怕财富。

随便拿出一亿金币，都绝对够用了。

强大的首领、高额的军饷、永不缴纳赋税，这三点使得黑土城的民众快速地形成了一种向心力。他们都想永远生活在这样的首领的统治下。因为高额的军饷，也使得更多的人想要参军。

同时，黑土城周围的一些平民知道这件事情后，也都迁移到黑土城来了。

半个月后。

黑土城城主府中，新选出来的管家内米正在向神秘的雷大人介绍关于黑土城中的一切。作为如今黑土城琐事的管理者，内米知道黑土域最高首领名义上是城主巴克，但实际上的最高首领是那个神秘的雷大人。

“大人，我们黑土城城内居民近八万人，在黑土城周围有大量乡镇居民，加起来，民众一共有七十余万人。如今军队在扩张，达到了五个大队。五个大队一共有九千人。”内米恭敬地说道。

坐在上方的林雷听到这些，微微点头。

“好了，内米，你可以退下去了。”巴克看了他一眼说道。

“是，城主大人。”内米当即恭敬地离开。

此刻，客厅中坐着的是林雷等人。按照赛斯勒、林雷当初的计划，对外说城主是巴克大人，因为巴克这个名字很普通，别人一时间也不知道巴克是谁。

“大人，你还真是吓我们一跳啊。随便拿出一张魔晶卡就是一亿金币。”巴克笑呵呵地说道。

林雷笑着说道：“金钱方面你们不用担心。”

林雷可是拥有芬莱王国数千年来积累的财富。

赛斯勒却说道：“林雷，我们现在对黑土城的居民这么好，是要让黑土城成为我们以后最坚实的根基，让这里的人绝对地支持我们，所以免征赋税在这一个地方施行就可以了。至于以后，最多施行低赋税。而且一个国家的运行，要形成一个良好的循环，不能总借助外部财力，要做到自给自足！”

林雷点了点头。

“我对于管理城池，不太懂。这件事情，就麻烦赛斯勒和詹尼了。”林雷笑着看了詹尼一眼。赛斯勒当年在混乱之岭掌管过一个公国，而詹尼当初在赤尔郡城的时候，也曾经代她弟弟掌管赤尔郡城数年时间。他们对于管理城池或国家，比林雷精通得多。

詹尼点头笑道：“林雷大哥，作为首领只需要知人善用就行了，一切交给我们。”

赛斯勒也赞同地说道：“詹尼说得对。林雷，你是我们的旗帜，在混乱之岭，一个绝世强者的影响力非常大。你看武神，武神长期在武神山上修炼不管事，可是所有人都明白，只要武神在，奥布莱恩帝国就不会倾覆。”

“大人，以后你对我们这方势力的作用，就如武神对奥布莱恩帝国一样。”巴克也说道。

林雷微微点头：“这个道理我明白。对了，我昨天去黑土城周围逛了一下。在黑土城城外东北方向大概数十里处，有一座小山，名叫黑乌山，我准备在那里修炼。”

无论是地系元素法则，还是风系元素法则，林雷都感觉它们十分深奥。林雷打算花费大量时间沉浸其中，好好感悟、吸收。

混乱之岭南部，一座可以容纳数十万人的郡城中，一座五层楼的酒店第五层的一个房间中，一位头发花白的老者打开一封信，仔细地阅读着信件内容。

“真是怕什么来什么。”这头发花白的老者眉头皱了起来，“廷皇命令不要去对付林雷，只是保持监视即可。前段日子，林雷他们那群人进入混乱之岭了，还以为林雷是在游历呢，没想到却占据了一座城池。他到底要干什么？”

老者心中有了不妙的感觉。

林雷是光明圣廷的一个大敌，是他们不愿意对付的敌人。

可现在……

“希望林雷只是来混乱之岭玩玩而已。”老者眉头皱起，最害怕的就是林雷是专门到混乱之岭来对付光明圣廷在此的势力，“我们不愿惹他，可他如果非要惹我们，我们也不得不出手了。”

老者作为光明圣廷在混乱之岭的一个高层人物，很清楚林雷一方实力的强大。

“至于现在，只能监视着，看看这林雷到底要干什么。”

黑土城城外，一座临近黑暗之森的海拔有一千多米高的山上，林雷正盘膝坐在一棵大树的树冠上。随着风吹过，树冠枝叶摇晃，林雷整个人也如同树叶一般轻微晃动着。

他的背后还背着一柄重剑。

背着三千六百斤的黑钰重剑，还能坐在树冠之上，对于风的控制，林雷的确已经达到一个极高的境界。

“这快和慢，也不是那么简单的。”林雷在脑海中不断演示着风的律动这一招。风的律动，实际上就是将风的两种形态完美地呈现在一招当中，截然相反的奥义使得剑刃上出现了空气刃。

可林雷发现，将快奥义、慢奥义分别研究下去，也有着其惊人之处。

“快奥义研究到极致、慢奥义研究到极致……”林雷完全沉浸在对风系元素法则的领悟之中。这种领悟完全是凭借灵光一闪，突然明白的，与感悟地系元素法则是一个道理。林雷就是在研究地系元素法则时，突然发现风系元素法则的一个道理，便立即去领悟。

在黑乌山苦修、领悟的日子，过得很快……

第276章
神秘山村

太阳高悬空中，雷诺此刻正在一座大山内跋涉。

“也差不多进入混乱之岭的地界了吧。”雷诺也不太清楚他走了多远。

连续十几天都在赶路，雷诺都是在一些荒凉的地方行走，即使看到远处有大城池也不进去。

雷诺现在所在的这座大山，占地极广。

雷诺走了许久后，走到了这座大山中的一个高处。朝四周观望的时候，他忽然发现，这座大山的山坳处竟然有一座祥和的小山村。雷诺舔了一下干涩的嘴唇，便抓住一些藤蔓，荡进了这个处于大山山坳处的小山村。

这小山村中的人们，看到雷诺进来后，都用好奇的目光看着雷诺。

显然，他们很少看到外界的人。

小山村的村民比较多，雷诺目测，起码有好几千人。山村内还有一个露天的小酒馆，但只是搭着简单的棚子而已。雷诺直接走过去坐下，说道：“给我来两壶水，然后再来几道菜和一瓶好酒。”

可一坐下，雷诺便注意到一点——

“这里怎么？”雷诺心中一颤。

他发现，这里的人随便一个都散发着高手的气息。以雷诺的眼力，这里六七级的战士很多，还有八级战士和强大的魔法师。这里的人不是战士就是魔法师，而且实力极强。

“兄弟，你怎么跑到我们这儿来了？”一个光头汉子拿着一瓶酒、两个碗走了过来，“来，喝酒。”

雷诺发现这个山村有些不寻常，当即回答道：“我是从罗奥帝国那边准备去混乱之岭的。我没走什么大道，而是翻山越岭。遇到大河就游过去，遇到大山就翻过去……没想到，我翻这座大山的时候，发现这里还有一个村子。”

那个光头汉子点头笑了：“原来是这样。”

“难怪，我们村子周围可没什么路。这座大山周围也荒得很，十年八年都难得见到一个外人。”另外一个男人也走了过来，笑着说道。

雷诺心头发怵。

眼前两个男人，实力都很强，雷诺估计他们都有七八级战士的实力。

“这到底是什么地方，怎么都是高手？”雷诺心中暗道。

跟这二人喝酒聊天后，雷诺发现这个神秘山村的人并不是与世隔绝，他们对于外界还是很清楚的。

“蒙妮卡殿下来了。”那光头男子忽然说道。

这时候，周围不少人都看向了同一处，雷诺也转头看过去——

只见一个有着碧色长发的美丽女子，在侍女的跟随下走了过来，同时还跟周围的村民热情地打招呼。雷诺看到这个美丽的女子，瞬间愣住了，那姣好的容貌、亲切的笑容……

即使经常游走于烟花之地的雷诺，也有种心动的感觉。

“我想，我找到了我的归属。”

雷诺曾经遇到过很多女孩，可是真正让他动心的还没有，这也使得他一直单身。可是在这神秘山村中看到的这个女孩，那种特殊的气质，却让他心动了。

这位叫蒙妮卡的女孩把目光转向雷诺。雷诺这时候才发现，蒙妮卡清澈的眼眸中有一丝淡淡的碧光，跟传说中的精灵一般，显得那般迷人。蒙妮卡笑着开口说道：“你好，外来者。”

雷诺立即站起，非常有礼貌地说道：“美丽的蒙妮卡殿下，我叫雷诺。”

蒙妮卡瞥向雷诺的左手，惊讶得张大了嘴巴，而后看向雷诺，问道：“你的手怎么了？”

“被人伤了。”雷诺随意地说道。

蒙妮卡立即走上前来：“把你的手伸出来。”雷诺也不多问什么，直接将自己的左手伸出来了。断指处仿佛能让人感受到当初被钳断时，那种心惊与疼痛。

蒙妮卡嘴巴微微动着，只是过了一会儿——

无数白色光点，如同梦幻的星云一般融入了雷诺的左手中，雷诺的左手伤口处竟然迅速地长出了两根手指。转眼，雷诺的左手就跟没被钳断过一样。

“这、这……”雷诺大吃一惊，惊讶地看着眼前这个叫蒙妮卡的少女。

他没想到，蒙妮卡竟然是一个光明系魔法师，而且还是高等魔法师，实力丝毫不比他雷诺弱。

当雷诺看到此刻蒙妮卡专注的表情时，心中一阵感动。

傍晚时分，夕阳西下，天上有一大片火烧云。

在山村西边的草地上，雷诺、蒙妮卡两人正并肩走着。雷诺看着旁边蒙妮卡的娇颜，心头有一丝满足感。

在这个神秘山村，雷诺已经待了一个多月。

这一个多月，山村中的人也没撵他走。

雷诺知道了山村中绝大部分人没离开过山村，只有极少数人偶尔才到外界去一趟。他们回来后，会将外界的事情告诉其他的村民。

蒙妮卡今年才二十岁，却已经是七级光明系大魔法师了。论天赋，比雷诺还要高。

“不能再这样下去了，我必须得将自己活着的消息告诉父母，告诉老三他们。”雷诺想早点儿见亲人，可是雷诺太喜欢蒙妮卡了。而对蒙妮卡而言，来自外界的雷诺知道的东西很多，跟他在一起聊天，蒙妮卡能对外界知道得更多。

特别是雷诺非常擅长交谈，跟雷诺在一起，蒙妮卡也开心得很。

“如果能永远跟蒙妮卡在一起，那该多好啊！”雷诺心中很期盼。

“蒙妮卡小姐。”忽然，一道声音从后方响起，一个银色短发中年人直接走了过来。雷诺心中一惊，这个中年人走到这么近的距离，他都没发现，看来此人实力也是了不得。

“米勒叔叔。”蒙妮卡回头看到这银色短发中年人，立即笑吟吟地喊道。

米勒面容质朴，看了雷诺一眼，随即对蒙妮卡亲切地笑道：“蒙妮卡小姐，时间不早了，你母亲还等着你回去吃晚餐呢。”

蒙妮卡点了点头，而后对雷诺一笑：“雷诺大哥，我先回去了，再见啊。”

雷诺也笑着点头。

蒙妮卡离开后，米勒这才凝视着雷诺，说道：“外来的小子，你在我们山村也有一段时间了。你现在必须做出选择——”

“选择？”雷诺感到吃惊。

米勒淡漠地点头：“你既然到了我们这儿，说明你跟我们山村有这个缘分。你现在有两个选择，一个是选择永久待在我们山村，成为我们村的一员，永远不可以离开；第二个是立即离开，以后再也不允许进来。你只有这两个选择，选择后如果违背约定，你必死无疑。”

米勒冷漠的话，使得雷诺一阵心悸。

“离开山村？或者永远留在这个不能出去的山村？”

这两个选择，雷诺都不想选。

“米勒先生，”雷诺连忙问道，“据我所知，村中不是有人可以偶尔出去吗？”

米勒瞥了他一眼，笑道：“对，我们山村每年都有比试。凡是比试结果前十名的人，便可以离开山村出去一趟。不过以你的实力……在我们村里前一百名都排不到，更别说前十了。”

雷诺此刻很是紧张。

“现在排不到，以后可不一定。”雷诺已经拿定主意，说道，“米勒先生，我决定成为这个村里的一员。”雷诺虽然爱他的父母，但是当初在军队中时，也经常一两年见不到父母一面。只要让父母知道自己活得很好，以后有机会再去看父母，应该没太大的问题。

雷诺知道，父母足以再活一两百年。

而蒙妮卡……雷诺担心，如果这次离开，他会后悔一辈子。

米勒微微点头："欢迎你成为我们村的一员。记住，不允许擅自离开山村，一旦被发现，你必死无疑。千万别怀疑我们村子的力量。"米勒说完，转身要走。

"米勒先生。"雷诺连忙喊道。

米勒转头看向他："什么事？"

"村里其他人出去，可以帮我传递消息吗？"雷诺询问道。

米勒点头说道："可以，不过，不能泄露有关村子的信息。我过两天就可以出去，你有什么消息，我可以代你传递。"

雷诺心中一阵惊喜，连忙说道："米勒大人，你出去后，可以帮我到道森商会任何一处的分部，告诉他们我雷诺·邓斯坦没死，现在活得很好，让我的亲人朋友们不用担心。"

"道森商会？"米勒看了他一眼，旋即点头。

"米勒大人，"雷诺忽然反应过来，"你不是说每年比试结果的前十名，才有机会出去一趟，你怎么说出去就可以出去呢？"

米勒看了他一眼："等你拥有了我这样的实力，也可以随时从村子里出去。"说着，米勒一晃就完全在雷诺的面前消失了。

雷诺心中顿时震惊起来："这个速度太可怕了。"

"大人，那个雷诺的实力并不怎么样，可是蒙妮卡小姐好像对他……"米勒恭敬地站在一旁，一位有着黑色长发的俊美又儒雅的中年人坐在石凳上，随意地喝着酒。

这儒雅中年人微笑道："蒙妮卡喜欢谁，随她自己，不要勉强她。那雷诺能选择留在村里，也算有点儿魄力。"

"可，夫人她……"米勒说道。

儒雅中年人笑道："哈哈……那我也没办法。如果那个雷诺真的喜欢我女儿，只能让他好好努力，别连我夫人那关都过不了。"

"明天你去黑暗之森的时候，小心一点儿，别得罪了黑暗之森的那位王者。"

儒雅的中年人看了米勒一眼。

“是，大人。”米勒恭敬地回道。

第二天上午，一道幻影从山村内疾速冲出，瞬间就划破长空，朝北方飞去，速度比林雷龙化成龙血战士的飞行速度快多了。一个小时左右，这个幻影已经快到黑暗之森了。

“嗯？”速度骤然减缓，米勒从高空朝下方看去。

黑土城是临近黑暗之森的，离黑暗之森不足五十里的距离。米勒此刻正在黑乌山的上空，他刚才的飞行速度虽然快，但是依旧感受到了一股强大的风系能量。

“也是修炼风系元素法则的？”米勒眼睛一亮。

米勒是修炼风系元素法则的。他仔细地看着黑乌山，只见一个穿着深青色长袍的身影，正持着一柄紫色的长剑，不断地闪现在黑乌山各处，那速度之快也是惊人得很。

“境界很高，数百年没跟风系元素的高手切磋了。”米勒心痒了，直接朝下方疾速飞了过去。

林雷此刻也注意到了上空疾速飞来的人影。

米勒直接落在黑乌山一棵大树的树冠之上，站在树冠上，遥看不远处的林雷，大笑道：“在下米勒，也是修炼风系元素法则的，不知兄弟可否愿意与我比试比试？”

第277章 米勒

林雷看着树冠上站着的人。

银色短发使得眼前人显得很精悍，他穿着的浅青色长袍被风吹得猎猎作响，整个人显得那般飘逸。

“高手。”林雷心中有种感觉，这个银色短发中年人，实力不会比他弱多少。

“在下林雷。”林雷也不隐瞒身份。

“林雷？奥布莱恩帝国的林雷？”米勒惊讶起来，旋即一笑，说道，“我早听说过奥布莱恩帝国有一个年仅二十九岁的天才，在石雕、魔法、战士三方面都取得了极高成就。没想到，我今天能够遇到你，你能跟黑德森打个平手，我米勒更要和兄弟你切磋切磋。”

林雷对米勒也很有好感。

这种直爽，很合林雷的脾气。

“好，那我就跟米勒兄弟好好地切磋一下。”林雷这段时间一直苦修，现在也希望跟一些实力相当的高手切磋一下，以便有所领悟。

林雷脱去了身上的深青色长袍，上半身直接赤裸着。随即，黑色的龙鳞迅速在林雷全身浮现，狰狞的尖刺也在额头、背部、肘部等处冒了出来。

米勒看到这一幕眼睛一亮：“龙血战士，哈哈，早听说了。”

林雷体表青黑色的斗气开始以特殊的节奏震荡起来。

林雷手持紫血神剑，看着米勒：“来吧。”

米勒一翻手，手中出现了一柄银色长剑，大笑道：“林雷，你可要小心一点儿，我的剑法的威力，可不比黑德森的攻击力弱。”米勒万分自信地说道。

林雷心中暗惊，黑德森的大地裂，林雷可是知道其可怕之处的。

“小心了！”米勒大喝一声，整个人骤然划破长空，一下子出现在林雷的旁边。

林雷脚下一点，一个后仰，斜着朝后方疾速飞退开。瞬间，林雷就到了数百米外的一棵大树树顶之上，可是米勒的长剑依旧擦到了林雷的脉动防御。

“好快的速度，看来不得不施展风影术了。”

一次交手，林雷就明白了，在风系元素法则速度方面的领悟上，他是不如对方的。

林雷念着风影术的魔法咒语，而米勒则是持着银色长剑在原地停顿了一会儿。等林雷念完风影术的魔法咒语，米勒这才疾速冲向林雷：“林雷，拿出你的绝招。”

“呼！呼！”

林雷同样疾速移动，两人此刻的速度是相差无几的。在疾速闪躲中，对着攻击过来的米勒，林雷翻手施展了风波动，一时间无数的紫色剑尖包围了米勒。

“痛快！”米勒的大笑声响起，只见一道银色剑影看似非常缓慢地在他身前画了一个圈。

看起来非常缓慢，可实际上，林雷的风波动还未攻击到米勒，就被那个圈完全给破掉了。林雷心中一喜：“这米勒修炼的就是风系元素法则中的慢奥义吗？”

这里说的快、慢，并不是单纯的速度，而是一种奥义。比如米勒的攻击，看起来速度慢，实际上却丝毫不比林雷的风波动攻击的速度慢。

“米勒，再接我一招！”林雷大喝道。

林雷、米勒两个人不停地闪动着，只是脚尖一点树叶，二人的方向就会迅速改变。瞬间，二人在黑乌山的高空再次撞击在一起。林雷那梦幻的紫色剑影仿佛慢到了极致，又仿佛快到了极致，两种奥义竟然有一种连绵不绝的特殊感觉。

“好！”米勒惊喜地大喝一声。

米勒手持那柄银色长剑，速度骤然降到了一个极为缓慢的地步，仿佛这柄剑有着亿万斤重一般，让米勒看起来是在艰难又缓慢地移动着。林雷可以感觉到对方在移动，可自己的紫血神剑无法避开对方的一剑。

“砰！”

两柄剑撞击在一起。

林雷仿佛被亿万斤的重物疾速击中一样，整个人一颤，接着就被击飞了，砸在身后远处的山壁上，并且把山壁砸得凹陷，使山壁上出现了一个人形的大窟窿。

“呼！”

林雷一会儿就飞出来了。

米勒此刻兴奋得很：“林雷，你的剑意……快、慢？两种相反的奥义，这、这……”米勒感到自己脑海中一道灵光亮起，仿佛想到了些什么。

林雷此刻同样惊喜得很，嘴角的一丝血迹都不在乎了。他心中全是刚才米勒的那一剑：“米勒防御风波动的一剑，柔和如微风，但这一剑攻击力之大，丝毫不亚于黑德森的大地裂。如果不是我最近在大地脉动上有所领悟，恐怕伤得会更严重。”

“这一剑，是风系元素法则中慢奥义的一种演绎。那一刻，好像空间都停滞了。”林雷清晰地记得对方那一剑给自己的感觉。

如同亿万斤的重剑在缓慢地移动，空间都仿佛因此停滞了一般。他感觉对方好像慢到极致。他的剑虽然快，但是在这短短的距离中，并不比对方快。

米勒、林雷二人脸上都有一丝惊喜的笑容，二人都凌空而立。

当二人从思考中恢复过来时，二人对视一笑。显然二人都有了一些领悟。

“林雷，我没想到，这两种相反的奥义竟然相辅相成。你真是帮了我一个大忙。”米勒有些激动。他和他神秘山谷中的几个朋友，除了他自己外，其他人都不是修炼风系元素法则的，也无法给他什么帮助。

林雷也感谢道：“米勒，我一直在思考，要让快、慢这两种奥义继续延续下去该如何修炼，你让我看清了道路。”

“我在风系元素法则方面也没什么更深的领悟，我们就此停手，如何？”林雷建议道。

米勒一撇嘴，说道："林雷，别谦虚，我知道你真正厉害之处是使用一柄重剑发出攻击。据说连黑德森那种有超强防御的强者都被你弄得受了重伤。来，让我试一下。"米勒期待地说道。

林雷有些犹豫。

大地奥义一出，那可是很危险的，说不定就会要了米勒的命。

"没事，林雷，尽管来，让我感受一下你最强的攻击。我的防御可是很厉害的。"米勒自信地笑着说道。

林雷见对方如此自信，便点头了。同时，林雷心底也拿定主意，大地奥义就施展一百重振动波，而不是极限——一百三十八重振动波。他猜测以米勒的实力，应该接得住一百重。

黑乌山上空，林雷、米勒二人凌空而立，林雷手中持着黑钰重剑。

"来吧！"米勒有些期待地说道。

"米勒，小心了。"说着，林雷整个人猛地冲向米勒，引起了可怕的气爆声。而米勒只是站在原地，手中看似随意地拿着那柄银色长剑，缓慢地移动起来。

空间再一次停滞了。

林雷的黑钰重剑轻飘飘地砸了过去，黑钰重剑一靠近那柄银色长剑，就陷入了停滞的空间中。

一柄是看似有亿万斤重却轻得很的银色长剑，一柄是看似轻飘飘却重得很的黑钰重剑，这两柄剑碰撞上了。

"砰！"

大地奥义之百重浪。

令林雷惊异的是，振动波的威力经过停滞空间的时候，竟然以比较快的速度被削弱了。当穿过那块空间，攻击到米勒体内的时候，振动波已经被削弱大半了。

米勒眼睛一亮，全身气浪澎湃，即使如此，他的嘴角还是溢出了一丝鲜血。他惊讶地看着林雷："林雷，你这攻击招数还真的很诡异啊！我的防御也属于很特殊的一种，可是你这攻击……"

强者战斗，速度、防御、攻击这几方面都是很重要的。如果哪方面缺陷太大，那就比较危险。

米勒的防御，也很特殊。

龙血斗气在体内涌动，林雷的伤势迅速被治疗好了。林雷惊讶地看着米勒："米勒，你刚才的那一剑，我总觉得好像引起了空间的变化。"正是引起了空间的变化，才使得林雷的振动波在传递过程中被削弱太多。

米勒笑道："是引起了空间的变化，但我也说不清楚，等你领悟到这一境界，也就清楚了。"

林雷微微点头，同时恢复了正常人类形态。

"好了，林雷，今天很高兴能见到你，更高兴交到了你这个朋友。如果你哪天要找我，可以去混乱之岭南部。在那里有一个比较出名的城池南山城，往南山城东南方向走一百里左右有一座大山，大山山坳处有一个小山村，我就住在那儿。"米勒笑道。

林雷欣然点头："有时间我一定去。"

"我的几个好朋友，还有我家大人也都住在那里。你到了那儿，与他们切磋切磋，进步会更快。"米勒热情地说道，"我去黑暗之森还有要事，那就先告辞了。"

和米勒告别后，林雷目视米勒疾速飞向北方，而后笑了笑，便立即脚尖一点，飞到上方一块平整的石头上，盘膝坐下静静地领悟此次与米勒切磋后发现的一些奥义……

玉兰大陆北方是无边的北海，在北海的北方，就是北极冰原。北极冰原幅员辽阔，比玉兰大陆还要大上数倍，然而整个北极冰原除了一些厉害的魔兽外，人类是极少的。北极冰原的地面就是冰块，而且都非常地坚硬。

"呼——"

寒风如刀子一样刮在冰山上，甚至刮出了冰屑，冰屑乱飞。北极冰原极其寒冷，环境极为恶劣，一般的强大战士在这儿生活都很困难。不过这种艰苦却宁静的环境，吸引了一些潜修者。

一座海拔数万米的冰山下方，两个强者疾速地交战着，其中一个正是奥利维亚。他的对手是一个碧色短发、身材瘦长、肌肉发达的冷酷男人，这个冷酷男人戴着黝黑的金属拳套。

“呼！”

光影一动，奥利维亚出现在这冷酷男人的上方，然后一剑劈下。

这个冷酷男人一晃，避开了这一剑。随即，他的右腿如同战刀一样狠狠地劈向奥利维亚。右腿的表面，竟然产生了如刀锋一样清晰的空气刃，这可比林雷的风的律动产生的空气刃要清晰得多。

“砰！”

奥利维亚连人带剑被踢得飞出去，狠狠地砸在了远处的坚硬冰面上。

“砰！”

冰面裂开来，出现了数十道巨大的沟壑。奥利维亚一口鲜血喷在了冰上。

“哼，奥利维亚，连我都比不过，还想挑战拉瑟福德大人？你在北极冰原只是最底层罢了。好好修炼去吧。”冷酷男子冷漠地说道，随即整个人疾速冲天而起，进入海拔达数万米的冰山内部，而后消失不见。

奥利维亚咳了一下，然后站起来，仰头看了一眼冰山：“下一次，我一定会击败你！”随即，奥利维亚身影一晃，也消失在冰天雪地当中。

第278章 迪莉娅的苦恼

“呼——”寒风呼啸，席卷天地，无尽的雪花弥漫空中。

披着白色毛皮长袍的迪莉娅，正站在窗口静静地看着窗外的天地。在她的身后有两只魔兽，分别是大地之熊哈顿和狂雷疾风鹰帕雷。两只魔兽也不吭声。

一声叹息从迪莉娅口中发出。

“父亲、母亲……”迪莉娅脸上尽是苦笑，她真的没有想到她的父母竟然欺骗她。当初听说奶奶病重，她乘着狂雷疾风鹰疾速赶回来后才发现，她的奶奶身体健康得很。

她回来的那一天晚上，气愤地质问她的父母：“父亲、母亲，你们为什么要骗我回来？”

原本，迪莉娅是想要一直跟着林雷的。

迪莉娅的父亲代亚·莱恩，却是看着迪莉娅询问道：“迪莉娅，你是不是喜欢上了那位龙血战士林雷？你回来这么多年不接受其他男孩子，也是为了他？”

迪莉娅当时很吃惊，她没告诉过她父亲她喜欢林雷。

“你怎么知道？”迪莉娅当即问道。

她的母亲却叹息道：“迪莉娅，你心里有事情为什么不告诉我们呢？这件事情还是你的老师隆尔斯大师回到玉兰帝国后，告诉我们的。他让我们准备你与林雷的婚礼。”

原本怒气冲冲的迪莉娅却害羞了。

迪莉娅的父母彼此对视一眼，摇头苦笑。她的父亲代亚·莱恩郑重地说道：“我亲爱的女儿，我现在必须郑重地告诉你，你跟林雷是不可能的。”

“什么?!”迪莉娅看着她的父亲。

她父亲严肃地说道：“迪莉娅，林雷的弟弟是奥布莱恩帝国七公主的丈夫，林雷是奥布莱恩帝国的圣域级强者，而奥布莱恩帝国跟我们玉兰帝国的关系，你明白。”

“对，我们玉兰帝国与奥布莱恩帝国是玉兰大陆上最强大的两个帝国，这两大帝国彼此敌对着，可这跟我和林雷有什么关系？”迪莉娅很是不平，“难道父亲你认为，我跟林雷在一起，会影响到家族？”

“是的。”

代亚·莱恩点头说道：“一个家族拥有一个圣域级强者，那这个家族将会强盛起来。但如果你跟林雷结婚，一旦我们玉兰帝国与奥布莱恩帝国发生大型战争，玉兰帝国皇帝是不敢相信我们莱恩家族的。”

迪莉娅此刻很是愤懑。

父亲的说法，她认为很可笑。

“迪莉娅，你想想，如果你是皇帝，发现自己帝国中一个大家族的子女，跟敌国的一位圣域级强者结婚了，是不是也会担心这个家族会背叛呢？”代亚·莱恩严肃地说道。

迪莉娅一愣。

她无话可说，因为历史上有过这样的先例。

当年，罗奥帝国的一个贵族小姐就嫁给了极东大草原上一个王国的国王，而后这个家族都叛国了，加入了极东大草原上的那个王国。

极东大草原，一共有三大王国。

草原人民生性彪悍，每一个都是天生勇猛的战士。虽然论人口，远不如与其接壤的罗奥帝国和莱茵帝国，但是这里的三大王国，跟这两大帝国斗了这么久，丝毫不处于下风。

“父亲，我跟林雷……”迪莉娅连忙说道。

代亚·莱恩打断迪莉娅，说道："迪莉娅，你是一个很聪明的孩子，你应该懂得这一切。我们莱恩家族经过千年来的积累，才有如今的地位。你嫁给林雷，陛下或许不会对我们家族怎么样。可是显而易见，陛下对我们家族的信任度会降低！"

"一旦信任度降低，我们家族的诸多子弟，在军队、官场上的升迁都会很难。"代亚·莱恩叹息一声，"迪莉娅，希望你能为家族考虑。"

"可是父亲，林雷他不是奥布莱恩帝国一方的人，他现在已经去混乱之岭了！"迪莉娅连忙说道。

"混乱之岭？"代亚·莱恩一怔，她的母亲也吃惊地看着迪莉娅。

迪莉娅连忙解释道："是的，父亲，林雷他志不在奥布莱恩帝国。他想要在混乱之岭打开局面，他以后只会属于混乱之岭。父亲……混乱之岭，跟我们帝国不是敌对的吧。"

代亚沉默片刻，缓缓点头。

的确如此，整个玉兰大陆，能够让玉兰帝国当作对手的，也只有奥布莱恩帝国。

至于混乱之岭，一个同时并存数十个公国的混乱之地，谁会将它当作对手？

"如果林雷他真的在混乱之岭开辟出了自己的领地，那你嫁给他，应该没太大问题。"代亚·莱恩缓缓说道。这一句话如同天籁之音，让迪莉娅松了一大口气。

代亚·莱恩看着迪莉娅，严肃地说道："我亲爱的女儿，我必须提醒你……等到有一天，在玉兰帝国皇族眼里，林雷不属于奥布莱恩帝国一方时，你才能跟林雷在一起，否则，绝对不行。"

"父亲，我明白。"迪莉娅爱她的父母、她的爷爷奶奶、她的哥哥、她的表姐等许许多多的亲人，她不想跟自己的家族走到闹僵的地步。

代亚·莱恩微微点头："这段日子，你最好待在帝都，不要去找那个林雷了。"

回忆起那一晚的谈话，迪莉娅又是一声轻轻叹息。迪莉娅清楚林雷已经是圣域级强者，寿命近乎无限。她如今是七级大魔法师，继续修炼下去，寿命也很长，她并不急于这一年半载。

透过窗户遥望东北方向，鹅毛大雪飘飘扬扬，天地间灰蒙蒙的，什么都看不清，而迪莉娅的目光仿佛能穿越空间，她看到了遥远的混乱之岭，看到了黑土城……

黑土城城外，一支支队伍正负重着在黑土地上不停地奔跑着，每一支队伍旁边都有军官在不停地呼喊："快点儿，快点儿，别掉队。掉队的，别想吃早饭。"

在一处凸起的高地上，巴克五兄弟中的老四布恩和老五盖茨只穿着长裤，赤裸着精壮的上半身，四处巡查着。

他们这一段时间并没有去攻城略地，一直在练兵。黑土城周围的几座城池，都感到了来自黑土城新城主的威胁，那些城主紧张得很，也不敢轻易地挑起战争。

林雷出现，一边看着那些战士训练，一边走向盖茨、布恩两人。

"大人，怎么样？"盖茨自豪地说道。

林雷点头，满意地说道："是很不错。对了，你们打算什么时候开始攻打周围的城池？"关于打仗等许多事情，林雷是一概不管的，除非到了最后关头，否则是不需要他出马的。

布恩憨实一笑："大人，我们还没攻打，这些城池中的一些人都已经来投靠我们了，说准备跟我们里应外合。"

"哦，有这回事？"林雷也笑了。

盖茨连忙说道："那还有假？大人，你是不知道，我们五兄弟的实力传开后，周围的许多城主都害怕了。对付那些城主，根本不需要动用军队，只要我们几个兄弟过去，占领城池那是轻而易举！"

林雷又笑了。

这种小城池，一个高手的确可以轻易占领，毕竟黑土城这种城池的军人也就几千人。一个九级战士可以轻易杀死几千人，也可以直接杀掉首领，令其他人投降。

不过，攻打公国就不同了。

一个公国的军队或许有十万人之多，如果以后跟光明圣廷斗，或许对方人马更多。面对人海战术，光一个有实力的战士是不行的，到时候魔法师的作用就要大得多了。

但只要不是圣域魔导师，人海战术的时候，两方军人的实力才是最主要的。

“你们这训练是？”林雷眉头一皱，疑惑地看着那零散的各个小队。

布恩解释道：“大人，这个训练人数是按照一个中队三百人的人数来划分的，每一个中队分开训练，每一个中队的中队长与六个小队长一同监督、训练士兵，这样效果会好很多。”

盖茨、布恩他们在北域十八公国都训练过士兵，知道该怎么训练士兵。

林雷在黑土城了解了事情的进程后，然后回到了黑乌山。

林雷的身影，如同一缕青烟飘进了黑乌山深处。林雷在黑乌山的住处，是在一个美丽的湖中央。湖中央有一块长、宽数十米的平整巨石，是林雷在黑乌山中寻找到的石头，被一剑劈开后，被搬运过来在湖中充当地基。

湖水中央，巨石只是比水面高出半米左右，林雷在巨石上搭建了一个木屋。

“贝贝，你在干什么呢？”林雷踏水而行，飘然来到湖中央，忽然发现贝贝那小身躯正在巨石边缘挖掘着什么。

“老大。”贝贝扭头对林雷笑道，同时用小爪子迅速地抓向巨石边缘，弄得碎石块乱飞，“我是在弄台阶啊，在这边上弄几个台阶，以后我趴在台阶上，下身可以浸入水中，多舒服啊。老大，我贝贝聪明吧。”

林雷笑了。

“扑哧——”贝贝一爪子下去，第六个台阶被贝贝弄出来了。一个台阶大概十厘米高，这一个终于浸在水中了。贝贝一屁股坐在最底层，四肢随意地拍打着湖水，惬意得很。

林雷笑了笑，看到湖岸上有着一些乱石，林雷单手一挥——

“呼——”狂风呼啸，可怕的旋风轻易地将远处一人高的巨石卷起来了，并卷到了林雷的面前。

黑乌山这优美的环境，使林雷的心情平静得很。他不自觉地想到了心中牵挂的人。林雷嘴角微微上翘，有了一丝笑意。

翻手取出一柄平刀，林雷当即在这块巨石上雕刻起来，以至于碎石块乱飞。

渐渐地，一个大概的人形出现了。贝贝两个小爪子搭在台阶上，仰头看着林雷雕刻。

“啊，老大，你是在雕刻一个女人啊。哈哈，我知道了，一定是迪莉娅。”贝贝在一旁嬉笑道。

而林雷完全沉浸在雕刻中，平刀时而迅猛如闪电，时而轻柔如同微风轻抚。林雷已经达到石雕宗师境界的雕刻水准，这使得林雷雕刻起来能够将心中所想，完全雕刻出来。

人形、细微之处……林雷完全在用心雕刻。

从早晨到第二天的傍晚，整整两天一夜，林雷终于停下了手中的平刀。

“呼——”林雷轻轻呼出一口气，细小的碎石块飞了出去。这个雕刻出来的女人有一种独特的英气，特别是那眼神……简直让石雕活起来了一样。

林雷满意地看着石雕，随即遥望西南方向，心中暗道：“迪莉娅收到我的信了吧。”

虽然林雷的初恋以失败告终，使得林雷在心底对爱情有些阴影了，但是迪莉娅一次次的所作所为都让他感到温暖。林雷必须承认——他喜欢跟迪莉娅在一起时那种温暖的感觉。

林雷在恩斯特魔法学院时，就清楚迪莉娅对他的感情。

他知道，迪莉娅在等着他的回应，可是失败的初恋，使得林雷心中总有些疙瘩，他无法开口。

第279章
两封信

在遥远的玉兰帝国帝都，虽然太阳高悬在空中，但是天地间还尽是寒气。迪莉娅穿着华贵的厚厚的袍子坐在庭院中悠闲地晒着太阳，她的手中正握着林雷寄过来的信件。这信件是通过道森商会的传信系统带过来的。

迪莉娅读着手中的信件，脸上情不自禁地露出笑容，显得极开心。

“迪莉娅，看什么呢？”厚重的声音响起，正是大地之熊哈顿。哈顿盯着迪莉娅手中的信，“来，迪莉娅，给我看看啊，让阿黄也开心一下。”

大地之熊哈顿跟迪莉娅的感情极好。

迪莉娅看到哈顿，立即将信件藏在怀中，鼻子一皱，娇声哼道：“阿黄，你又来闹了。老师呢，你怎么不在老师旁边？”

大地之熊摇头晃脑地说道：“主人已经闭关潜修了，没有十天半个月是不会出来的。现在主人不需要我在旁边，所以阿黄就来找迪莉娅了。”大地之熊对着迪莉娅咧嘴一笑。

迪莉娅今天心情很不错，和大地之熊打闹了好一会儿。

“迪莉娅，那信是那个林雷寄来的吗？”大地之熊低声询问道。

迪莉娅假装没好气地瞅了它一眼，但还是点了点头。迪莉娅的双眼中有着掩饰不住的欢喜。

林雷的信件中讲述了他这些日子里发生的事情，告诉了迪莉娅如今他在混乱之岭的黑土城，也告诉了迪莉娅到黑土城的具体路线。

虽然林雷没有明说让迪莉娅过去，但是到黑土城的路线说得这么清楚，林雷的意思已经很明白了。

“这个傻瓜，总是藏着掖着，想让人家过去就明说嘛。”迪莉娅在心中笑骂。

由于心情太好，迪莉娅一个人坐在椅子上都能笑出来。大地之熊也在旁边跟迪莉娅有一句没一句地说着。

“迪莉娅，明天就是玉兰节了，今天晚上你要回去吧？”大地之熊哈顿低声询问道。

迪莉娅听到这儿，眉头不自觉地蹙起，低叹一口气：“嗯，今天晚上家族是要聚餐的。唉……真的不想回去。”迪莉娅这一段时间回去过两次，每次家人都劝说她放弃林雷。

可是，这可能吗？

迪莉娅当初以为林雷死了，甚至决定一生不嫁给任何人，这样过了近十年。她现在知道林雷活着，而且很快就可以建立他自己的领地，她这时候怎么会放弃？

当天晚上，莱恩家族的重要成员齐聚在大厅，近百名重要家族成员都热情地举杯交谈着。最耀眼的自然要数如今的家族族长代亚·莱恩，代亚·莱恩不但自己本身极为了得，而且他的两个孩子也很厉害。

迪克西，如今已经是八级魔导师，还是大圣司的亲传弟子。

迪莉娅，早已达到七级大魔法师，是风系圣域魔导师隆尔斯的弟子。

这一双儿女，都是优秀至极的。

今天迪莉娅虽然没怎么打扮，但是那高贵的气质、天生的美貌，使得迪莉娅比在场任何一个贵族小姐都要耀眼。只是迪莉娅对聚会毫无兴趣，端着酒杯就走到大厅角落坐下了。

一个中年人捧着酒杯，看了一眼远处的迪莉娅，走到代亚·莱恩面前，笑道：“大哥，迪莉娅真是越长越漂亮了，帝都中不知道多少贵族青年都心动了。”

代亚·雷恩淡然一笑。

“大哥，里德亲王殿下的儿子，可是一直仰慕着迪莉娅呢。你说他们两个有没有可能……”

代亚·雷恩摇头说道：“老三，不要说了。如果迪莉娅真的愿意嫁给玉兰帝国帝都中某个贵族的话，早在几年前就已经嫁了，现在……你最好别去说，等会儿我让我夫人去说说吧。”

宴会上，向代亚·莱恩提这件事情的人很多。

显而易见，年轻的迪莉娅，不但貌美，而且有能力，还是风系圣域魔导师的弟子，背后还有强大的莱恩家族……这么优秀的女人，想要追求她的贵族青年，数不胜数。

角落里，迪莉娅独自一人静静地坐着。

“妹妹。”一个身高近一米八，有着金色齐肩长发的英俊青年走过来了，他的头发很柔顺。

迪莉娅抬头一看，露出一丝笑容：“哥。”

来人正是迪莉娅的亲哥哥迪克西。

如今的迪克西和当年在恩斯特魔法学院中一样，还是那般冷傲，可对他的妹妹，他还是很亲近和宠爱的。

迪克西坐在迪莉娅对面。

“怎么，好像心情不好？”迪克西微笑询问道。

迪莉娅摇头，无奈说道：“哥，你一直在大圣司那边修习，对我的事情你也不清楚。”

“有关林雷的？”迪克西询问道。

迪莉娅笑着瞪了一眼自己的哥哥：“哥，你还真是聪明。不过父亲和母亲都反对我跟林雷在一起。我一直很苦恼……因为我不想跟家族闹僵。”

迪克西点头，他明白妹妹的想法。从小看着迪莉娅长大，他很清楚——迪莉娅虽然属于那种很果断的女孩，但心灵深处，对家族的亲人是很依恋的。

“我估计今天晚上，母亲又会跟我说哪家哪家青年不错了。”迪莉娅苦笑道。

每次回来，父母总会找她谈这些事情。

迪克西眉头一皱，说道：“那些个纨绔子弟还想娶你？那林雷也做得不对，早就应该正大光明地到帝都来向你求婚。如果他这么做，我肯定支持他。”在心底，迪克西还是很欣赏林雷的。

因为这是一个比他还优秀的人物。

“他来求婚？”迪莉娅一怔，旋即笑了，想到了自己当初在乌山镇的那个深夜吻了林雷的场景。当时，林雷就是一副惊慌失措的模样。现在她主动暗示，林雷都不敢直接说爱她。就这样，还让林雷来帝都主动求婚？

“哥，林雷和你想象的不同。”迪莉娅笑道。

宴会的时候跟自己哥哥在一起，迪莉娅的心情还算不错。奈何宴会结束，跟父母谈了一段时间后，迪莉娅的心情又糟糕起来。她的父母不辞劳苦，一次次地劝说她。

她已经厌倦这些了。

玉兰节这天，迪莉娅来到了道森商会在玉兰帝国帝都的分部。

“迪莉娅小姐。”这里的负责人认识迪莉娅。

“麻烦先生帮忙将这封信送到林雷手上。”迪莉娅递出一封信。

负责人当即点头：“请放心，这封信我一定会让人送到林雷大师那儿的。”道森商会对于林雷的事情永远都处理得那么高效，当天就派人骑着飞行魔兽带着信件离开了玉兰帝都。

昨夜，一场大雪突然来袭，等到今天早上林雷从木屋中出来时，发现整个黑乌山已经覆盖了一层银装，一些积雪还在湖中漂浮着。早晨温暖的太阳悬挂在东方，阳光照耀在湖岸的树木上。巨石上，积雪反射出耀眼的光芒。

“呼！”

深呼吸，感受大雪后冰冷的空气，林雷脸上浮现出笑容。

贝贝也从木屋中出来了，揉了揉迷糊的小眼睛，然后用四个小爪子在雪地上留下了一个个印记。

“大人，大人。”那大嗓门老远就响起，甚至震得远处一些树枝上的积雪都簌簌直落。林雷转头看去，一个高大的身影疾速冲过来了，每一步都是十几米的距离。只见他在湖岸上猛地一蹬，整个人就越过了七八十米的距离，落在了湖中央平整的巨石上。

“盖茨，跑这么急干什么？”林雷笑道。

盖茨嬉笑道：“当然是大人你的事情，否则我怎么会跑得那么快？”

“我的事情？”林雷有些疑惑。

“喏。”盖茨从怀中取出一封信，“这是迪莉娅小姐的信，道森商会刚刚派人送到我们黑土城的。哈哈，道森商会的人啊，都决定在黑土城建立一个分部了。”

“迪莉娅的？”

林雷当即接过这封信，打开信封就开始阅读起来。

这时候，贝贝对着盖茨低吼道：“盖茨，你这个大个子到旁边去，别偷看迪莉娅给我老大写的信。”

“知道，知道。”盖茨真是哭笑不得。他不敢惹贝贝这个可怕的家伙。连圣域级魔兽黑鲁都自认不是贝贝的对手，他盖茨怎么敢惹贝贝呢?

林雷这时候在仔细阅读着。

尊敬的林雷大师：

你好，展信快乐!

你最近很厉害啊，都已经占领黑土城了。不过黑土城只是一座小城，你堂堂林雷大师是什么身份，难道只占领一个黑土城就让我过去？这难道不是很丢你的面子？

嗯，我决定了，最起码等你在混乱之岭建立了一个公国，我再过去。否则……哼，不见你了。

至于你问我现在过得怎么样？还不错。我现在就在老师这儿安静地修炼，我奶奶身体也好多了，我的事情，你就别担心了。你将你的心思用在混乱之岭，用在修炼上吧，不用担心我。

记住，我等着你呢。

你建立公国的时候，就是我离开玉兰帝国的时候，这是我们的约定。

不过，你也要小心一点儿，别太累着了，我有时间等的。等你的公国建立好，我就去见你！

你的……迪莉娅

林雷看了这封信，心中暖暖的，脸上不禁露出笑容，随后将信件翻手就收入了空间戒指中。旁边的盖茨故意调侃道："大人好像很高兴呢，脸上都笑开花了。迪莉娅小姐写了什么啊？"

"对啊，老大，写了什么啊？"贝贝觍着小脸对林雷问道。

林雷一笑，看了他们一眼，对盖茨说道："好了，我问你，盖茨，你们准备什么时候开始攻打其他城池？"

"我们随时都可以，可现在才过了玉兰节……"盖茨说道。玉兰节是整个玉兰大陆最值得欢庆的节日，军人们都是可以回去跟亲人团聚的，当然还是得有部分军人坚守岗位。

林雷摇头说道："出其不意，损失才会最小。"

"那大人您下令吧。"盖茨的眼睛发亮了。

林雷微微点头："你今天回去准备，明天一早就开始向周围城池发动攻击，务必以最快速度让周围的城池投降。我们现在的计划，就是先占领一个公国大小的领地。"

"是，大人。"盖茨响亮地应道。

"你去吧。"林雷淡笑道。

盖茨当即点头，之后就离开了黑乌山。

一直处于准备状态的黑土城，随着盖茨带来的林雷的命令，终于开始紧张起来。蛰伏如此久的黑土城终于向周围城池伸出了它的利爪。

第280章
势力扩张

玉兰历10010年1月5日傍晚时分，天地间一片灰蒙蒙。在一些阴凉的地方，还有积雪没有融化。此刻，图尔城陷入了压抑的氛围中。

图尔城城墙上，城主焦急地朝城外瞭望，城外模模糊糊的有不少人影，但看得不太清楚。

“黑土城到底来了多少人？”城主德勒对着手下呵斥道。

“城主大人，巡逻兵看到军队过来就立即来禀报了，但没看清楚到底有多少人。为首的那个壮汉好像是黑土城五大战神中的一个。”旁边的军官有些紧张地回答道。

“五大战神？”城主急了却佯装镇定说道，“他说是九级强者就是九级强者了？我还说我是圣域级强者呢。一个个都给我小心点儿，一定要给我坚守住！”

“是，城主大人。”军官领命。

图尔城面对黑土城的进攻，根本不敢出去交战，只敢在城池坚守，毕竟守城的难度相对来说要小一点儿。

老二安科冷漠地看着远方的城池。这一次黑土城的动作非常大，五支大队中只有一支留守黑土城，其他四支大队分别由巴克、黑鲨、布恩、盖茨四人率领，分别攻向黑土城周围最近的四座城池。

“停！”安科举起右手，大喝一声。

顿时，一千八百名士兵全部停住，都崇拜地看着前方那个高大的身影。巴克五兄弟训练士兵那是赏罚分明，平常也跟士兵们一起训练。士兵们负重奔跑，巴克五兄弟则是举着数十万斤的巨石训练。黑土城的士兵们自然愈加崇拜他们的首领。

“德勒，你给我听着。”安科一声怒喝。

蕴含不死斗气的声音，仿佛响雷一般在图尔城上空回荡着，令图尔城的士兵们都惊颤起来。单单声音，就让他们士气大降。看来传言是真的，这样的强者，他们可以抵挡得住吗？

城主德勒心底也有些惊慌，可是不想舍弃自己的城池。

“要说就快说，别浪费时间。”德勒鼓足勇气大喝道。他的声音在城墙处还算大，可传到安科这一方的时候，声音已经很小了，一点儿威慑力都没有。

安科继续如雷鸣一般大声喊道：“德勒，只要你献出图尔城，我就能饶你一命。否则……我这柄斧头可不会留情。”安科这么说的时候，图尔城的一些军人已经有异心了。

其实，早在黑土城攻击图尔城之前，图尔城中就有不少人暗中投靠黑土城了。

“哦，你还要硬扛？”安科的声音传到了图尔城每一个军人的耳中。

德勒咬牙，怒视着远处黑土城的人马。

“杀！”一声大喝，陡然响彻天地。

黑土城城墙上，士兵都是一惊。

城下对方的无数战士都怒吼着：“冲！冲！”

他们一个个都举着盾牌疯狂地朝图尔城冲过去，阵阵怒吼声，令图尔城的士兵惊慌了。

“弓箭手，给我射箭，射死他们！”德勒脸涨得通红，大声地怒吼着。

城墙上众多弓箭手立即拉起手中的弓箭，朝远处冲过来的敌人射过去。第一次集体射击，大多数利箭射在了盾牌上，少数利箭射伤了黑土城士兵，有三个黑土城士兵被射死。

“给我射死他们！”德勒怒吼着。

可还没等弓箭手进行第二次射击，安科就甩开了后面的军队，冲到了城门前。他怒吼一声，拔出他背后可怕的巨斧，对着城门猛地劈过去。

“轰——”

整个城墙都震动了一下，图尔城的城门瞬间就被劈得直接碎裂开来，大量的碎木块被劈得四散开去。安科即使不变身也是九级战士，像图尔城这种小城的城门，要劈开根本没难度。

“城门被劈开了！”

“那魔神杀进来了！”

各种喊叫声在图尔城中响起。城主德勒在知道城门被劈开后，脸色一下子刷白了。

“呼——”巨大的斧头一挥，周围的图尔城士兵被吓得立即后退。身上笼罩着不死斗气的安科，恍若魔神一般。

安科挥舞着可怕的巨斧，怒吼着：“挡我者，死！”

大斧头挥舞起来，宛如风轮一般。一开始，图尔城的士兵还会反击，只是一会儿就没人敢挡这个魔神了。

黑土城的士兵这时候也从城门处进来了。

“我们投降，我们投降！”

随着第一道投降声响起，此起彼伏的投降声响起来了。当安科挥舞着染血的巨斧冲到城墙上的时候，城墙上的士兵竟然都放下了兵器，而城主德勒则是蜷缩在地上，旁边几个军官正看着安科。

“大人，我是福尔德。”其中一个军官连忙恭敬地说道。

“哦，你就是福尔德。”

安科知道福尔德就是其中一个早在之前就投降了的军官。这场战斗还没开始，对方不少人就暗中投降了，加上黑土城这方有安科，这场战斗怎么可能不赢?

战争，是人的战争，胜败决定因素是人。

当彼此实力差距不大的时候，或许计谋等还有效。可是当实力差距太大时，这样的战斗根本没有任何变数，赢得毫无悬念。

玉兰历10010年1月5日，黑土城发动了战争。

玉兰历10010年1月6日，林雷一方就已经拥有了五座城池。他管辖的地区，如果包括辖区的乡下小镇，人口加起来也近三百万了。按照混乱之岭的规矩，一般要占领一个郡城，才有资格称为公国。

林雷一方的五个城池，都是小城。城内可以容纳的人口也就数万而已，而郡城是可以容纳数十万人口的。

这一场战役闪电般结束后，林雷一方暂时停止攻打城池，而是迅速地整编军队。黑土城原先的五个大队被整编成第一师团，这是最核心的一个师团。其他四个城池的四个师团，其规模相当于第一师团的三分之二。

四个城池的赋税都减少了，并且减少了大半。

在玉兰大陆，一般大型师团可以达到两万人左右。不过在混乱之岭，一般都是小型战斗，所以林雷的每个师团都是九千人，一共五个师团。

五个师团开始迅速整编、训练。

周围的一些城池再次感受到了威胁。黑土城这方实力强大，在黑土城这方整编、训练士兵的过程中，就有一个城池主动来投降了，原因是他们原先的城主带着巨额财产和护卫逃走了。

巴克、赛斯勒二人一同来到了黑乌山，仰头看着黑乌山。

“巴克。”赛斯勒忽然开口说道。

巴克看向赛斯勒，赛斯勒继续说道：“黑鲨在来混乱之岭的路上也达到九级了，你们五兄弟如今都拥有了圣域级实力，我这一两年也快突破了。征战有你们五兄弟，再加上我辅助，最重要的是，我们还有林雷以及他的两只厉害的魔兽。这样的力量，足以让我们建造一个公国，乃至一个帝国。”

“赛斯勒先生，你的意思是？”巴克眼睛一亮。

赛斯勒严肃地说道：“巴克，如今玉兰大陆上六大势力，除了奥布莱恩帝国、玉兰帝国外，罗奥帝国、莱茵帝国、神圣同盟、黑暗同盟，都没有神级高手。”

巴克点头赞同。

“其中罗奥帝国、莱茵帝国，这两个帝国中连和黑德森比肩的高手都没有，而我们不但有林雷，还有贝贝。”赛斯勒很自信，“一个帝国要建立，最重要的就是顶层的力量，顶层力量强大，一个帝国才有希望。”

巴克有点儿兴奋了。

“赛斯勒先生，你的意思是，我们一起建立一个帝国？”巴克看向赛斯勒。

赛斯勒笑道：“这只是我的一个构思。我们现在的目标是消灭光明圣廷在混乱之岭的势力。光明圣廷如今占据了混乱之岭近三分之一的地盘，要消灭他们，我们必须也要有不少地盘。等灭了他们，占据他们的地盘，我们就占据了混乱之岭大半区域。到时候再解决掉黑暗圣廷一方，混乱之岭就是我们的了。”

巴克感到心跳加速。

混乱之岭，这个一直处于混乱中的区域，单单论面积，虽然比奥布莱恩帝国小，但是赶得上罗奥帝国、莱茵帝国。

“建立一个帝国……”巴克眼睛放光。

“哈哈，不急，一步步来。以我们的实力，这么多人联手，在混乱之岭占据十几个公国，建立起一个王国来，应该还是比较有把握的。”赛斯勒自信地说道。

巴克连忙点头。

罗奥帝国、莱茵帝国，他们又有多少圣域级强者呢？这两大帝国，可不像奥布莱恩帝国、玉兰帝国的底蕴深厚，也不像光明圣廷、黑暗圣廷一样可以借助天使的力量。

比如罗奥帝国，圣域级强者能超过十个，就很了不得了。

林雷一方，有五个不死战士，等不死战士正常人类形态达到圣域级……那可是真正的圣域级不死战士啊！这五个，再加上林雷、贝贝……这样的可怕实力，就不必惧怕光明圣廷了。

建立一个帝国，有何不可？有何难？

“但占据整个混乱之岭是有难度的，因为内部很复杂。”赛斯勒微笑道，“不过我还是很有信心的。”赛斯勒转头看向黑乌山，林雷就在山上。

赛斯勒缓缓地说道："我心中有一个目标，终有一天，我们会建立起一个强大的帝国。至于林雷……他在我们帝国的地位，就如同武神在奥布莱恩帝国一样。"

"武神？"巴克很吃惊。

赛斯勒微笑着点头。

一个庞大的帝国，得有可以震慑其他势力的顶尖高手才能自立。如罗奥帝国、莱茵帝国，都是依附玉兰帝国的，就是因为他们没有顶尖高手。

赛斯勒梦想中的那个帝国，顶尖的存在就是林雷。

如武神坐镇奥布莱恩帝国，如大圣司坐镇玉兰帝国……未来的林雷，也同样可以坐镇那个未来的帝国。当然，现在的林雷，还没有那么惊人的实力。

"三十岁，就达到了现在这个可怕境界。这样的人物，他的未来会达到什么程度，你能想象？"赛斯勒笑着瞥了一眼巴克。

巴克点头。

林雷的强大，的确是让他们五兄弟佩服。

"走吧，去见林雷吧。"赛斯勒笑道。

赛斯勒这个活了八百多年的老家伙，如今有了这么一个念头，便越发有激情了。让玉兰大陆再多出一个帝国来，这是多么让人兴奋的一件事啊。

第281章

一座郡城

"轰隆隆——"

高达数十米的瀑布，水流湍急地冲下，轰击在深潭中，溅起无数水花。深潭中的水沿着一条狭窄的河道缓缓流淌，巴克、赛斯勒二人逆着这条狭窄河流不断地朝黑乌山前进。

这条河流的尽头是一潭宁静的湖水，湖中央有一座雅致的木屋。

木屋前，一个穿着宽松长袍、披着长发的年轻人正持着一柄紫色长剑缓缓挥舞着。说是缓缓，那是给巴克、赛斯勒二人的一种错觉，动作看起来慢，实际上却快得可怕。

那种视觉错乱的感觉，让巴克、赛斯勒发晕。

剑一出，仿佛周围的空间都扭曲了。

巴克和赛斯勒对视一眼，眼中尽是震惊之色。这才几个月时间，林雷竟然又突破了！他们从来没有见林雷施展过这种剑法，但从刚才看到的那幕判断，这剑法威力肯定很可怕。

巴克和赛斯勒站在湖岸边，静静地等待着。

许久，林雷收剑。

"过来吧。"林雷一挥手，一道气浪顺着湖面冲向对岸。旋即，木屋与湖岸之间竟然出现了一座气浪形成的气桥。

"直接走过来吧。别怕，掉不下去的。"林雷说道。

巴克和赛斯勒对视一眼，踏着这座气桥来到了处于湖中央的木屋旁。

林雷坐在木屋外的石桌旁，翻手取出一壶酒，三个杯子，淡笑道："赛斯勒，如果你前些日子过来，我恐怕只能用风把你卷过来了，还做不到刚才那一步。"

赛斯勒是九级亡灵大魔导师，虽然也快突破达到圣域了，但是无法飞行。以他的身体条件，想做到踏水而行也不行。

"大人，你刚才那是？"巴克还处于震惊中，赛斯勒也看着林雷。

林雷笑着解释道："这是对风系元素法则的一种运用。最近一段时间，在慢奥义上，我有所领悟，才可以做到刚才那一步。不过要做到让空间停滞，还有一段距离。"

"什么是空间停滞？"赛斯勒疑惑地问道。

林雷却不再过多解释。赛斯勒和巴克都不是修炼风系元素法则的，跟他们说，他们也不会理解。林雷当初跟神秘山村的高手米勒切磋后，脑中对修炼慢奥义有了清晰的路线，修炼起来自然事半功倍。

如果米勒看到林雷修炼的情景，肯定会吓一跳。

这才数月时间，林雷就做到了这一步，这种修炼速度太可怕了！

林雷为二人各倒下一杯酒后，举起酒杯笑着说道："你们这次来，有什么事就直说吧。"

巴克说道："大人，我们管辖区域经过一段时间的管理，军队经过整编，并进行了三个月的训练，如今差不多可以攻打其他城池了。"话音刚落，林雷脸上就露出了一丝笑容。

他一直期待着这一天。

"这一次，应该要攻打莫特郡城吧？"林雷说道。

旁边的赛斯勒点头说道："是的，根据我们的计划，这一次我们准备攻打三座小城和莫特郡城。"如今林雷一方有五座城池，五支师团军队，士兵足有五万多人。这样的实力与郡城相差无几。

况且林雷一方有顶尖高手，这是绝对的优势。

"攻下郡城，便有资格对外宣称我们建立公国了。"巴克笑呵呵地说道。

林雷一直记得信件中迪莉娅跟他的约定。等他成功建立公国后，迪莉娅就会从玉兰帝国出发来找他。

“林雷，”赛斯勒询问道，“你说等攻下莫特郡城后，该怎么发展？是继续攻打不属于光明圣廷、黑暗圣廷两方势力的城池，还是向光明圣廷管辖的公国发动攻击？”

等攻下莫特郡城，林雷一方管辖区域的最南端，就与光明圣廷掌控的区域接壤了。

这些区域明面上都是一个个公国，实际上由光明圣廷控制。其实想分辨出一个公国是由光明圣廷控制还是黑暗圣廷控制，很简单，那就是看这个郡城中的神殿。如果这个城池有光明神殿，那这个公国就是被光明圣廷操控；如果有黑暗神殿，就是被黑暗圣廷操控。

“攻打光明圣廷控制的公国。”林雷眼睛微微眯起，做出了决定，“随着我们的动作越来越大，光明圣廷的情报人员可能已经注意到你们五个了。知道是你们五个人后，他们如果还不知道这是我林雷一方的，那就怪了。”

林雷看着巴克、赛斯勒笑道：“等攻下郡城后，先稳固一下，整编一下军队。等军队整编好，就向光明圣廷管辖区域发起进攻。”

“当然，进攻范围要小，我们要先看看光明圣廷的反应。”林雷淡笑道，“看他们是直接反击，还是忍让，抑或是直接派高手来找我。”

赛斯勒明白林雷的意思，笑道：“对，如果光明圣廷一方要跟你正面对决，那公国的名字，就用林雷你的姓，定为‘巴鲁克公国’。

“如果光明圣廷一方选择忍让，那我们就装傻，先不公开你的存在，公国就先随便取个名字。”

听完赛斯勒的话，林雷赞同地点头。

现在就看光明圣廷如何应对了。如果光明圣廷的高手不出现，那林雷也不出手，就让巴克五兄弟不断地攻城略地；如果对方的高手现身，那就来一场对决吧。

“攻打莫特郡城的时间？”巴克看向林雷。

“尽快开始吧。”林雷回答。

林雷的一句话，令他一方管辖的五座城池快速地运转起来。其中一个师团，在安科、布恩、黑鲨三人的率领下，分别攻打三座城池。另外四个师团，在巴克、盖茨二人的率领下，攻击莫特郡城。

赛斯勒，坐镇黑土城。

“杀！”

原本，莫特郡城派出了两万人的大军准备在平原上先给对方狠狠一击。奈何巴克、盖茨二人率领的军队一阵狂攻，造成他们死伤无数。

巴克和盖茨完全是两个魔神。

每个军队都有一支精英小队，而巴克和盖茨就专门攻击这种精英队伍。哪里骨头难咬，他们就“咬”上去。

一下子，莫特郡城的两万大军被打得溃不成军，士气全无，许多人更是当场投降被俘虏了。

另外一些人想逃都逃不回去，因为莫特郡城的城门已经被关上了。莫特郡城城主根本不敢开门，一旦开门，那两个魔神就会冲进来，他就必死无疑。此刻，莫特郡城中的守军只有两万左右。

黑土城一方的军队在莫特郡城城外整齐地排列着。上万名被俘虏的士兵早就士气全无了，并且大多都是受伤的。

而莫特郡城城内，守军士气低落。

“怎么回事，他们怎么站那么远？”守军将领有些急了。这么远，完全在射程之外。

忽然，两个为首的宛如魔神一般的人物，持着巨斧竟然疾速冲了过来。速度之快，让人瞠目结舌。守军将领立即吼道：“神射手预备，射击那两个人，快，射击！”

从普通弓箭手中选出来的近百名精英，一个个持着复合弓，朝着下方的二人射去。奈何巴克和盖茨的速度太快，只有少数箭矢射到了他们身上，可即使射到了，也是直接反弹落下。

“哈哈，看我的！”盖茨兴奋地大吼一声，举着那柄令人心颤的巨斧，对着远处的城门轰然劈过去。

“砰！”

可怕的声响从城门处传来，高大且厚重的城门震动了一下，然后有了小裂痕，不过愣是没破。

“郡城的城门就是比普通小城的城门要坚固得多。”盖茨大笑道，笑声响彻天地，整个莫特郡城的守军都听得一清二楚，“老大，不用你来，我能解决这破城门。”

刚才那一下剧烈的震动，已经令城墙上的士兵们脸色发白了。

“有这么打仗的吗？”

“巨石，快，开启机关！”城主尖锐的声音响起。

郡城这种大城，城墙是足有十几米厚的，并且城门处设有机关。士兵将机关开启，一直卡在城门上方的巨石落下来了。

足有十米高的坚固石头一旦落下来，就是九级高手都难以破开。这石头是专门为了对付高手而设置的。

“巨石？”盖茨面色一变，怒吼道，“给我开！”

巨大的斧头仿佛落叶一样，轻飘飘地落在城门上。城门猛地一震，大半竟然直接粉碎。只听到“轰隆”一声，巨石落下了，竟然将整个城门完全堵住了。

“破！”巴克也是同样一招举重若轻。

“砰！”

巨石一震，石头碎块直落，巨石表面上出现了近一米深的大深坑。可是相较于巨石可怕的体积，这个深坑根本算不了什么。

巴克和盖茨对视一眼。

“只能按照大人吩咐的来了。”盖茨笑了起来。

按照林雷的说法，巴克五兄弟是不死战士的身份要保密。这是林雷一方的一个撒手锏，光明圣廷是不知道的。要展露，也只能将光明圣廷知道的展露出来。

“黑鲁！”巴克一声大吼。

“嗷——”一道震天的吼叫声响起。可怕的黑纹云豹，身体陡然变大，一下子变得足有十米高、二十米长，相当于三层楼的高度啊！看到这么一个巨型魔兽……整个莫特郡城的人都呆滞了。

“圣域级魔兽！”

守军将领都结巴了。

“轰！”三层楼高的黑鲁，化作一道黑影冲向城门。近千米的距离，城门足有二十余米高。眨眼，黑鲁可怕的身躯悍然撞击在足有十米高的巨石上。

只听到一阵可怕的轰鸣声。

巨石就如豆腐一样被撞击碎了，无数的碎石向后方飞去，城内的大量士兵被那些疾速迸射的碎石砸到了。

黑鲁竟然冲了过来。

“投降！我们投降！”

“投降！”

再厉害的士兵在看到这么可怕的魔兽后，也感到了恐惧，一个个都立即放下兵器跪下投降了。圣域级魔兽啊，这样的存在，是他们所能抗衡的吗?

“投降，我投降！”莫特郡城城主也跪了下来。

随着莫特郡城被攻克，林雷一方已有一座郡城、八座小城，管辖区域人口近九百万，已然算是一个比较大的公国了。

第282章

出发

深夜，一间安静的书房里，放置在书桌上的一根蜡烛摇曳着散发出昏暗的光。

书桌前，坐着一位鹰钩鼻、紫色长发，身材瘦长的男子，这男子正在翻阅一本厚厚的书籍。昏暗烛光下，鹰钩鼻男子的模样看不太清。就在这个时候，“咚咚咚”的敲门声响起了。

“进来。”鹰钩鼻男子头也不抬，继续看着手中的书。

“嘎吱——”房门开了，走进来一名看似精明的金发中年人。

这中年人一进来就关上房门，旋即恭敬地躬身说道：“裁判长大人，林雷那一方人马已经攻克了莫特郡城。”

这鹰钩鼻男子，正是光明圣廷裁判所的裁判长乌森诺。

光明圣廷，首领是光明廷皇。不过光明圣廷为了粉饰门面，对付一些高手时都是让裁判所的人出马。裁判所手段极其残忍，其首领裁判长，在圣廷中的威慑力丝毫不比光明廷皇弱。

“嗯。”乌森诺继续低头看着手中书籍。

金发中年人继续恭敬地说道：“攻克莫特郡城只是小事，最重要的是林雷一方在这场攻城战斗中召唤了那只神秘的圣域级魔兽。”

“召唤了圣域级魔兽？”乌森诺猛地抬起头。

乌森诺眼眸深邃如海，被乌森诺盯着，金发中年人感到心中发颤。可他还是强忍着恐惧，说道：“裁判长大人，林雷一方竟然在战斗中让圣域级魔兽参战，这可是赤裸裸的挑衅啊。”

一般战斗，圣域级强者是不插手的。

一旦圣域级强者插手，那就代表两方没有转圜的余地了，彼此间要拼命了。

虽然莫特郡城不是光明圣廷的地盘，林雷这么做也还不算是对光明圣廷直接宣战，但是他让圣域级魔兽参战是一种信号，向光玥圣廷挑衅的信号。

林雷的意思很明确了——

“我的魔兽都已经现身了，这一方人马就是我林雷的。你们光明圣廷怎么应对？”

这同时是一种震慑——

“我连圣域级魔兽都派出去了，你光明圣廷要想跟我斗，就让圣域级强者来吧，那些普通强者就别来了。”

“裁判长大人？”金发中年人看着乌森诺。

乌森诺深邃的双眸让人看不出他此刻的心情。突然，乌森诺开口了：“记住，从今天起，不要跟林雷硬拼，我们忍！”金发中年人感到吃惊，不可思议地看着乌森诺。

乌森诺，绝对是一个可怕的强者。

作为光明圣廷两大巨头之一，实力比黑德森只强不弱啊，而且光明圣廷在混乱之岭的圣域级强者不少啊，根本不需要怕林雷那几个人。

“裁判长大人，林雷一方也就他自己和两只魔兽而已。”金发中年人不理解地说道。

乌森诺淡然道：“不，他们一方圣域级强者可没那么少。如果我预料得没错，那五兄弟应该就是阿曼达的后代。如今他们五个可都是九级战士，一旦变身都是圣域级初级强者，最起码要圣域级中级强者才能击败他们。”

“不死战士？”金发中年人很吃惊。

乌森诺瞥了他一眼。

当初，希塞救下巴克五兄弟，还那么威胁施特勒，海廷斯就怀疑巴克五兄弟是阿曼达家族的。毕竟，能让希塞这么做的，只有这么一种可能了。

“他们和我们差得不多。”乌森诺又低头看着书，口中淡漠地说道，“记住，忍。”

“等林雷一方建立公国，攻击我们的地盘呢？”金发中年人又问道。

虽然他是光明圣廷在混乱之岭的总负责人，但是乌森诺一来，自然乌森诺是总负责人。

乌森诺淡漠地说道：“攻击我们的地盘，我们就退，将地盘让给他就是。”

“啊？”金发中年人吃惊地看着乌森诺。

乌森诺淡漠地说道：“他挑衅我们，我们就忍；他攻击我们的地盘，我们就让给他。这样才能让林雷认为我们畏惧他，实力不如他。但是，你要明白，他占领我们的地盘，自然要整编我们地盘的军队，而且要用城中的人。”

“哦！”金发中年人眼睛一亮，明白乌森诺的用意了。

“裁判长大人英明！”金发中年人兴奋地说道。

乌森诺淡然一笑：“战争，天时地利都是其次的，人是最重要的。要让人真正忠诚，有什么赶得上信仰的力量呢？林雷……我就让他知道信仰的影响力到底有多可怕。”

金发中年人心中暗惊：“乌森诺，太阴狠了。”

乌森诺实力明明这么强，手下高手也那么多，还用如此阴狠的一招。金发中年人完全可以想象——得意忘形的林雷一方的人马肯定会被打得很惨。

“你可以离开了。”乌森诺低头看着书，淡漠地说道。

“是，裁判长大人。”

金发中年人恭敬地离去了，昏暗的书房中只剩下乌森诺一人静静地阅读着那本书。此外，书桌上正放着一本卷宗，那卷宗上面有几个字——林雷·巴鲁克。

在混乱之岭北部，一股占领一座郡城、八座小城，管辖区域有近九百万人的势力悄然形成了。虽然占领了莫特郡城，但是林雷一方的政治中心还是黑土城。

如今的黑土城极其繁华。

没有税赋，使得许多人都想要移民到黑土城。只是如今的黑土城早就人满为患，黑土城人口管理部门也提高了移民的门槛。作为这股势力的政治中心，黑土城吸引了很多人来这儿。

“老大，这个黑土城变化好大啊。”贝贝站在林雷的肩上感叹道。

走在黑土城的一条主干道上，林雷环顾道路两旁的酒馆、服装店、兵器店等店铺。

当初，林雷来到黑土城，黑土城居民穿着破烂，大多面黄肌瘦、营养不良。然而几个月过去了，黑土城已经焕然一新了。

破旧的一些店面，如今翻修过了；街道，也被重新修整过了。

路两旁栽上了许多树苗……在一些酒馆中，林雷看到不少平民正在喝着酒，肆意地谈论着一切。他们谈论最多的还是他们的五位战神。

在近似无敌的五位战神的带领下，他们的生活安定了，没有税赋让他们的生活水平一下子提高了好几个层次。

“如果哪天五位战神被打败了……”酒馆中某一个人刚刚开口，顿时——

“喂，你说什么话！”

“战神是无敌的，怎么可能会打败？你小子就在这儿乱说话。”

不少人当即怒骂起来。这些普通民众都很享受这种宁静安稳的生活，自然不希望被破坏。

“在奥布莱恩帝国、神圣同盟，稳定的生活那是可以轻易得到的。可是在这混乱之岭，却显得那么珍贵。”林雷心头忽然一阵感触，“这就是长期战乱导致的。”

林雷心中忽然有一种期待。

“如果某一天，混乱之岭被统一，战乱消失……”

林雷看到那些平民的笑容，忽然发现自己心中有种开心、满足的感觉。

“统一？”林雷摇头一笑。

林雷虽然很希望这样，但志不在此。能够让自己亲人幸福，自己能够不断地攀登修炼的更高境界，他就已经很满足了。

“这些事情，还是交给赛斯勒、巴克他们吧。”林雷身影陡然一闪，街道上突然出现了一丝微风，林雷瞬间就消失在了人群当中。

黑土城城主府内，詹尼、丽贝卡、丽娜等一群人都在客厅中吃着午餐，林雷突然出现在了门口。

“大人！”巴克立即站了起来，其他人也都站了起来。

林雷连忙说道：“都坐下，我只是来看看你们，顺便说些事情。”林雷笑着走到餐桌旁坐了下来。

赛斯勒立即说道：“林雷，我们原先还准备去你那儿，将如今的情况都告诉你，现在你来了，詹尼，你向林雷汇报一下吧。”如今的詹尼，可是管理方面的一号人物。

詹尼刚要开口说话，林雷就笑着伸手阻止道：“詹尼，坐下，不着急。”

詹尼点了点头，坐下了。

“这方面的事，你们拿主意就可以了。我现在想啊，距离我们跟光明圣廷交战，估计还有一段日子。我想趁这段日子去南方一趟，和一些圣域级强者切磋切磋。”

林雷还记得米勒的邀请。

和高手切磋，特别是和领悟同种元素法则的高手切磋，会给他不少灵感的。如今他这一方的人马过段时间，就要与光明圣廷开战了。等到真正战斗时，他根本不敢随意离开，只能趁现在这段时间去。

“大人，你尽管放心。”巴克笑道，“再过七八天，我们就会对光明圣廷掌管的公国发动攻击。按照和大人商议的，如果光明圣廷跟我们硬对硬，我们也不掩饰，一个月后公国的名字定为‘巴鲁克’。如果他们畏惧，我们就装傻，公国名字先随便定一个，然后继续攻打他们。”

林雷点了点头。

“那就这样。黑鲁继续在你这儿，以防你们遇到什么危险。我跟贝贝就先出发了。”林雷当即站了起来。

“林雷大哥，不一起吃饭吗？”詹尼忽然说道。

林雷对詹尼一笑，摇头说道：“不了。”林雷随即身影一晃，就消失在了客厅门前，詹尼有些失望地低叹了一口气。

混乱之岭南部，那座幽静的、神秘的小山村中。

自从雷诺决定留在小山村的消息被公开后，雷诺就在小山村内受到了排挤，原因就是蒙妮卡。蒙妮卡在小山村里是最耀眼、最漂亮的姑娘，喜欢她的青年太多了。

原先，不少青年以为雷诺会离开，没觉得他是威胁。

可现在，雷诺不走了。

村头的酒馆中，雷诺坐在这里喝着酒。

“小子，到一边去。”三个青年走了过来，猛地一拍桌子，对着雷诺狠狠地呵斥道。

雷诺抬头看了他们一眼。

“怎么，不服？”三个青年体表都隐隐冒出斗气。七级大魔法师的实力，在这神秘山村中真的不算什么，村中修炼数十年就达到七级、八级的人有不少。眼前的这三个青年，最弱的一个都是七级战士，最强的一个是八级战士。

三人要揍他，他根本没办法。

雷诺深吸一口气，忍着就要挪位置。没办法，在这神秘山村中他没有任何依靠。而村中这些青年，其叔叔、大伯、爷爷等都是高手。他怎么跟人家争？更何况村中许多青年都是一起长大的，他们一旦联合起来，他一个外来的，怎么跟人家斗？

“你们干什么？”

蒙妮卡带着她的侍女走过来了，有些恼怒地呵斥道。

“蒙妮卡殿下。”这三个青年立即行礼。在这个神秘山村中，蒙妮卡父亲的地位最高。据说，千年以前，这神秘山村就存在了，而那时候蒙妮卡父亲的模样与现在一模一样。

蒙妮卡恼怒地瞪了这三人一眼，然后拉住雷诺的手：“雷诺哥哥，我们走。”

雷诺站了起来，深吸一口气，与蒙妮卡一同离开。

“只能靠女人，没用的东西！”那三个青年低声咒骂道。

与蒙妮卡一起离开的雷诺自然听到了这句话，他身体一颤，但还是跟着蒙妮卡走了。

他在神秘山村中，无依无靠，只能忍！

第283章
重逢

村边的草地上。

蒙妮卡让侍女先回去，而后手牵手跟雷诺单独在一起。

“雷诺哥哥，那些人太过分了，这已经不是第一次了。我去告诉米勒叔叔，让米勒叔叔教训他们。”蒙妮卡气得脸都有些红了。

雷诺看着蒙妮卡却微笑说道：“蒙妮卡，没事的，不用告诉你米勒叔叔。”

“可是雷诺哥哥，他们……”蒙妮卡焦急地说道。

雷诺摇头说道：“那些人只是见不惯你总和我在一起，他们嫉妒我，明白吗？”

蒙妮卡的脸一下子就红了。

雷诺见蒙妮卡害羞，刚才受的那点儿委屈早就不在意了：“蒙妮卡，为了你，我选择留在这座山村里，我早做好了受气的准备。蒙妮卡，你放心，我现在实力还弱，等我实力变强了，他们就不敢了。”

“可是，那要好久的。”蒙妮卡蹙眉说道。

雷诺自信地说道：“相信你的雷诺哥哥，我没事的。”

蒙妮卡乖乖地点头。

不得不说，雷诺对追求女孩很有一套。纯洁的蒙妮卡只跟雷诺相处几个月，就喜欢上了知识丰富、幽默、会关心人的雷诺。

两人手牵手，静静地走在草地上。

“如果这样走到永远，该多好。”蒙妮卡将头依偎在雷诺身上。

雷诺轻声说道："蒙妮卡，我们结婚吧。"

"啊？！"

蒙妮卡仿佛触了电一样立即抬起头，整个人一下子就蒙了。只是一会儿，她的脸就红了。

雷诺笑着低头看着她："蒙妮卡，怎么？你不愿意？"

蒙妮卡踟蹰着，然后蹙眉说道："我母亲不会同意的。"

"你母亲为什么不会同意？"雷诺追问道。

蒙妮卡摇头说道："母亲的要求很高。当初，她说要达到圣域级的人才能娶我，虽然被我父亲劝说住了，但依旧说最起码得是达到九级的人才行。实力太弱……我母亲会很瞧不起的。"

雷诺一下子傻眼了。

"你母亲她怎么……"雷诺不知道该说什么了。

蒙妮卡压低声音说道："雷诺哥哥，我母亲很冷淡的，只是在我的面前偶尔有些笑容，平常……连米勒叔叔都很畏惧她。"

雷诺心中一惊。他对米勒的实力有一丝模糊的认识，那种可怕的速度，恐怕连九级战士也很难做到。也就是说，这个米勒最起码是九级战士，说不定可能是圣域级强者。

两人在草地上谈了很久。

"好了，不早了。"蒙妮卡抬头一看天色，"我要回去吃晚餐了，回去晚了，母亲又要说我了。"

雷诺微微点头，目送着蒙妮卡离开。

蒙妮卡的住处，是神秘山村的一个禁地，除了米勒等少数人可以进去外，这山村中的一般人都是不允许靠近的。雷诺自然从来没去过，也没见过蒙妮卡的父母。

蒙妮卡刚走不久。

"雷诺，你挺舒服的啊。"五个青年走了过来。为首的青年一头金黄色长发，俊朗面容。雷诺一看到这人，就知道今天有些不妙了。

为首的青年，名叫维德里，是年轻一辈中的领头人物，如今刚过四十，是一名八级战士。

强大的战士、魔法师，寿命一般都很长，一般都能活到三四百岁，所以四十岁算是年轻人。

“雷诺，我上次已经提醒过你，别再去纠缠蒙妮卡。”维德里冷冷地看着雷诺，“人，要有自知之明。你小子，哪里配得上蒙妮卡？蒙妮卡的父母可都是圣域级强者，你又算什么？”

雷诺心头发怵。

他知道蒙妮卡的父亲是圣域级强者，但没想到蒙妮卡的母亲也是圣域级强者，这是他第一次知道。

“维德里大哥的父亲也是圣域级强者，他跟蒙妮卡才是一对，你个外来的小子算什么东西。”其他青年在一旁附和地咒骂着。这些青年都很看不惯，一个外来人竟然抢走了他们的“公主”。

“兄弟们，让这小子长点儿记性。”维德里冷漠地说道。

周围的四个青年立即围了上去，雷诺不停地后退，而后一转弯，立即朝村子里飞奔。可是他一个魔法师的速度怎么跟战士比？只是一会儿就被追上了。

顿时他遭受了一顿拳打脚踢。

天黑了，雷诺慢慢地一步步朝自己的住处走去，他的脸上没有一丝伤痕。那些人聪明得很，全部攻击在雷诺身上，因为村子里有严令不允许互相残杀。打架就算了，如果搞出人命，那些青年也会受到惩罚的。

这也是雷诺一直在忍的原因。他知道，那些人不敢杀他。

“嘎吱”一声，雷诺打开了自己的房门。

这时候，他的邻居——一位壮硕的中年人，笑着说道：“雷诺，你回来了？咦，你怎么了？看你走路姿势好像有点儿问题啊，又被那些臭小子给打了？”

雷诺努力挤出一丝笑容：“菲尔德大哥，我没事的。”

在村中，还是有不少人对雷诺好的，这些人大多是年纪大点儿的人。因为雷诺为人很不错，还是有不少人比较喜欢雷诺的，这菲尔德就是其中最关心雷诺的一个。

“雷诺，你以后少出门，或者你到我兵器铺帮帮忙。在我身边，我倒要看看谁敢来欺负你。”菲尔德连忙说道。

“谢谢。”雷诺挤出一丝笑容，进了自己的屋子。

在安静的屋子中，雷诺盘膝坐下，心中暗道：“那些浑蛋……在这山村中我毕竟算是外来者，只能忍。终有一天……等我实力真正提升了，就不再惧怕他们了。”

在山村中的日子过得很辛苦，可雷诺从来没想过放弃。每当受到欺负，雷诺心中都会想着蒙妮卡。只有这样，他才能更加坚定。

“老大、老二、老三……也不知道什么时候才能再见到你们。”雷诺想起了亲人朋友，旋即摇头，闭眼开始修炼起来。过去，他从来没有这么刻苦修炼过。现在他明白，只有在山村一年一度的比试中，名次达到前十名，才有资格出去。

天空湛蓝，林雷飘逸地飞行着，贝贝跟在旁边。下方是无边的大地，还有一座座如拳头一般大小的城池。中午出发，仅仅凭借风影术，下午林雷就来到了混乱之岭的南部。

林雷很容易就找到了距离南山城百里左右的那座大山。

“这个山村，果然藏得够深。”林雷飞行在大山峡谷上方，俯视那座宁静的小山村。林雷嘱咐贝贝，“贝贝，别用灵魂之力搜索，我们下去。”

贝贝嘻嘻一笑：“老大，我知道。对圣域级强者使用灵魂之力进行搜索，是很不礼貌的，对吧？”

林雷微微点头。

实力强的圣域级强者，对实力弱的人施展灵魂之力进行搜索没什么。林雷与米勒交谈过，知道这个神秘山村中圣域级强者应该有好几个，还有一个特别的

“大人”。

连米勒都称其为大人，实力绝对要比林雷强得多。

在这种地方，还是谦虚一点儿好。

还没等林雷飞下去，忽然一道人影就疾速飞了上来，正是米勒。米勒脸上满是兴奋的笑容：“哈哈，林雷兄弟，你来啦，实在是太好了！我回来就在想，林雷兄弟你什么时候过来呢。”

“米勒，你的实力真强，我刚到，你就发现了。”林雷吃惊地说道。他跟贝贝可都没有施展灵魂之力进行搜索，对方却这么快就发现他了，的确很强。

米勒自嘲道：“林雷，我可没有那么厉害的实力。你到的时候，我家大人发现了你，是他施展灵魂传音通知我来的。”

“灵魂传音？”林雷疑惑地看向米勒。

不是主人与其收服的魔兽之间，才可以做到灵魂交流的吗？圣域级强者最多发散灵魂之力用来搜索人，根本无法用灵魂之力进行交流。

“你我做不到，可不代表我家大人做不到。”米勒笑道。

林雷对这个神秘强者愈加好奇了。

忽然，又一个人影从下方疾速飞了上来。来人有一头火红的长发，那霸道的气息令林雷都感到心惊。这人，实力也是极强的。

“米勒，这就是你说的那位天才人物林雷？”红发大汉盯着林雷，仿佛看到了什么稀罕物一样。

米勒连忙介绍道：“林雷，这位是我的好兄弟利文斯顿。他是修炼火系元素法则的，实力跟我不相上下。”

旁边的红发大汉连忙说道：“什么叫不相上下？米勒，你跟我打，总是靠速度闪来闪去，有本事跟我正面对抗啊。”

林雷笑了起来。

“利文斯顿就这性格。”米勒笑着说道。

利文斯顿瞪了米勒一眼，而后笑着对林雷说道：“林雷，虽然我们在这山村中不怎么出去，但你的大名我们早就听说过了。你今年才二十九，哦，三十岁吧。”

林雷点头。

“羞愧死我了，我今年都一千多岁了。”利文斯顿自嘲道。

“没用，真没用。”贝贝的声音传来。

利文斯顿、米勒都看向悬在林雷身旁的小不点贝贝。这一看，米勒脸色一变，旋即惊讶地说道：“林雷，这只圣域级魔兽就是那个击败黑德森的魔兽？”

“就是贝贝我。”贝贝骄傲地扬起小脑袋。

米勒笑着点头，旋即对林雷说道：“来得早不如来得巧，今天刚好是我们村一年一度比试的第一天。我和利文斯顿都是负责主持比试的，过会儿比试就要开始了。林雷，你跟我们一起去看看吧。”

“村内比试？”林雷好奇起来。

林雷、利文斯顿、米勒三人并行朝下方飞去，米勒还跟林雷介绍着这村内比试的意义。林雷听了很惊讶，这山村管理得果然严格，连离开山村的要求都那么高。

山村东边的空地上，此刻已经聚集了几乎整个村子的人。数千人聚集在这儿，早就将比赛空地围得水泄不通。

这一年一度的村内比试，应该算是山村中最大的一件事了。因为参加比试的人会很多，而且比试会花费很长时间，所以一般第一天会由圣域级强者来主持。

“米勒大人、利文斯顿大人来了。”

数千人都看到远方天空中的三个人影疾速飞过来，一下子就认出来了米勒和利文斯顿。山村中高手是很多，九级强者也有一些，可是要出圣域级强者太难了，数百年恐怕都难得有一个。所以山村中的人，对米勒、利文斯顿这些人崇拜得很。

“咦，与米勒大人、利文斯顿大人一起来的是哪位大人？”不少村民都疑惑了。

此刻，在人群中的雷诺却是怔怔地站在原地，仰头看着那个熟悉的身影，那个正跟米勒、利文斯顿谈笑风生的身影。

“老……老三？”雷诺眼中尽是难以置信。

可林雷正跟米勒、利文斯顿谈话，又怎么注意得到数千人中的雷诺？

第284章

德斯黎

这座处于混乱之岭南部的神秘山村的大部分民众都齐聚在了一起。当看到米勒、利文斯顿和林雷一起飞来时，数千人一下子就沸腾了起来，激动地高呼起了两位圣域级强者的名字。

“米勒！米勒！米勒……”

“利文斯顿！利文斯顿！利文斯顿……”

潮水般的呼声在山村所在的山谷内不断地回荡，场上的气氛愈加热烈。

米勒、利文斯顿、林雷三人飞落到中央，米勒只是伸出双手在空中往下轻轻按一下，场上一下子就安静了下来。

所有人都看着处于中央的三人，不少人还注意到了林雷肩膀上那只可爱的小影鼠。

米勒脸上露出笑容：“今年和往年的比赛时间一样，然而这一次和往年有所不同的是，此次报名参加比试的人，达到了一千零二十二个，比往年要多得多；还有就是今年，在玉兰大陆声名远播的林雷大师来到了我们这儿。”

听到林雷的名字，山村中的数千人一下子就安静了，并将目光都聚集在了林雷身上，紧接着整个山村响起了更加热烈的欢呼声。大家都因传说中的天才的到来而感到激动。

“让一让。”雷诺不停地朝前面挤。

人太多了。在山村中一贯低调的雷诺一开始只是站在靠后的位置，而现在却是不断地朝前面挤。

“挤什么挤？”忽然，一道不满的声音响起。

雷诺转头一看，这人正是和自己有矛盾的维德里。此刻呼声震天，维德里冷眼看着雷诺低声说道：“怎么？想要近观林雷大师的容貌？哈哈……真是可笑！”

雷诺没有理会维德里，绕过他继续朝前面挤。

“大家安静。”米勒抬手，山村的民众都安静了下来。

当米勒刚要说话的时候，一道声音从人群中传了出来：“老三！”

此刻，在跟利文斯顿低声谈笑的林雷，一下子愣住了。

利文斯顿注意到林雷的表情变化不由得感到惊讶，低声喊道：“林雷？”

可是林雷仿佛没听见似的，缓缓转头朝刚才的声音源处看去。

那熟悉的身影就在人群中。

“老三！”雷诺激动得身体都发颤了。

“老四！”林雷此刻感到满腔的欢喜与激动，顾不得跟米勒、利文斯顿二人说什么了，瞬间化为一道虚影，直接冲到了已经从人群中挤出来的雷诺面前。

两兄弟直接来了一个拥抱，拥抱得很用力！

当知道这个好兄弟“死去”的原因时，暴怒的情绪充斥林雷的胸膛，在暴怒之下他直接杀了玉林亲王；当知道是胡克“杀死”雷诺时，林雷在营地准备杀死胡克为兄弟报仇。

后来，胡克说雷诺没死，林雷才没有杀死胡克。

林雷不是军人，在他心中，根本没有君权至上、君权唯一的概念。君权至上、君权唯一的概念将君主地位提升到了极致，就是君要臣死臣不得不死。这样说来，雷诺的死是正常的。

可在林雷眼中，这就是不可饶恕的！皇帝就是没有自己兄弟重要。皇帝怎么了？生在帝王家，继承了皇位，难道就一定比普通军士高贵？

“雷诺与林雷大师，这……”在场的人都震惊了。

特别是那个维德里，在他眼里只是小白脸的雷诺竟然跟林雷大师激动地拥抱在一起？他们两人到底什么关系？

林雷、雷诺放开了彼此。

林雷脸上难得露出极为开心的笑容，转头看向米勒、利文斯顿："米勒，抱歉，打扰你主持村内比试了。"

"没事。"米勒连忙说道，旋即疑惑地看向雷诺，"林雷兄弟，你跟这雷诺是？"

林雷将手很随意地搭在雷诺的肩膀上，说道："雷诺是我的好兄弟，跟亲兄弟一样亲的那种。"

雷诺笑着也拍了拍林雷的肩膀，努嘴说道："老三，别说得那么肉麻啊。"

"哈哈……"林雷笑得极开心。

之后，村内比试当然是照常进行，只是村内不少青年看到林雷、雷诺在一起，都感到脑袋发蒙。当初他们可都是欺负过雷诺的，对他拳打脚踢那都是家常便饭。如果雷诺告诉林雷，林雷告诉米勒……

米勒的惩罚非常严厉，如果这样，他们可就惨了。

"雷诺……这雷诺怎么跟林雷大师在一起了呢？"维德里等一群青年心中都感到憋屈。

等主持完比试的开幕仪式后，米勒、利文斯顿就带着林雷、雷诺一同离开了。他们一群人朝蒙妮卡的家走去。

"米勒叔叔，我就不去了吧。"雷诺看着远处密集的树林，立即说道。

这可是村内禁地。

米勒笑道："没事，你既然是林雷的兄弟，就一起来吧，没什么。"米勒忽然眉头一皱，失声笑道，"雷诺，你喊我叔叔，我称呼林雷为兄弟。这……这还真是……有趣啊，哈哈。"

林雷和雷诺一怔，然后反应过来了。

利文斯顿笑道："米勒，别废话，这称呼是各叫各的。我跟你都是一千多岁了，认识的圣域级强者，有三四千岁的，也有五千多岁的，我们还不都是直接称呼他们的名字。"

“我只是随便说说而已。”米勒撇嘴不满地说道。

雷诺笑了起来，没想到平常脸色总是冷冰冰的米勒竟然有这样一面，恐怕村中没几个人能见到米勒开玩笑的样子吧。雷诺明白，只有在同等级高手面前，这些人才会这么放开了来谈笑。

“米勒，快走吧。我对你说的那些高手一直好奇得很呢。”林雷催促道。

对神秘山村中的高手，林雷心中一直存着一丝期待。他猜测这个神秘山村的高手，或许就是武神口中所说的“潜修高手”。这些高手现在在玉兰大陆上没什么名声，但是可能在很久以前有名声。这些高手，比起现在声名显赫的人，实力强得多。

穿过密集的树林，出现了一片大的草地，草地上有着各种花儿，在草地中有一些石凳、石桌。

处于草地中央的是一片圆湖。

再穿过这草地，就来到了靠近山壁的位置。有好几座石屋靠着山壁，石壁内部也被打通了。

“雷诺哥哥！”一道惊喜的声音响起。一道白衣身影从不远处的一个石壁洞口跑了出来。林雷看着这个有着碧色长发的美丽女子，再看自己的兄弟雷诺的表情。

林雷轻笑一声：“老三，怪不得舍不得离开啊。”

雷诺尴尬一笑。

林雷见到雷诺这表情很讶异，花花公子雷诺竟然也会不好意思？难不成雷诺这次动真心了？

“雷诺哥哥，你怎么过来啦？”蒙妮卡一把拉住雷诺的手，兴奋得很。

雷诺立即拉着蒙妮卡走到一边，然后低声跟蒙妮卡解释。旋即，蒙妮卡吃惊地看向林雷：“他就是林雷？”

“哈哈，听说林雷来了？”一道大笑声响起。

只见三个身影从草地的另一端走了过来，刚才说话的人正是一个鹤发童颜的红脸老者。另外两个人，一个是胖墩墩的、貌似亲切的中年人；另外一个则是走在中间，穿着月白色长袍、有着一头黑色长发的儒雅中年人。

这儒雅中年人，明显是三人中的领头人物。

“父亲，”蒙妮卡立即跑到这儒雅中年人面前，热情地拉着儒雅中年人的手，旋即指向雷诺，热情地介绍道，“父亲，这个就是我和你说过的雷诺。”

蒙妮卡一上来就介绍雷诺，倒是让雷诺有些紧张。

这等于是见未来岳父啊，还是第一次见面。最重要的是，这个未来岳父，似乎是一个很了不起的大人物。

“不错。”儒雅中年人对雷诺亲切一笑。

米勒立即介绍道：“大人，这雷诺与林雷是一起长大的好兄弟。这次他们能够在我们这儿重逢，也是跟我们这儿有缘分啊。”

米勒说着就走向了儒雅中年人，同时嘴唇动了动。

儒雅中年人表情一滞，旋即就恢复了，却在旁人不注意的时候，随意瞥了一眼林雷肩膀上的影鼠贝贝，脸上的笑意又盛了三分。

“林雷，你好，很高兴能够见到你。哈哈……我给你介绍一下。”儒雅中年人热情得很，指着那位红脸老者，“这位是我的好朋友，海沃德，他也是魔法师，不过是火系圣域魔导师。”

红脸老者海沃德当即对林雷笑了笑：“二十八岁时就达到九级，佩服啊。”

“这位是福曼，是圣域级战士，他和你一样都是修炼地系元素法则的。”儒雅中年人笑道，“我还有一位朋友正在修炼，过会儿应该就来了。对了，我还没有自我介绍呢。”

儒雅中年人微笑地凝视着林雷：“我叫德斯黎，修炼的是光明系元素法则。”

林雷心底一颤。

“果然是他！

“按照武神的说法，玉兰大陆上有五个已经修炼到圣域级极限，只差最后一步就达到神域的强者。武神门法恩是其一，而这混乱之岭中的最强者德斯黎是其二。”

林雷明白，这种级别的高手一招就能击败自己，就如同法恩一招就能令自己眩晕倒地。

无论是法恩，还是德斯黎，只差一步就可以跨入神域，可这一步很难。如希塞，当年跟法恩不相上下的。花费了五千多年，希塞终于突破了那一步，成为下位神。

“林雷见过德斯黎先生。”林雷谦逊地说道。

德斯黎淡笑道：“走，到屋里去坐坐，我夫人过会儿也会出来。”

一群人当即进去。

“啊！”林雷惊讶地看着山腰内的建筑。

山腰内部被掏空出很大的空间，各种房间、庭院应有尽有。最重要的是，上方的石壁上镶嵌着各种晶石，五颜六色的，梦幻的光芒照耀在山内各处。

山腰内部，山泉流淌声偶尔响起，一切显得那么宁静。

此时，温度是比较低的，可是山腰内部有些暖和，让人倍感舒适。一处空旷地方正摆放着长方形石桌，石桌上放着各种水果、美食。

“林雷，你们先坐，我去喊我夫人。海沃德，你们几个帮我陪陪林雷。”德斯黎微笑道，随即就朝里面走去，左转右折。只是一会儿，德斯黎就来到了一个封闭的石室前。

只听得摩擦声响起，石门转开，一位穿着华贵白色长袍的碧发美女走了出来。乍一看，她跟蒙妮卡长得几乎一模一样。仔细一看就会发现，她比蒙妮卡更加雍容、成熟一些。

“夫人，”德斯黎微笑地看着美妇人，“走吧，今天不单单林雷到了，雷诺也来了。”

美妇人眉头一皱：“雷诺来干什么？”对于一个突然冒出来追求自己女儿的小白脸，她的确是不怎么喜欢。

“雷诺跟林雷是一起长大的好兄弟。”德斯黎解释道。

“好兄弟又怎么了？林雷不过是天才罢了。”美妇人不怎么看得起林雷，“如果不是他的修炼速度这么快，单单他那点儿实力，值得我为他出关吗？”

德斯黎笑着摇头：“夫人，我想，你最好还是别阻拦女儿和雷诺在一起了，对林雷态度也要变一变。”

“为什么？”美妇人眉头蹙起。

德斯黎自信地说道：“你去看看林雷肩膀上那只圣域级魔兽就知道了。我想……你看了后态度就会发生转变的。”

第285章 圣域魔导师

“哦？”美妇人疑惑了。

德斯黎脸上有着一抹笑容。他当初见到林雷肩膀上的魔兽贝贝就很吃惊，看到贝贝第一眼，德斯黎就决定必须要跟林雷搞好关系，即使要舍弃一些东西。

德斯黎一直不敢相信，贝贝竟然会认人为主。

德斯黎明白，既然林雷是贝贝的主人，那与林雷搞好关系是势在必行的。

“我倒要看看到底是什么魔兽。”美妇人见德斯黎故作神秘，便跟着德斯黎一同朝前面走去。走了好一会儿，德斯黎夫妇二人就来到了海沃德、利文斯顿、林雷等一群人所在的地方。

美妇人第一眼就瞥向林雷的肩膀。

可是，林雷肩膀上空无一物。

“在桌上。”德斯黎的声音在美妇人的脑海中响起。

美妇人这个时候注意到了那只可爱的小影鼠贝贝正捧着一杯酒非常惬意地喝着。

“竟然是黑色毛发！”美妇人心底一颤。

黑色的鼠类魔兽，可不一定是最低层次的影鼠。

光明圣廷、武神门等许多人或许不清楚贝贝的身份，可是混乱之岭、冰雪女神殿的人对此很清楚。

“父亲、母亲！”蒙妮卡开心得很。可是转眼，蒙妮卡又为雷诺担心了起来，自己母亲的脾气她是很清楚的。

德斯黎和美妇人一同向餐桌走去，在主位上坐下。

“德斯黎的夫人？”林雷惊讶地看着这个美妇人。

无论是发色，还是其他，蒙妮卡和她的母亲几乎是一模一样，外人刚见到恐怕会以为她是蒙妮卡的姐姐呢。不过，这美妇人身上那种冰冷的气息却让林雷感到心惊。

“又是一个强者，实力不比米勒弱多少的强者。”

林雷愈加感觉当初武神话说得很正确。武神当初说了，玉兰大陆那些潜藏数千年的高手中，神级强者之下就是五位达到圣域级极限的强者，如法恩、德斯黎；再下面，就是光明廷皇这个级别的；再下面，就是黑德森这个级别。黑德森这个级别只是潜修高手中最普通的。

难怪奥利维亚在北极冰原中那么吃瘪，毕竟他连黑德森都敌不过，在那里他还能击败谁？

德斯黎热情地说道：“林雷，我给你介绍一下，这是我的夫人冰瑟琳。”

“见过夫人。”林雷谦逊地说道。

冰瑟琳脸上露出了亲切的笑容：“真是抱歉，我一直在修炼，到现在才出来，还望别见怪。”这句话一出，顿时令旁边的蒙妮卡感到吃惊。

她母亲的脾气，那可是除了父亲外，别人都难以受得了的。

可是……母亲竟然会说抱歉？这还是她冷漠的母亲吗？

林雷第一次见冰瑟琳，自然不知道冰瑟琳的脾气，还以为冰瑟琳本来就这么亲切，当即笑道：“夫人客气了。”

“蒙妮卡，这个就是你说的雷诺？”冰瑟琳笑着看向自己的女儿，而后将目光停留在雷诺身上。雷诺早就被蒙妮卡提醒过了，心中对这个未来岳母也有一丝畏惧。

蒙妮卡连忙说道：“是的，母亲。”

“见过夫人。”雷诺心底有些紧张。

冰瑟琳赞许地看着雷诺：“嗯，很不错。蒙妮卡……你的眼光很不错呢，怎么不早点儿将雷诺带到家里来？”

冰瑟琳的话，让雷诺一下子开心起来。这个未来岳母，似乎很喜欢他呢。

蒙妮卡心中再次发蒙，这是她的母亲吗？

林雷对冰瑟琳好感大增，这个时候一道爽朗的声音响起：“大哥，听说有客人来了？”

只见一位有着耀眼的金色长发的中年人大步走了进来，他的目光一下子停留在了林雷身上，但也注意到了林雷旁边的贝贝，于是眉毛一动。

“希金森快来，就差你一个了。”德斯黎笑道。

旋即，德斯黎看向林雷：“林雷，希金森跟海沃德一样，都是当年和我一起来到这里的，希金森他是修炼光明系元素法则的。”

“见过希金森先生。”林雷当即说道。

希金森直接找了个空位坐下，笑道：“林雷别客气，来到我们这儿，你就当成自己家。”林雷听了感到心中暖暖的。这些人对自己的态度的确是没话说。

洞府内还有一些侍女。

侍女将各种美食送了上来，他们这一群人都闲聊了起来。雷诺跟蒙妮卡只是待在一边不敢说话，主要是德斯黎一群人跟林雷谈论，偶尔还会说说贝贝。

可是贝贝今天很少说话，用林雷的话说是在装酷。

在这过程中，林雷发现，这一群人当中的首领是德斯黎，其次就是当初跟德斯黎一同来到山村的海沃德、希金森二人，最后才是米勒、利文斯顿、福曼三人。

这很明显，米勒、利文斯顿、福曼三人都是称呼德斯黎大人，而希金森、海沃德都是称呼德斯黎大哥。

餐后。

酒足饭饱，大家自然想做一些事情。

一批高手在这儿，自然想的是切磋一下。

“林雷，福曼跟你一样都是修炼地系元素法则的，要不，你们两个切磋一下？”米勒在旁边笑着说道。

福曼胖脸一笑，露出两个酒窝："米勒，我跟林雷就没那个必要了。我修炼地系元素法则的路线与黑德森差不多，他跟黑德森比过，就不必跟我比了。"

利文斯顿瞥了他一眼："福曼，你怕了？"

德斯黎笑道："福曼说得对，他的实力跟黑德森差不多，再跟林雷切磋也是浪费时间。这样……海沃德，你来跟林雷切磋比试一下吧。"德斯黎看向林雷，"林雷，你可要小心点儿，海沃德的实力可是非常强的。"

"他是圣域魔导师啊。"林雷可记得德斯黎的介绍呢。

"圣域魔导师怎么了？"海沃德一笑。

林雷尴尬一笑，在林雷眼中，没有魔兽保护的圣域魔导师如果正大光明地与圣域级战士比试是很吃亏的。

林雷询问道："海沃德先生，你难道没有魔兽吗？"

"有的，还是一只圣域级魔兽，可惜死了。"海沃德叹道。

德斯黎也叹道："那是在两千多年前，那只圣域级魔兽是为了保护海沃德才死的。那一次，我的另外一个好兄弟也死了，我们想救也来不及，唉……"德斯黎、海沃德、希金森似乎都回忆起了当年的事情。

林雷心底一惊。

在有德斯黎的情况下，竟然连圣域级魔兽都需要为了保护海沃德而死去，由此可以想象那场战斗何等惨烈。

"你提魔兽干什么？难道你认为没有魔兽的圣域魔导师就不行？"海沃德笑着看向林雷。

林雷只能笑笑。

在林雷看来，跟一个圣域魔导师比试，他只需靠速度直接冲过去，在对方没有施展出魔法之前杀了对方，是轻而易举的一件事。如果让对方施展出魔法，恐怕他连逃命的机会都没有。

比试的输赢如果主要看速度快慢而已，那还需要比试吗？

"林雷，你达到圣域级这个境界后，是生活在奥布莱恩帝国的吧？"德斯黎忽然说道。

林雷点头说道："对，怎么了？"林雷很疑惑，德斯黎忽然问这个干什么。

德斯黎笑着说道："这就对了。奥布莱恩帝国因战士出名，玉兰帝国因魔法师出名。恐怕你在奥布莱恩帝国遇到的圣域级强者，都是圣域级战士，你还没有跟圣域魔导师真正战斗过吧？"

林雷一怔。

的确，跟他比斗过的圣域级强者都是战士，没有魔法师。

隆尔斯是圣域魔导师，却没跟他比过。

"圣域魔导师是比圣域级战士要少，可是没奥布莱恩帝国中少得那么夸张。"德斯黎感叹道，"在玉兰大陆上，一般四个圣域级强者中，一个是圣域魔导师，三个是圣域级战士。而在奥布莱恩帝国，恐怕十几个圣域级强者中，才有一个圣域魔导师，比例太小。"

"而玉兰帝国就不同了，平均两个圣域级强者中，就有一个圣域魔导师。"德斯黎话一出，令林雷心中一惊。

一比一？这玉兰帝国不愧是魔法师的摇篮。

德斯黎继续说道："神圣同盟也是因魔法师出名，不过神圣同盟是因基础魔法教育出名。而在玉兰帝国，因为大圣司的存在，才会有这么多圣域魔导师。一般只要成为大圣司的弟子，都有可能成为圣域魔导师。"

林雷心头发怵。

"两个强者啊！一个武神，一个大圣司。一个教出一堆圣域级战士，一个教出一堆圣域魔导师。"

"圣域魔导师，可没你想得那么简单。我告诉你，一个圣域级战士与一个圣域魔导师对战，圣域魔导师胜利的概率反而要高一点儿。"德斯黎微笑道，"圣域魔导师本来就比圣域级战士难修炼，连玉兰帝国这种以魔法师为主的帝国，圣域魔导师与圣域级战士的比例也只是一比一。"

林雷点头。魔法师的修炼历程，的确比战士难得多。

林雷一直奇怪，魔法师修炼这么难，如果达到圣域级还比不上圣域级战士，不是很憋屈？可是在奥布莱恩帝国，林雷看到的是圣域级战士的强大。对圣域魔导师，都没在意过。

“林雷，走，我们出去。今天海沃德就会让你知道圣域魔导师的厉害，以后遇到圣域魔导师可别掉以轻心。”德斯黎站了起来。

林雷立即站了起来。

只有经过真正比试，才会真正知道圣域魔导师的可怕之处。

贝贝这时候立即跳到了林雷肩膀上。

他们离开了洞府，雷诺、蒙妮卡可不会飞行，只能待在洞府中。其他人都出了洞府，而后飞出了这山谷。

林雷等人飞到山脉的另外一处。

“这是我们平常切磋的地方，就在这儿吧。”德斯黎说道。

德斯黎、海沃德、希金森、米勒、利文斯顿、福曼、冰瑟琳、林雷，一共八个人。旋即，林雷、海沃德二人凌空而立，彼此间隔百米左右距离。

“来吧！”海沃德笑道。

林雷也不谦让，脱去长袍，当即开始龙化成龙血战士。狰狞的尖刺从额头冒出，黑色龙鳞瞬间覆盖全身……瞳孔变成了暗金色。

林雷身影一动，疾速朝海沃德冲去。

“林雷的速度比上次要快一点儿了。”米勒发现了林雷的进步，“可是比不过海沃德。”

海沃德微笑着，在远处一动也不动，静待着林雷冲过来。当林雷距离他还有十米的时候，海沃德动了，整个人瞬间化作一道火光，一闪，立即与林雷拉开了距离，这距离还在不断地拉开。

论飞行速度，林雷不如海沃德。

“这……”林雷脸色大变。飞行速度不如对方，那对方不是可以施展魔法尽情地蹂躏他吗？

果然，只是一会儿，可怕的火热气浪以海沃德为中心散发开来，同时无数光点在海沃德上空聚集了起来。

一道响亮的鸣叫声响起，一只火凤凰出现了。

它有着金色双翼，有如皇冠一般的翎毛，冰冷高傲的眼神……比巨龙还要大的可怕体形。这一群人在这只火凤凰面前就如同蚂蚁一样。

“哧——”周围空气发出可怕的声响，火热气浪使得林雷不得不撑起防御。

“禁忌魔法凤凰幻化？”林雷心头发怵。

火系魔法号称攻击力最强。这单体攻击魔法凤凰幻化，威力只比次元之刃逊上一筹罢了。

林雷还没有实力应对。

这只火凤凰的体形忽然开始急剧缩小，模样越来越真实，最后缩小到了只有十米的大小。可是无论是翎毛还是眼神，就跟真的魔兽一样，而且火凤凰通体都变成了金色。

体形变小，给林雷的压力却更加大了。

“呼！”火凤凰身影一动，冲到了林雷面前。

林雷体表的青黑色气浪翻腾，这是林雷非常有自信的一招——脉动防御。

“哧——”林雷体表的青黑色斗气以肉眼可见的速度疾速消失，“这样下去，我最多支撑几秒钟。”林雷立即后退。

火凤凰飞到了海沃德的旁边，林雷这才暗松一口气。

金色火凤凰，太可怕了。

海沃德笑着看向林雷：“无论是战士，还是魔法师，达到圣域级都可以飞行。至于飞行的速度，却不一定是战士快一些。比如风系圣域魔导师、光明系圣域魔导师的速度就很快，就是我这种火系圣域魔导师，研究到我这个程度，速度同样快。单靠速度，我就让你追不到我，并且我可以轻易地打败你。

“当然，一些初入圣域的火系魔导师、水系魔导师，是不如你的。总的来说，速度方面的确是圣域魔导师比圣域级战士略逊一筹，可还是有圣域魔导师比圣域级战士强。”

林雷明白。

论速度，圣域级战士或许占有优势，可不一定能比所有圣域魔导师快，毕竟有些圣域魔导师的飞行速度是很快的。如果遇到速度更快的圣域魔导师，那就危险了……如果遇到了，圣域级战士只能选择逃。

“当然，你那种应对方法只适合少数圣域魔导师。”海沃德继续说道，“下面，你继续攻击我，我展示一下圣域魔导师面对圣域级战士的一般应对方法。”

林雷这个时候感觉到，或许圣域魔导师真的比圣域级战士可怕。

“准备好了吗？”海沃德脸上充满了笑容。

第286章 切磋

德斯黎、希金森、米勒等人都静静地站在远处，看着这一场比试。

“现在假设，我的速度不如你。”海沃德笑着看向林雷，“来，你来攻击我，看我是怎么应对你的。”

林雷有些期待。

速度不如对方，圣域魔导师是如何抵挡的呢？

林雷瞬间化作一道黑色的幻影，而海沃德则是化为一道火光疾速后退，不过很明显，这海沃德后退的速度远不如林雷前进的速度。

“我看看你怎么挡。”林雷盯着海沃德。

“轰！轰！轰！”

忽然，空中陡然形成一颗颗足有屋子大小的燃烧着的火焰陨石。大量的火焰陨石带着可怕的力量，疯狂地砸向林雷。密集的火焰陨石几乎瞬间就将林雷前面、上方空间完全遮挡住。

林雷脸色一变。

九级火系魔法——流星火雨。这一招虽然比地系禁忌魔法陨石天降的威力要小得多，但是这么多的火焰陨石冲过来，他必须破开才能继续追击海沃德。

这密密麻麻的火焰陨石，使得林雷连一丝闪避的空间都没有。

“轰！”林雷一往无前，狠狠地冲向火焰陨石。

一颗颗火焰陨石直接被林雷撞得向四周飞去，一些陨石更是直接被撞得碎裂开来。虽然林雷身体强悍，不惧这点儿攻击，但是连续撞击火焰陨石令他速度大减。

“砰！”一拳砸碎挡在前面的最后一颗火焰陨石，林雷终于看到了远方的海沃德。

海沃德凌空而立，脸上满是笑容：“林雷，你又输了。”

林雷点头。

“你这九级魔法伤不了我，却让我的速度大大降低了。我冲出来时，你恐怕已经发出禁忌攻击魔法了。”林雷非常清楚，但他没有任何办法。那些火焰陨石不是一般的石头，林雷使出自己最强的力量才勉强破开的。

在旁边观战的德斯黎说道：“林雷，圣域魔导师对付圣域级战士最基本的办法，就是瞬间施展出魔法来阻拦对方，然后迅速和对方拉开距离，然后再施展禁忌魔法攻击对手。”

林雷点头。

“海沃德先生，你竟然能瞬间施展出九级魔法，这真是……”林雷感觉对方很可怕。如今的林雷即使借助盘龙戒指，也只能够瞬间施展出七级魔法。

海沃德呵呵笑道：“当然，一般的圣域魔导师精神力都很强，可以瞬间施展出八级魔法。我能瞬间施展出九级魔法，只是因为修炼了这么多年，精神力更强罢了。”

林雷心中暗叹：“凤凰幻化，能将数百米高的火凤凰缩小成十米大小，过去我都没听说过。”

一般禁忌魔法凤凰幻化，形成一个百米高的火凤凰就很可怕了，可海沃德……

海沃德明显算是圣域魔导师中的巅峰人物了。

“危险时刻，圣域魔导师能瞬间施展出八级魔法，即使只是八级魔法，也能减缓你的速度。”海沃德肯定地说道。

林雷点头笑道：“可是，没海沃德先生这九级魔法效果好啊。我冲破你的火焰陨石，要花费的时间会长许多。如果是八级魔法来挡我，我的速度估计要快得多。”

“林雷，你在圣域级战士中也算是巅峰人物。如果是一般的圣域级战士，他们面对瞬间施展出的八级魔法，速度可没你快。”海沃德说道。

林雷点头。

林雷完全明白了，就好像一个普通人，跑一百米或许要十几秒钟，可是如果跑道上都是烂泥，他或许要花费二十几秒，甚至更长时间。烂泥，对普通人而言没什么攻击力，可挡在路途中，绝对可以让速度变慢。

火焰陨石对于林雷而言，就如同烂泥对于普通人在跑道上是障碍一样。所以，他的速度自然会变慢。

“林雷，你要明白。圣域魔导师在对付圣域级战士时，所做的一般都是减缓对方的速度，如瞬间施展出魔法，像黑暗系中一些减缓术等负面效果的魔法等。只要你一时间追不上他，圣域魔导师就有机会施展禁忌魔法来攻击你。”

德斯黎等人飞了过来。

“遇到圣域魔导师的禁忌魔法，知道厉害了吧。”德斯黎笑着对林雷说道。

林雷点头。

禁忌魔法很可怕，就如凤凰幻化，林雷即使一剑刺穿火凤凰的脑袋，但火凤凰会不在乎地继续攻击。因为它是元素形成的，根本不是真正的生物。这种禁忌魔法，比圣域级魔兽还可怕。

至少，圣域级魔兽还害怕被攻击。

对付禁忌魔法，只能一次次攻击对方，让对方的能量消耗完。

“林雷，”冰瑟琳也微笑着说道，“瞬间施展出魔法让对手的速度受到影响，只是圣域魔导师比较普通的一个应对方法。其实，圣域魔导师还有一个极为厉害的应对方法。”

“哦？”林雷惊讶地看向海沃德，“海沃德先生，难道你还有别的应对方法？”

圣域魔导师，未免太可怕了吧？

海沃德点了点头：“那是当然。这个应对方法，是圣域魔导师最依仗的一招。林雷，你再来攻击我，我让你亲身感受一下，你就会非常清楚。”说着，海沃德飞速退开，和林雷保持百米距离。

“最依仗的一招？”林雷感到好奇。

“轰！”林雷再一次冲向海沃德，然而海沃德在远处一动不动，自信地看着林雷。

当林雷要靠近海沃德的时候，林雷的脸色陡然大变。他感觉到一股可怕的精神风暴一下子席卷了他，并冲击他的灵魂。仅仅瞬间，林雷就感到脑子一阵眩晕，身体一晃，过了数秒钟后才清醒过来。

数秒钟，在圣域级强者的对战中，已经能决定生死了。

林雷吃惊地看着海沃德：“精神攻击？”

“哈哈……”米勒飞过来笑道，“林雷，这还算不上精神攻击。如果是精神攻击，你恐怕早就头痛欲裂地坠下去了。”

德斯黎一群人都飞了过来。

德斯黎问道：“林雷，魔法师比战士，强在什么地方？”

“精神力。”林雷毫不犹豫。

德斯黎点头说道：“对，魔法师最强的就是精神力。圣域魔导师的精神力更是如汪洋大海一般可怕，他们的精神力比圣域级战士不知道要高了多少。除了少数刚刚进入圣域级的魔法师，绝大多数圣域魔导师都会精神风暴这种比较初级的攻击。”

“精神风暴，并不是靠领悟元素法则创出的精神攻击，而是直接靠大量的精神力冲击对手的灵魂。这种攻击比较简单，一般达到圣域级后，过不了多久，圣域魔导师就能施展。”海沃德肯定地说道。

林雷明白了。

精神风暴，就是大量的精神力一起冲过来，一次次冲击对手的灵魂，但实际上对灵魂的攻击并不强。

“海沃德当然早就领悟出精神攻击了，如果他真的用精神力攻击你，你可就惨了。”德斯黎笑道。

林雷明白精神攻击就是灵魂攻击的本质，是让精神力瞬间凝聚成“尖刀”刺在对手的灵魂上，这种攻击才是真正的可怕。灵魂不够强的，甚至可能被直接刺破，导致魂飞魄散。

“精神风暴。哈哈……”海沃德摇头笑道，“这个名字是很久以前的圣域魔导师们取的，但实际上这是精神力最基础的攻击罢了，也只能对付精神力比他们弱太多的圣域级战士。”

林雷心中一阵惊悸。

圣域魔导师，的确很可怕。

无论是瞬间施展出魔法来减缓对方速度，还是施展精神风暴冲击对方灵魂，都很可怕。

“圣域魔导师的数量比圣域级战士少，所以圣域级战士略微占优势。”希金森哈哈笑着，朗声说道，“林雷，圣域级战士中有强者，圣域魔导师中也有强者。到底谁强，还是要看个人的。”

林雷点头。

如果他真的跟海沃德拼命，刚才面对海沃德的火焰陨石阻挡，林雷完全可以施展大地奥义——百重浪，让面前的火焰陨石化为齑粉，冲出一条通道来。

要知道当初林雷一剑，就穿透了图焦山。

刚才，林雷与海沃德只是模拟圣域级战士与圣域魔导师对战罢了。如果真的是生死战，恐怕贝贝也会出击。林雷、贝贝从两个方向冲过去，以贝贝的速度，又有多少圣域魔导师比它快？

即使是精神攻击，难道可以同时攻击林雷和贝贝两个？

圣域魔导师比圣域级战士强，只是一般的结论，并不能一概而论。林雷明白这一点。

当然，海沃德要杀他绝对很简单，对方如果施展精神攻击，以对方的精神力，绝对可以让他头痛得坠下去，再以火凤凰攻击，他根本无法逃命。

强中更有强中手，海沃德是厉害，可是遇到法恩恐怕又不行了。法恩的精神攻击林雷可是领教过的。

在和德斯黎等一群人飞回去的途中，贝贝在林雷的肩膀上跟林雷灵魂传音：“老大，等你以后修炼到圣域魔导师这个级别，龙血战士和圣域魔导师的能力结合，哼……要对付他们那是轻而易举。”

林雷笑了。

他如果正常人类形态达到圣域级，魔法方面也达到圣域级，两者相结合，实力恐怕要翻上数十倍乃至更多。那时候的林雷，也会有信心和法恩、德斯黎这种级别的强者一战。

玉兰帝国帝都，隆尔斯居所。

迪莉娅坐在庭院中喝着茶水，翻阅着隆尔斯的魔法笔记，而狂雷疾风鹰帕雷以及大地之熊哈顿则在一旁相互用魔兽语言低声交谈着。

“嗯？”迪莉娅看着魔法笔记中提到的一点，眼睛一亮，脸上有了笑容。

圣域魔导师对魔法的理解，的确很深，迪莉娅感觉自己受益良多。

“有外人来了。”大地之熊哈顿的声音响起。

迪莉娅疑惑地抬头看向哈顿：“有人来了？怎么护卫没有来禀报？阿黄，你是不是故意在这儿乱说啊？”迪莉娅笑着看向大地之熊哈顿。

大地之熊哈顿那小眼睛努力瞪大：“迪莉娅，你不相信我？我是那种熊吗？”

“的确有人来了。”迪莉娅这时候也感觉到了。

论对周围环境的敏锐度，她远远不如圣域级魔兽。

过了一会儿，外面脚步声响起。

“请问隆尔斯大师在吗？”淡定、自信的声音在外面响起。

“进来吧。”迪莉娅随意地说道。

对方能不经禀报就来，绝非一般人。只见庭院门被推开，两位英俊帅气的青年一同走了进来，迪莉娅一看立即站了起来：“迪莉娅拜见陛下。”

这两名青年，其中一人正是玉兰帝国的皇帝蓝德大帝。

蓝德陛下看到迪莉娅，眼睛一亮，笑道：“迪莉娅是越来越漂亮了，对了，你老师呢？”

“陛下，您跟乔治先在这儿等一下。”迪莉娅说道，而后看向大地之熊哈顿，“阿黄，问问老师，他现在有时间吗？陛下要见他。”

和蓝德陛下一同前来的青年，正是如今玉兰帝国最年轻的玉兰阁大臣，也是皇帝陛下身边的红人——乔治。

第287章
死心吧

蓝德陛下笑着对迪莉娅说道："迪莉娅，本皇也有一段日子没见到你了。你从奥布莱恩帝国回来，也不去皇宫玩玩？"

论年纪，蓝德陛下跟迪莉娅相当，关系也是很不错的。

"老师要求很严格，我必须认真修炼魔法。"迪莉娅故作无奈地说道。

蓝德陛下笑了。

就在这时，大地之熊哈顿对蓝德陛下说道："喂，那个蓝头发的，我主人让你进去。"

大地之熊哈顿说话没有一点儿礼貌，可是蓝德陛下丝毫不介意："阿黄，你即使不称呼本皇为'陛下'，也要称呼一声'蓝德'吧。这样，本皇至少还有一点儿面子啊。"

"阿黄是你叫的吗？"大地之熊哈顿那毛茸茸的脑袋扭过去，似乎很是不屑。

蓝德陛下笑了笑，跟乔治、迪莉娅打了声招呼，走进屋内。

此刻，庭院中就只有乔治和迪莉娅两人了。迪莉娅对乔治的印象很不错，因为乔治是林雷的好兄弟。

乔治应该是林雷他们四兄弟中最冷静、最沉稳的。他的脾气也是最好的，很少跟人发脾气，人缘极好。

迪莉娅却很清楚，乔治是个极为厉害的人物，那么年轻就成了玉兰阁大臣。

须知官场黑暗，能够在官场上混得风生水起的人，都是有点儿本事的。为了坐上玉兰阁大臣的位置，乔治暗地里没少用手段。

四兄弟中，脾气最好的乔治反而行事最为狠辣。

“乔治，坐。”迪莉娅笑道。

乔治笑着坐下：“迪莉娅，去年你去奥布莱恩帝国应该见到老三了吧。哦，老三就是林雷。”

乔治心底一直牵挂着自己的好兄弟林雷，可是他身居玉兰帝国高位，根本没有机会去奥布莱恩帝国。

“我知道。”迪莉娅的笑容很灿烂，“林雷也一直牵挂着你呢。”

乔治心中一暖。

和林雷一别，过去数年了。如今的乔治已经成家了，连孩子都有两个了。当年他们年少轻狂，现在想来却是最美好的一段记忆。

混迹官场数年，乔治经历了尔虞我诈，变得愈来愈成熟。可越成熟，他在玉兰帝国真正信任的朋友就越少。

“老三能够拥有如今的成就，我为他感到骄傲。”乔治感叹道，“在奥布莱恩帝国，恐怕没什么人敢惹他了。在这个世界，实力达到巅峰，才是最有依仗的。”

“林雷已经去混乱之岭了。”迪莉娅说道。

“混乱之岭？”乔治眉头一皱。他在赫斯城的时候，就知道林雷跟光明圣廷的矛盾了。

身为玉兰帝国的高层，乔治也清楚光明圣廷、黑暗圣廷在混乱之岭的势力：“以老三的性格，他绝对不会开疆扩土，那么……”

乔治看着迪莉娅，压低声音说道：“老三他要跟光明圣廷斗了？”

迪莉娅心底一惊，这乔治的确够厉害。

“是的。”迪莉娅点头。

林雷早就跟她谈过这个了。

乔治心底有些担忧，他清楚林雷的脾气。当年林雷为了复仇，可是什么都不顾的。如果是他，他绝对会隐忍，隐忍到自己的实力足够强大，自己有百分之百的把握才会出手。

“老三他有把握？”乔治看着迪莉娅，“光明圣廷可没表面那么简单啊。”

迪莉娅笑着看向乔治：“乔治，林雷没你想得那么简单。”

乔治笑了。的确，即使他一直知道林雷是天才，可当初跟林雷分别时，也没想过林雷能够强大到和黑德森不相上下的地步。特别是那只影鼠贝贝，实力也变得极强。

乔治很纳闷：“贝贝那个小家伙竟然变得那么厉害，真是怪胎啊！”

许久后，蓝德陛下出来了。

“乔治，我们走吧。”蓝德陛下对乔治说道。

乔治立即起身。

蓝德陛下笑着看向同样起身送客的迪莉娅：“迪莉娅，如果有时间，你就去皇宫逛逛，三公主她可是一直想见你呢。”

迪莉娅笑道：“以后一定去。”

“那你不用送了。”蓝德陛下淡笑道，旋即就跟乔治一同离开了。

皇宫，蓝德陛下的书房当中只有三个人——蓝德陛下、他的贴身宫廷侍者以及莱恩家族的族长。

“代亚，”蓝德陛下放下手中的笔，抬头笑着看向代亚·莱恩，“本皇今天找你来，是为了你女儿迪莉娅的事。”

代亚·莱恩看着蓝德陛下：“陛下，你的意思是……”

蓝德陛下笑着说道：“本皇记得你的女儿还没结婚吧？”

“是。”代亚·莱恩点头。

蓝德陛下莫不是看上自己的女儿了？

蓝德陛下点头，又道：“那就对了。说实话，本皇一直比较喜欢迪莉娅。这样吧，你帮本皇跟迪莉娅说说，看迪莉娅她是否愿意嫁给本皇。当然，你必须依照她本人的意愿。”

代亚·莱恩恭敬地说道：“陛下请放心，臣一定会去问问迪莉娅的。”

蓝德陛下点头，笑着看向代亚·莱恩：“代亚，你应该明白，当初本皇还是皇子的时候，必须留下子嗣才有资格继承皇位。对于那个女人，本皇没什么感情。而迪莉娅无论出身，还是本身素质，都高于她。如果迪莉娅嫁给本皇，本皇承诺，可以让迪莉娅成为皇后。”

代亚·莱恩心一颤。

成为皇后？

如果自己的女儿只是成为普通的嫔妃，以莱恩家族的强大，根本无须这么做。可是，女儿若是成为皇后，那就不同了。

代亚·莱恩很清楚，如今的蓝德陛下是一个非常有作为的皇帝，也非常有魄力。他说让迪莉娅成为皇后，绝对能够做到。

“好吧，你可以退下了。”蓝德陛下淡笑着说道。

“是，陛下！”代亚·莱恩此刻的心情还很激动。

今天代亚·莱恩派人将迪莉娅召回了家里。迪莉娅其实不怎么喜欢回家，因为每次回家，父母都会劝说她考虑关于婚姻方面的事情。虽然她说过林雷独立于奥布莱恩帝国之外，她嫁给林雷，对家族没什么影响，但是她的父母好像不怎么喜欢林雷。

在代亚他们眼中，毕竟林雷的弟弟娶了七公主尼娜，林雷和奥布莱恩帝国有着密切的关系。

“什么？”迪莉娅一下子站了起来，惊讶地看着自己的父母。

她的母亲连忙说道：“迪莉娅，陛下的年纪和你相当，又是我们帝国历史上少有的有能力、有魄力的皇帝，你跟他的关系也不错。嫁给陛下，无论是对你，还是对家族，都是很有益处的。”

“对家族有益处，对我又有什么益处？”迪莉娅忍不住怒了。

她没想到，父母急着让她回来，竟然是谈这件事情。

“迪莉娅，难道陛下不够优秀？你讨厌他？”代亚·莱恩连忙说道。

迪莉娅气愤地说道：“父亲，陛下优秀和我有什么关系？对，我是不讨厌他。可是，我不讨厌的人多了，难道我就要嫁给他们？嫁给一个人，不是看讨厌不讨厌，明白吗？”

“迪莉娅，陛下对你可是真心的。他说了，如果你嫁给他，以后你可以成为皇后。”代亚连忙说道。

“那现在的皇后怎么办呢？”迪莉娅眉头一皱。

代亚·莱恩淡笑道：“那个皇后，不过是陛下还是皇子时娶的。那个女人本身没什么能力，而且出身于一个小贵族家庭。她当皇后，早就有很多人在背后议论，表示不满了。陛下废黜她，轻而易举。”

“哼！”迪莉娅看着自己父亲，“父亲，皇后之位对你们可能很重要，可是对我而言，什么都不是。”迪莉娅怒了。

代亚·莱恩气得猛地一拍桌子，站起来：“迪莉娅，你怎么这么说话？”

“父亲，”迪莉娅凝视着自己的父亲，“别在你的女儿面前要威风。我今天跟你明说了……关于嫁给陛下的这件事情，你就死心吧。我就算是死，也不会嫁给他，更不会嫁给除了林雷之外的任何一个人。”

代亚·莱恩不可思议地看着自己女儿，她竟然这么跟他说话。

“对不起，父亲。”迪莉娅深吸一口气。

“喀，喀……”气愤的代亚·莱恩咳嗽了起来。

迪莉娅的母亲立即扶住代亚·莱恩，代亚·莱恩却怒视迪莉娅：“迪莉娅，你已经不小了，别再这么幼稚冲动了。好了，你回去好好想想吧。”

迪莉娅看着咳得满脸通红的父亲，转头就离开了。

“当年的父亲母亲哪儿去了？”

迪莉娅还记得小时候，父母将她当宝贝。她要做什么，父亲都会如她的愿。她曾经骑在父亲背上，当作骑马玩。

童年的记忆那么美好，父母是那么完美。

可现在……

家中，迪莉娅牵挂得太多，有父母，有哥哥，有奶奶，有其他亲人……她心中一直期盼着，既能跟林雷在一起，又能让家族中的人和她的关系依旧和过去一样好。

“再等等，等林雷建立了公国，父亲他们的态度就会转变吧。”迪莉娅选择继续忍耐。

神秘山村中，山洞府邸门口的广阔草地上，德斯黎、海沃德、米勒、冰瑟琳等人都坐在石桌旁喝着酒，看着林雷和希金森切磋。

至于雷诺和蒙妮卡，则坐在草地边缘。

“蒙妮卡，你当初向我描述的母亲，是真的吗？”雷诺看着远处的冰瑟琳，疑惑地询问蒙妮卡。

蒙妮卡不知道该怎么说。

她的母亲过去可是很冷漠的。要知道，她的母亲可是来自冰雪女神殿，那种冷傲是与生俱来的。可是这几天，冰瑟琳对林雷和雷诺的态度都极好。

雷诺都忍不住怀疑，当初蒙妮卡描述的根本是假的。

“我也不知道。”蒙妮卡无话可说。

这个时候，林雷手持黑钰重剑。

希金森则手持一柄银色长剑，跟林雷切磋了起来。林雷的大地奥义真正施展出来了，虽然他没有出狠手，但令希金森惊叹不已。

“古怪，古怪。”希金森赞叹道，“我还没见过这么古怪的攻击手段。”

林雷则无奈地看着希金森。遇到修炼光明系元素法则的强者，林雷很是苦恼。因为修炼光明系元素法则达到一定程度，他们自身的修复能力会很可怕，即使手臂断了，也能在极短的时间内修复。

“林雷，到了这个时候，你也见识一下我的绝招吧。”希金森微笑道。

林雷一怔。这个希金森有着比奥利维亚还要快的可怕速度，还有比奥利维亚更惊人的攻击力。刚才，希金森竟然只是打着玩玩。

“这一剑，名为幻空之剑。”希金森手持银色长剑，整个人忽然化为一道白色的光芒，转眼工夫就到了林雷的面前。林雷体表的青黑色气浪翻滚，手持黑钰重剑小心地防备。

林雷仔细注意着那一柄剑。

何谓幻空之剑？

“嗡——”周围空间竟然产生了震荡，一柄银色长剑陡然出现在林雷的视野中。令林雷感到诡异的是，银色长剑似乎瞬间产生了叠影，空间也发生了重叠，空间仿佛错乱了。

“你输了。”

林雷还没反应过来，那柄银色长剑已经到了林雷的眼前。

他竟然来不及反抗、抵挡。

“这……”刚才那一剑，他感到自己抓住了什么似的。

他当即降落到草地上，盘膝坐下，闭上眼睛，也不管其他人，开始努力地捕捉刚才那一点儿灵感。

社黎公国郡城。

乌森诺翻手取出了三条掺杂了黑钰的锁链，扔给了旁边的天使：“把他们都给我绑了。你们两个负责在这里看守他们，其他人跟我去莫特郡城。”

乌森诺说完，也不看盖茨他们，直接朝北方飞去。

其他七名四翼天使立即跟着他飞了过去。

社黎公国郡城和莫特郡城相距数百里。盖茨他们突然遭到袭击，想要通知自己的兄弟都没办法。在毫无准备的情况下，莫特郡城遭受了乌森诺以及七名四翼天使的袭击。这次乌森诺的动作很快！

当巴克和布恩在变身不死战士的时候，乌森诺就各踹了他们一脚。

“砰！”

“砰！”

两个不死战士被踢得撞碎了院墙，砸裂了大地，陷入了深坑当中。

“还有一只圣域级魔兽。”乌森诺的精神力很快就发现了正在飞速逃逸的黑纹云豹黑鲁。

黑鲁看到巴克和布恩二人竟然瞬间就被击败了，十分震惊。它知道就算自己要击败巴克、布恩，也是要耗费些时间的。

这些神秘的人类圣域级强者的实力太强了。

黑鲁还没战斗，就逃跑了。

“主人，主人，你快回来啊。”黑鲁在心中嘶喊着。

（本册完）

《盘龙 典藏版7》即将上市，敬请期待!
